Mensonges et privilèges

Collection *Regards croisés*

Ouvrage édité par Marion Hennebert

www.editionsdelaube.com

ISBN 978-2-8159-4943-9

Pierre Sérisier

Mensonges et privilèges

roman

éditions de l'aube

Du même auteur

Aux éditions de l'Aube

Le Goût des couleurs, roman, 2005
L'intraitable chagrin de la bourgeoisie, roman, 2019

Chez d'autres éditeurs

Romans
Un temps pour tuer, Littera, 1998
Ainsi soient-elles, Jigal, 1999
Harpo, Jigal, 2001
Verts comme l'enfer, Adcan, 2002
Fumés sans feu, L'Écailler du Sud, 2003

Essais
Sériescopie : guide thématique des séries télévisées, Ellipses, 2011
Le prisonnier : sommes-nous tous des numéros ?, PUF, 2013
Séries scandinaves : l'empire de la mélancolie, Vendémiaire, 2017

La vérité se cache sous la peau.
On ne la voit pas bien qu'elle soit là.

À Marie.

Mardi 19 h 34

Avant de la rencontrer, J.-B. n'imaginait pas que la mort pouvait être silencieuse. Il est allongé au milieu de la rue, les bras en croix. Son énorme ventre menace de faire sauter les boutons de sa chemise. On aperçoit des croissants de peau blanche et un nombril poilu par les bâillements du tissu. Au-dessus de sa tête, un néon couleur robe d'évêque lui adresse des clins d'œil épileptiques, une sorte de message codé dont il tente de déchiffrer la signification dans le léger grésillement qui affecte la lettre « X » de l'enseigne. Claire lui a parlé de ce quartier et de cette rue dans laquelle il n'est jamais venu avant ce soir, mais il ne se souvient pas de ce qu'elle lui a raconté à ce sujet. Habité par un sentiment de supériorité hérité de son enfance, il n'a pas écouté ce qu'elle lui a dit. Il a rangé les paroles de sa sœur dans un souterrain de son indifférence comme il le fait pour les choses qu'il estime indignes d'intérêt. En gros, cela englobe à peu près tout ce qu'il ne comprend pas et tout ce qui ne concerne pas les besoins primaires de son statut d'être humain.

À cet instant, il goûte enfin au plaisir d'être en phase avec son destin. Il va mourir. Par une affligeante ironie, dont il ne parvient pas à apprécier toute la finesse, il accède au rang convoité de victime. Il s'est glissé dans cette fissure silencieuse qui, au théâtre, sépare les applaudissements de la tombée du rideau. Il y a si longtemps qu'il attendait cet instant. Que ce soit un déplorable accident ne changera rien au jugement que vont porter sur lui ceux qui le connaissaient. Il a mérité de crever comme un connard qui n'a pas su vivre.

Le sol trempé exhale sous son dos des vapeurs froides qui dessinent des auréoles sombres au niveau de ses omoplates et de ses fesses serrées dans la toile étroite de son pantalon. L'humidité gagne ses vêtements achetés dans un magasin spécialisé dans le style italien. Elle s'insinue à travers sa peau jusqu'à gagner cette couche sous-cutanée dissimulée sous le derme dont les tissus conjonctifs, fonctionnant tels des centres de stockage énergétique, protègent l'ensemble du corps et conservent l'historique des agressions extérieures. Il a toujours pensé que la souffrance, dont il n'a plus été séparé quand s'est déclenché le chronomètre de sa conscience, est gravée dans sa chair à la manière dont autrefois les souverains de l'Ancien Régime pratiquaient la flétrissure, marquage des bannis ou des esclaves au fer rouge fleur de lysé. Cette conviction victimaire, qu'il tire en partie d'une éducation maternelle fondée sur le contrôle et en partie d'un tempérament labile emprunté à son père, a servi d'excuse à tous ses égarements, à tous ses excès et à toutes ses lacunes. À peu de chose près, ce qui lui arrive aujourd'hui était prévisible.

Comme si le ciel tenait à exprimer son sentiment sur cette tragédie dont il est le témoin silencieux, la pluie se met à nouveau à tomber. Des gouttes frappent ses paupières. Il cligne des yeux, accentuant l'effet stroboscopique du néon. Il ne pense pas à se relever. La froidure du sol l'enveloppe pareille à un linceul bienfaisant, comme lorsqu'au milieu d'une nuit agitée, on cherche le côté frais de l'oreiller pour retrouver le sommeil. Il tente de reconstituer la chaîne des événements qui l'ont conduit à se trouver plus impuissant qu'un insecte, pris au piège d'un verre retourné par un gamin cruel. Il n'était jamais venu dans cette rue pour la simple raison qu'elle ne présentait aucun attrait, qu'il ne pouvait y trouver ni fringues de luxe, ni bar de nuit, ni dealer capable de le ravitailler en substances analgésiques, psychotropes ou psychostimulatrices, selon les états de dépression qu'il traversait. En tirant sur le fil cotonneux de l'après-midi et du début de soirée, il ramène des débris d'images. Il se voit assis devant une rangée de pompes à bière. Il compte une petite liasse de billets bleus pour mesurer le temps qui le sépare du moment où il cherchera la carte de crédit enfouie quelque part dans la poche intérieure de sa veste que sa main droite ne réussit pas à atteindre en dépit de tentatives obstinées et nerveuses. Des bribes d'immeubles défilent dans sa tête. Des murs de briques qu'il peine à situer, des façades de style haussmannien arrondissant les perspectives et des enseignes plus ou moins lisibles le long desquelles il glisse tandis qu'elles déversent un flot coloré sur sa tête nue et ses épaules courbées par l'asthénie de cette journée dont il entrevoit la fin.

Il aurait aimé que cela ne s'achève pas si tôt. Malgré tous les désagréments qui ont balisé sa vie, il espérait disposer d'un peu plus de temps. Il n'avait pas renoncé à l'espoir d'un changement qu'il savait pourtant hypothétique sinon illusoire. Il méritait une seconde chance. Du moins le croyait-il. Devenir quelqu'un d'autre. Cette pensée l'envahit tout entier, comme chaque fois que les ombres de la dépression aveuglent son jugement. Une terrible lassitude se substitue au ricanement de la pluie. Il effectue plusieurs allers-retours vers des coins reculés de ses souvenirs sans parvenir à en ramener l'indice capable de lui fournir une raison acceptable au fait qu'il est en train de mourir.

Soudain, tous les soubresauts qui ont agité ses dernières heures se rassemblent dans une ronde sonore. Il entend leurs échos se chevaucher et se mêler à des voix qui flottent au-dessus de lui. Que fait ce visage qui s'immisce dans son champ de vision pour s'effacer aussitôt comme un osselet raflé par une main agile ? Et pourquoi d'autres visages apparaissent, des visages qu'il connaît sans parvenir à les nommer car sa pauvre cervelle lui joue des tours à l'instant où il a le plus besoin d'elle ? Des noms courent sur le bout de sa langue mais refusent de sortir de sa bouche. Les syllabes se mélangent avec l'obstination sournoise d'une grille de mots croisés. Il a envie de savoir qui l'a tué en cette triste journée de printemps. Il déteste le printemps, cette saison des pulsions et de la célébration de la vie, cette renaissance infinie et écœurante. Finalement, les syllabes qui encombrent son palais consentent à se mettre en ordre d'expulsion. Dans un souffle qui gonfle devant ses lèvres un nuage de gouttelettes irisées, il articule d'ultimes paroles que sa mère fera inscrire sur sa tombe.

« J'ai fini de souffrir. »

Mardi 11 h 02

La devanture lui fait penser à un aquarium. Des parois en verre dégueulasses et des cônes de lumière entre lesquels des nuages de fumée circulent avec la paresse de courants marins. Claire est passée des dizaines de fois devant cette vitrine mais elle n'y a jamais prêté attention. Avant ce matin, le bar à chicha n'existait pas tout à fait dans son esprit. Il formait un résidu d'image mentale que sa mémoire effaçait dès qu'elle atteignait le coin de la rue. L'endroit a tout du rade merdique. Un bouge puant les arômes de synthèse et les aisselles de mecs qui cherchent une place dans un modèle urbain impatient de les recracher vers leur banlieue.

Sans qu'elle sache trop pourquoi, Claire décide de s'arrêter devant le bar. Comme toutes les nanas intelligentes, elle aime les injonctions contradictoires. Son kif, c'est de contrarier les petits branleurs inquiets de leur identité. Ça lui donne des choses à raconter et ça la fait se sentir différente dans les apéros entre potes. Quand la bande de copines avec laquelle elle traîne se retrouve le vendredi soir pour picoler des Spritz, elle les écoute se plaindre de leurs maris qui ne s'intéressent plus à elles depuis la première grossesse. Elles ont la carte bleue du compte commun, elles dépensent sans hésitation. Aménager leur intérieur est le remède darwinien qu'elles appliquent à leur dépression, une étape de transition avant d'admettre que le psy ne leur reviendra pas plus cher. Claire a beau se forcer, elle n'arrive pas à s'extasier devant les dessins merdiques de leurs chiards ou à s'intéresser aux dernières tendances déco de *CôtéOuest*. Elle ne voudrait pas de leur existence de frustrées friquées. Même si elle admet qu'il est plus facile de chialer dans une belle maison.

Claire n'est pas militante ni rien. Elle n'est pas certaine d'avoir une conscience politique. Beugler que Roman Polanski est un gros porc et un trouillard qui s'est soustrait à la justice de son pays ne lui procure aucun soulagement. Au contraire, les rares manifs auxquelles elle a participé l'ont laissée épuisée et déprimée. Plusieurs jours au fond de son lit à se demander cc qu'elle pourrait foutre de son quotidien doré maintenant qu'elle pioche dans l'héritage paternel. Notaire, ce n'était pas un boulot pour elle. Elle s'en rend compte. Malgré tout, elle ne regrette pas les trois années qu'elle a passées à l'étude de son père. Jacques Lambert aimait voir sa fille chérie travailler à ses côtés.

Il voulait qu'elle lui succède. Elle lui a fait plaisir avant qu'il meure. Une fois Jacques enterré, elle a vendu ses parts de l'étude. Elle n'a plus besoin de bosser.

Avec l'air buté d'une gamine têtue, Claire se plante devant le bar à chicha. Elle scrute ce qui se passe à l'intérieur. C'est marqué nulle part, il n'y a pas d'écriteau ou de pancarte, mais elle n'est pas la bienvenue. Tout dans l'agencement des meubles, la décoration et l'ambiance, dégage de mauvaises vibrations lui conseillant d'aller satisfaire ailleurs ses caprices de petite bourge protégée des regards. Peut-être que Claire agit par esprit de contradiction, ou peut-être qu'elle a perçu quelque chose parmi les silhouettes qui oscillent dans la pénombre du bar. Elle ne sait pas. Elle a envie de découvrir ce qui se passe à l'intérieur. Elle se penche en avant et met la main au-dessus de ses yeux pour atténuer le reflet de la paroi vitrée.

Trois lascars sont vautrés dans des fauteuils butterfly. À l'horizontale, genre décontraction provoc' qui cherche l'embrouille. Ils ont mis deux heures pour arriver jusqu'ici, entassés dans une caisse pourrie et du rap dans les oreilles. Ils attendent l'occasion de s'engrainer avec quelqu'un, le temps que leur taux d'adrénaline retombe à un niveau supportable. L'un des mecs fait tressauter sa jambe gauche comme s'il avait chopé un Parkinson.

À les voir vautrés comme ça, Claire songe qu'ils ont besoin de prouver qu'ils sont chez eux. Que personne ne va leur dire comment ils doivent se tenir. À partir d'un certain degré d'invisibilité, se faire remarquer devient une raison de vivre, un combat de chaque instant qui recommence tous les jours devant la glace de la salle de bains. En quelques années, le truc vire à l'obsession. La rage se met en spirale. On ne vit plus que pour la confrontation, ce moment où le regard des autres se pose enfin sur votre désastre personnel : le jogging scintillant, la sculpture capillaire et la sacoche Vuitton contrefaite made in China. Au bas mot, il a fallu une génération pour perfectionner cet accoutrement de blaireau, avec des variantes dans la marque du sportswear, la couleur des cheveux et la taille du baise-en-ville. L'appartenance, ça commence par l'uniforme.

D'une main, les trois lascars tètent l'embout de leur narguilé et de l'autre, ils se remettent les couilles en place toutes les quinze secondes. À tour de rôle, ils produisent un brouillard crasseux. Leurs narines s'ouvrent et se referment tels des évents de baleine. La fumée tresse une couronne autour de leurs coupes de joueurs de football. Rasage à blanc entre le haut de la barbe et le milieu du crâne. Ils essaient de ressembler aux mecs dont ils portaient déjà le maillot avant de se retrouver en échec scolaire.

Claire est intriguée. Il y a quelque chose d'agressif dans leur manière d'occuper l'espace en parlant fort et en bougeant comme s'ils voulaient augmenter la longueur de leurs bras. Cela dit, la chorégraphie est super au point. Les gars ont des années de pratique derrière eux.

Malgré la paroi vitrée, on sent l'odeur des arômes artificiels de raisin, de pomme et de framboise qui ont été ajoutés à la mélasse. Ils ne fument plus du tabac, ils respirent du chewing-gum. Plus Claire les dévisage et plus ils tirent sur leurs pipes comme des forcenés. Ils sentent la pression de son regard à travers la vitre et ça les rend nerveux. Ils ont l'habitude qu'on les dévisage, pas qu'on les observe. À tous les trois, ils arrivent à produire assez de dioxyde de carbone pour recréer l'atmosphère d'une grande ville chinoise.

Finalement, le plus gros des lascars – à vue de nez, il rend quatre ou cinq tailles à ses deux potes – accepte l'affrontement. La bagnole dans laquelle ils sont venus est à lui. Une Clio dont il a enlevé les enjoliveurs. Il se redresse dans son fauteuil et fixe Claire droit dans les yeux tout en continuant à fumer. Il a la morphologie d'un bouddha adulte. Le côté hilare en moins. Claire colle le front contre la vitre. Elle se demande à quel moment le bébé obèse va oser lever son cul pour venir lui dire un truc du genre, « Kesta à me mater comme ça, connasse ? ». C'est le minimum que ses potes attendent de lui. Mais, non, le bouddha ne bouge pas. Il se contente de sucer l'embout en plastique du narguilé couleur merde d'oiseau. Son attitude ne colle pas avec la taille de ses cuisses et l'énormité de son bide. Claire comprend qu'elle n'a rien à craindre. Tout la protège, à commencer par ce mur invisible qui entoure les gosses de riches. Elle a eu raison de s'arrêter.

Bouddha n'a pas ouvert un manuel scolaire depuis la classe de seconde bac pro mais il lit couramment le langage corporel. Ses gestes se ralentissent. Il tient l'embout de sa pipe à eau suspendu en l'air et il écarte les cuisses pour montrer qu'il gère tranquille. C'est pas une fille qui va le foutre mal à l'aise. Il a reçu une éducation traditionnelle à même de protéger sa virilité contre les assauts répétés de la modernité et la désacralisation du statut patriarcal. Pour dire les choses simplement, dans l'idée qu'il se fait des rapports homme-femme, les hommes s'assurent que les femmes obéissent afin de limiter les embrouilles liées aux histoires du cul. Le bémol dans cette répartition des rôles, c'est que le plus souvent les hommes ne connaissent rien aux femmes et partant de là ne peuvent pas tout à fait les comprendre. Les échecs inhérents à ce catéchisme se soldent par un repli qu'ils résument en une simple formule. « *Si tu te laisses emmerder par une gonzesse, t'es mort.* »

Bouddha porte un sweat-shirt XXL et un jean si large qu'il a dû le commander dans un magasin d'import US. Les lacets de ses Nike Air Force 1 sont défaits sinon ça lui coupe la circulation du sang au niveau des chevilles. En fin de journée, il est obligé de se passer les pieds sous l'eau froide pour les faire dégonfler. Ce désagrément dont il évite de parler à ses potes reste minime en regard du plaisir intense qu'il tire à porter de telles godasses. Ça le fait triper d'avoir des pompes qui s'appellent comme l'avion du président des États-Unis.

Son petit bras de fer oculaire avec Claire commence à s'éterniser. Il sent qu'il doit y mettre un terme sans chercher à en sortir vainqueur. Du pouce, il touche son énorme poitrine et forme un mot muet avec sa bouche.

« Rachid. »

Comme tous les gamers de son âge, Rachid fume des splifs avec l'entrain d'une locomotive à vapeur. Quand il démarre une partie de Fortnite, il est capable de s'envoyer un bag de weed, enfoncé dans son canapé. Il peut tenir des heures à jouer sans aller pisser. Il contrôle sa vessie. En revanche, il ne parvient pas à maîtriser son estomac. Fumer de l'herbe lui file la dalle. Il a essayé d'alterner la beuh et les cachets coupe-faim, rien à faire. Quand il est stoned, Rachid a besoin de manger.

Dans le combat qu'il mène contre la nourriture, Rachid s'est imposé une règle stricte. Un jour chez O'Tacos, le lendemain chez Pizza Five. Il varie les menus. Les jours impairs, Triple Tortilla avec quatre viandes différentes, frites, sauce algérienne ou harissa. Les jours pairs, Orientale, merguez, poivrons, olives et œuf miroir. Cette discipline alimentaire l'a conduit à renoncer au couscous et loukoums à la rose que préparent sa mère et sa tante.

Rachid tire sur son sweat-shirt. Il sait que ce geste insignifiant n'a pas échappé à la jeune femme et qu'il constitue un aveu de faiblesse mais il ne peut pas s'en empêcher. Son régime émotionnel est un compromis boiteux entre la colère qu'il retourne contre lui et un urgent désir d'émancipation.

Le Pizza Five appartient à son oncle. Le gars a investi dans l'économie légale ce qu'il a gagné à dealer du shit. Un petit détour par la case prison, pas longtemps – juste quelques mois et une remise de peine pour bonne conduite –, puis un plan de financement monté par une lointaine cousine au troisième degré qui avait décroché un master en management de l'innovation et le tour était joué. Le tonton s'est retrouvé à la tête d'une enseigne de vente à emporter. Rien de trop spectaculaire, juste un pas-de-porte à la sortie d'un campus universitaire. La start-up tomate-mozza s'est transformée en success-story. Cinq cents pizzas par jour pour nourrir des étudiants.

En six mois, Rachid a pris vingt kilos. Du menton aux mollets, son corps s'est mis en mode bouée canard, sa peau s'est tendue comme si on lui avait injecté de la mousse isolante et qu'on s'était arrêté juste avant qu'elle se déchire. Ses potes lui ont donné le surnom de Big Five. De toute façon, ils ne savaient pas qui était Bouddha.

Bizarrement, cette transformation physique a contribué à asseoir son statut de chef de bande. Il est devenu un héros de la junk food, une figure de l'intégration.

« Rachid, il assume. Il a raison, quoi. C'est qui qui va le juger ? Je le juge pas moi, je trouve qu'il a du courage. C'est son choix et faut respecter le choix des gens sinon c'est la guerre, je dis. »

Malgré ses rêves d'affranchissement, Big Five fait gaffe. Il observe les codes urbains. Il évite les troquets où les serveurs le regardent comme s'il risquait de piquer le sac d'une cliente. Restent les bars à chicha, le port d'échouage des exclus. Et puis, fumer le narguilé, c'est un geste identitaire. Il se réapproprie un symbole culturel détourné par les Européens quand ils se sont mis à consommer de l'herbe pour jouer à cache-cache avec leur parano. Dans un bar à chicha, on est entre soi et au milieu des autres. Cela veut dire qu'on n'est pas accepté, qu'on le sait et qu'on n'en a rien à foutre.

Claire pousse la porte. Elle a décidé d'entrer parce qu'elle n'a pas le souvenir d'avoir un jour vu une minette dans cet endroit. La mixité relève du concept expérimental bien que la seule boisson qu'on y serve soit du thé. Elle est passée devant des dizaines de fois, du temps où elle travaillait encore dans l'étude notariale de son père. Elle pousse la porte du bar parce qu'elle en a le droit et parce qu'elle n'a rien de plus urgent à faire depuis qu'elle a arrêté de bosser. Elle a envie de vivre une nouvelle expérience. Après la mort de Jacques, elle a songé à s'inscrire dans un club de boxe. Elle a renoncé, refusant de sociabiliser avec des connasses qui souffrent des mêmes névroses qu'elle. De son point de vue, la sororité, c'est la version 2010 des alcooliques anonymes, une thérapie entre soi, un déballage de rancunes et de frustrations avec à la fin de chaque réunion le risque de rechute. Claire a décidé de gérer son deuil toute seule. Jacques Lambert s'est étouffé en bouffant une huître dans une brasserie de renom. Le truc le plus con de la terre. Crever à cause d'un mollusque qu'on avale vivant. Le ridicule de la scène a failli l'achever. Pendant des semaines, elle en a fait des cauchemars. Elle voyait le corps élancé et mince de Jacques, vêtu de noir – il ne portait que du noir – avec des chemises blanches – toujours blanches – affalé de traviole sur la banquette de la brasserie où il déjeunait chaque vendredi à midi.

Les circonstances de la mort de son père l'obsèdent. Elle y pense tout le temps. Pour se punir, elle rejoue la scène chez elle, assise dans sa baignoire. Elle se fait couler un bain et elle plonge la tête sous l'eau. Elle retient sa respiration aussi longtemps qu'elle le peut. Certaines fois, elle est près de perdre connaissance mais l'instinct reste le plus fort. Elle se redresse d'un coup, elle sort la tête de l'eau en suffoquant et en toussant. Ça fait trois mois que Claire a quitté l'étude. Dans son testament, Jacques lui avait légué la direction. Elle n'en a pas voulu. Elle n'a pas pu. Elle a vendu ses parts pour une fortune à deux baltringues pétés de thunes et elle a fait ses cartons. Elle est sortie du cocon familial exactement comme elle vient d'entrer dans le bar, telle une petite fille gâtée dépourvue d'hésitation.

En quatre enjambées, elle contourne les trois lascars. Ils se sont mis en apnée façon Jacques Mayol. Ils ne respirent plus. La fumée flotte au-dessus de leurs têtes ahuries. Ils font tellement peu de bruit que Claire peut les entendre réfléchir à la question :

« C'est qui c'te grosse et elle fait quoi chez nous ? »

C'est le gars qui prépare les pipes qui parle en premier. Il lui demande ce qu'elle veut, comme si elle s'apprêtait à s'acheter de la lingerie. Claire sort un billet de vingt et le pose du plat de la main à côté de la caisse enregistreuse. Elle va prendre un narguilé et elle va le fumer sur place, si ça ne dérange pas, vu qu'elle imagine assez mal qu'ils fassent des trucs à emporter.

Le gars qui prépare les pipes cherche une réponse qui lui permettrait d'inverser le rapport de forces. En temps normal, il aurait trouvé la punchline qui claque. Mais pas là. Face à Claire qui le fixe d'un air interrogateur, sa cervelle se met en arrêt système. Il découvre une vérité qu'il prenait soin d'ignorer. Il ne sait pas comment on parle à une fille dont il devine qu'elle n'est pas juste une emmerdeuse arrogante. Après des efforts infructueux pour remettre ses neurones en route, le préposé aux pipes marmonne que rien ne presse. Claire pourra payer quand elle aura fumé sa chicha, tranquille. Elle n'a qu'à s'installer, il va tout lui préparer aux petits oignons (Claire se demande qui peut encore utiliser ce genre d'expression), avec un tabac bien serré et pas trop fort. Elle n'a qu'à se poser sur une des banquettes contre le mur et se détendre, c'est important pour pleinement apprécier l'expérience. Il est tellement content qu'il s'est mis à parler comme s'il avait un BTS d'hôtellerie.

Claire secoue la tête, elle tapote le billet de vingt balles du bout de son index. Le gars soupire. Il a des gros doigts avec des ongles bombés en forme d'yeux crevés. Le morceau de papier bleu disparaît dans le tiroir-caisse.

Claire contourne les trois lascars et se pose dans un fauteuil près de la vitre. Elle laisse la lumière de la fin de matinée découper sa silhouette. Le contre-jour dissimule l'expression de son visage mieux qu'un rideau. Les trois mecs ne peuvent pas deviner ce qu'elle pense. Elle joue avec leurs nerfs, offrant un spectacle d'ombre chinoise aussi inattendu qu'addictif.

Si Big Five a ses repères dans cet endroit, il n'a pas oublié les cours d'histoire qu'il a suivis avec un minimum d'attention avant que le système scolaire lui notifie qu'il n'avait ni de place, ni de temps à lui consacrer, et que les efforts déjà consentis par l'Éducation nationale dépassaient les mérites dont il avait pu faire preuve par ses résultats et son comportement justifiant une expulsion.

« Je ne suis pas Merlin l'Enchanteur », lui avait dit le conseiller d'orientation en désignant une pile de dossiers sur son bureau. Des heures passées à se tortiller sur une chaise réglementaire en contreplaqué vernis, Big Five avait quand même retenu l'idée simple que le pouvoir s'affirme sur les gens et s'exprime sur un territoire.

Quand il est arrivé il y a une heure, il avait le sentiment d'entrer en terrain conquis. Depuis que Claire a poussé la porte, il ne se sent plus tout à fait chez lui. La contrariété qu'il éprouve est à peine moins forte que le plaisir de voir cette superbonnasse, habillée de ballerines noires et d'un pantalon slim gris perle, qui a le culot de s'installer à côté d'eux et de s'asseoir sur leurs convictions de mâles le plus souvent dominés. Si elle est entrée dans ce bar, c'est pour les provoquer, ce qui introduit une dimension ludique dans sa démarche et laisse entrevoir l'opportunité d'un échange qui ne se limite pas à des regards de plus en plus gênants à force de demeurer silencieux. *Au moins*, songe Big Five, *la nana ne les considère pas comme des invisibles qu'on cherche à cacher dans des silos urbains dont l'étanchéité accomplit des progrès chaque jour.*

« Vous avez déjà fumé ? »

Le préposé aux pipes installe le narguilé à côté de Claire. Il lui tend le tuyau gainé de tissu aux motifs ethniques et pelucheux. Armé d'une pince à longs bras, il saisit une braise dans un petit seau rempli de cendres et la dépose sur le tabac. Il en ajoute une seconde bien serrée contre la première. Il ajuste le charbon incandescent en le tapotant afin qu'il ne dépasse pas la circonférence du rouleau de feuilles séchées dont la combustion a commencé, libérant les arômes écœurants de la mélasse qui épargne au fumeur cette impression pénible de se passer la gorge à la râpe à fromage à chaquc bouffée. Le patron du bar manie la pince avec des manières capricieuses. Il traite Claire comme une princesse. Il n'a pas envie qu'elle se mette à tousser et qu'elle crache ses poumons retournés comme des gants en caoutchouc. Quand l'odeur âcre et sucrée est suffisamment présente, il tend l'embout à Claire, l'incitant d'un petit mouvement de tête à s'en saisir. Elle place le tube de plastoc entre ses lèvres. Elle aspire d'abord de manière craintive puis avec plus d'insistance, jusqu'à provoquer un bouillonnement dans le récipient d'eau. La fumée atteint sa bouche, s'engouffre en elle refroidie et remplit d'un coup toute sa poitrine. Elle se sent submergée. Elle recrache l'équivalent d'un cumulonimbus qui s'élargit devant elle dans une couleur d'orage. Elle aspire à toute pompe plusieurs petites goulées d'air histoire d'échapper à l'asphyxie. Elle pense à Jacques.

« Tirez doucement, dit le préposé. C'est pas compliqué. La preuve, ces gros fainéants savent le faire. »

Il se tourne vers Big Five et ses deux potes.

« C'est juste un coup à prendre. Je suis là si vous avez besoin de quelque chose. »

Le patron retourne derrière son comptoir et s'installe comme s'il se préparait à assister à un spectacle de fin d'année. Le moment de tension a disparu. Claire se met à fumer avec une lenteur qui la surprend. Elle comprend pourquoi les trois lascars étaient en mode veille quand elle les observait à travers la vitrine. En d'autres circonstances, elle se serait sentie en danger ou, du moins, elle aurait éprouvé le besoin de rétablir une distance de sécurité en balançant un truc tordu et vaguement cynique. Mais pas à cet instant. Elle se tourne dans leur direction, suçotant l'embout de la pipe planté au milieu d'un air boudeur.

Le lascar assis à la gauche de Big Five a complété sa panoplie de petit frimeur fauché par un bob en toile noire qui lui serre le crâne et dissimule les yeux. Cet attribut vestimentaire choisi avec un souci du détail démenti par l'ignorance des règles élémentaires de l'esthétique lui donne l'air d'un soldat moyenâgeux essayant de se cacher sous son casque par crainte qu'une catastrophe lui tombe sur la tête. Le bob produit l'effet inverse à celui souhaité, il apporte une touche ridicule et enfantine à un accoutrement qui est tout entier pensé pour exprimer la masculinité et la maîtrise de son apparence. Claire songe un instant à lui suggérer de retirer ce couvre-chef inutile dans une pièce fraîche et ombragée mais elle imagine qu'une marque rouge et striée, semblable à celle que laisse un slip autour de la taille, s'est imprimée dans le front du lascar à l'endroit où la bande plus étroite maintient le bob sur son crâne. Ça la fait marrer.

Mardi 10 h 08

Une succession de cette importance ne se règle pas comme une prime à la reconversion professionnelle. Elle n'est pas l'aboutissement d'une revanche avide ou la récompense d'une obéissance servile. Non, une succession de cette taille est le dividende d'un investissement minutieux et imperturbable. Une telle opportunité exige une dose d'attention et un discernement supérieur à celui dont font preuve les gagnants ahuris de la Loterie nationale. Henri Langlois et son fils Pierre-Yves Saint-Soens n'ont pas commis l'erreur des nouveaux riches débutants. Patients ils étaient, patients ils sont restés une fois passés à l'acte. Pierre-Yves a balancé sa mère, la milliardaire Emma Saint-Soens, héritière du groupe industriel et financier du même nom, par-dessus la rambarde du premier étage de la demeure familiale dont l'escalier mène au hall d'entrée, dix mètres plus bas. Emma Saint-Soens venait de fêter son soixante-dixième anniversaire. Henri, son mari, s'est contenté de regarder la chute de sa femme, puis de se pencher sur le corps inerte dont le cou dessinait un angle incongru avec le buste sur le carrelage blanc et noir. Suivant l'accord tacite passé avec son fils, Henri n'avait aucune envie de s'occuper des détails de cet assassinat dont il assumait néanmoins la pleine complicité. Le vieil homme, comptable de son état et marié avec Emma depuis quarante-deux ans, avait fait valoir un argument imparable. C'est à lui que le crime profitait le moins. Son union avec l'héritière avait été célébrée sous le régime de la stricte séparation des biens. Il ne pouvait prétendre au moindre centime de la fortune de sa femme, estimée à plus de deux milliards d'euros. Il considérait que les désagréments scabreux et embarrassants de ce crime rendu inévitable par quatre décennies d'humiliation devaient lui être épargnés. Il était prêt à faire triste figure le temps que toutes les formalités soient remplies, mais rien de plus. Il proposait de garder en toutes circonstances cette mine de papier buvard qui donnait à son visage l'air froissé qu'on observe chez les hommes sournois et peu loquaces. Henri émettait de mauvaises ondes, faciles à observer pour un regard perspicace mais invisibles pour qui le rangeait dans la catégorie des êtres insignifiants et soumis.

Cette aptitude à la transparence avait été une bénédiction pour Emma. L'image de son mari n'imprimait sa rétine que par intermittence, lorsqu'elle pénétrait dans son bureau et demandait un point sur la situation fiscale de son empire et sur les moyens d'optimiser cette fortune dont elle avait plus que doublé le montant depuis qu'elle avait succédé à son père, Alexandre Saint-Soens, peu après avoir soufflé ses trente bougies. C'était cette même aptitude à la transparence qui avait, en partie, permis à Henri d'échapper aux questions suscitées par le décès d'Emma. Pierre-Yves et son père s'étaient préparés à ces tracasseries contingentes. Personne ne récupère deux milliards sans qu'on vienne lui chercher des poux dans la tête. Par chance, le père et le fils avaient eu toute une existence pour se préparer à cette période de transition qui devait les faire passer du statut de martyrs d'une tyrannie domestique à celui de nouveaux nababs que de mauvaises langues eurent tôt fait de juger illégitimes. Leur tendance masochiste et leur résistance unique à la souffrance constituaient les meilleurs atouts pour parvenir à leurs fins. Mettre la main sur le fric de la vieille en dédommagement d'une existence de brimades et de vexations.

Pierre-Yves, qu'Emma considérait comme une concession aux exigences du lignage formulées par son père, et Henri, dont elle refusa de porter le nom puis de partager la chambre une fois enceinte, sont deux accidentés de la vie. Ils se trouvent à ce point encombrés par leur surmoi que leur seule chance de bonheur eût été de vivre en période de guerre.

« Nous vous écoutons, d'Herrouville, commence Pierre-Yves. Vous ne nous avez pas demandé de faire deux cents kilomètres pour le seul plaisir de nous voir ou pour nous raconter des banalités dont nous aurions pu bavarder par téléphone, pas vrai, maître ?

— Mon fils a raison. Le bord de mer est très agréable en cette saison. Et après toutes les émotions que nous avons traversées, nous avions besoin d'un peu de repos. J'espère que nous n'avons pas écourté nos vacances pour des peccadilles. »

Qui utilise encore ce genre de mots ? À part un vieil expert-comptable dont le cou s'échappe du col et s'emmanche dans une tête d'échassier déplumé.

« Si je devais résumer les choses en une phrase, je vous dirais que tout va bien sur le front judiciaire, répond Michel d'Herrouville. Une de mes connaissances au parquet m'a récemment confirmé que les actes de procédure allaient bientôt prendre fin. L'enquête de routine n'a pas permis de mettre en lumière d'éléments délictueux. L'affaire va être classée sans suite.

— C'était un accident, intervient Pierre-Yves. Même un notaire peut comprendre ça.

— Oui », approuve Michel.

Du bout de l'index droit, l'air pensif et les yeux dans le vague, il suit un motif de la toile cirée qui recouvre la grande table de la cuisine.

« C'est ce que vous m'avez dit. Dieu m'est témoin, cela me paraît l'explication la plus plausible.

— Ce n'est pas une explication, grince Pierre-Yves. On n'a rien à expliquer vu qu'on n'a rien à se reprocher.

— Évidemment, reprend Michel. Se briser le cou en tombant du premier étage de sa maison, cela peut arriver à n'importe qui. Un étourdissement et c'est la chute tragique. »

Son doigt s'arrête un instant, le temps que le notaire lève les yeux, puis il reprend sa course avec une surprenante précision le long des arabesques couleur de cuivre et d'azur dont l'enchevêtrement lui fait penser aux motifs de certains tapis de prière.

« Ils auront terminé quand ?, demande Pierre-Yves. Je veux dire, les flics. Surtout le plus petit des deux. L'inspecteur semi-débile qui nous a posé toutes ces questions. Avec son cigare et son imperméable. Vous vous rendez compte, il avait un chien aussi moche que lui dans sa bagnole. J'ai cru qu'il sortait d'un dessin animé.

— L'inspecteur Lamblin n'a pas fixé de date. Mais selon mes informations, tout devrait être classé dans quelques jours. Avant la fin de la semaine, bien que je ne puisse pas être plus précis à ce stade, répond Michel.

— Personne n'a intérêt à remuer la merde. Deux milliards d'euros, cela peut faire des éclaboussures. »

La voix d'Henri résonne aux oreilles du notaire comme un vilain croassement monté de sa poitrine creuse et coincé quelque part dans sa gorge. Le comptable agite la tête par petits à-coups à droite et à gauche, accentuant encore une ressemblance déjà flagrante avec un vautour. Pierre-Yves et Michel se tournent vers le vieil homme que ni l'un ni l'autre ne s'attendait à entendre s'exprimer ainsi. La surprise de son fils et du notaire l'encourage à poursuivre.

« Vous croyez que tous ces connards de la préfecture ne savent pas ce qu'ils font ? Qu'ils vont venir nous faire chier alors qu'il y a dix mille emplois en jeu rien que dans cette région ? Pourquoi, selon vous, ces tocards du ministère des Finances ferment les yeux ? Ça fait un siècle que les Saint-Soens font de l'optimisation fiscale : vous pensez qu'on va s'arrêter juste parce que des jaloux envieux réclament une justice sociale en foutant le feu à trois palettes et à des pneus de camion ? Il faut vous réveiller, mon vieux. Ce n'est pas pour ce genre d'information qu'on vous a refilé l'étude Lambert, d'accord ? Les flics ne cherchent rien parce qu'ils ont plus à perdre qu'à gagner s'ils trouvent quelque chose. Ce n'était pas la peine de m'obliger à faire tout ce trajet pour m'annoncer un truc que je savais déjà. Sans compter qu'il faisait un temps admirable hier sur la côte. »

Michel range son doigt. Les motifs cachemire de la nappe ne l'intéressent plus.

« Non, ce n'est pas la raison pour laquelle j'ai sollicité cette réunion, dit-il.

— Et pourquoi alors ? Qu'est-ce qui est assez important pour justifier que je sois obligé de terminer à la hâte un plat de bulots première fraîcheur pour sauter dans une voiture, me taper une heure et demie de route et retrouver cette baraque qui me donne envie de gerber ? »

Nul besoin d'une perspicacité débridée pour deviner que la politesse consciencieuse qu'observe Michel depuis le début de la réunion est un paravent installé en travers de la discussion, destiné à retarder le moment fatidique où il va révéler la véritable raison de leur présence dans l'immense et sonore maison de famille.

« En fait, c'est la merde », lâche Michel dont l'index s'est réfugié dans la poche de son pantalon.

Pierre-Yves et Henri sursautent en même temps et avec un bel ensemble sur leurs chaises.

« Ça veut dire quoi, c'est la merde ? » interroge Pierre-Yves. Sa voix rappelle les pas d'un chat entrant dans une pièce dont il renifle le danger depuis le seuil. Michel fait semblant de réfléchir un instant à la forme la plus appropriée de présenter les choses à ces deux crapoteux. Son petit manège dure quelques secondes, pendant lesquelles le notaire cherche à se composer un masque de contrariété et de désolation. N'y mettant pas vraiment d'ardeur et ne souhaitant pas que soit trop visible le plaisir qu'il prend à lire l'anxiété sur le visage de ses employeurs, il finit par lâcher un soupir contrit signifiant qu'il n'existe pas de bonne manière d'annoncer une mauvaise nouvelle.

« Si vous me permettez l'expression…, commence Michel d'un ton dont il ne parvient pas à chasser tout le dédain dans lequel il tient les deux Saint-Soens, si vous me permettez l'expression, les emmerdes sont arrivées lundi. Les emmerdes arrivent toujours le lundi, vous avez remarqué ? Le contrecoup d'un week-end décevant ou tout bêtement une politesse chrétienne qui voudrait qu'on ne révèle pas un événement désagréable le jour où l'on célèbre le Seigneur. J'ignore la raison exacte, je ne peux que constater cette étrange réalité.

— On est mardi matin, intervient Pierre-Yves.

— Effectivement, et je vous remercie pour votre diligence. Donc, hier, lundi, je reçois un coup de fil de maître Thuillier, notaire à Honfleur. Un confrère très compétent, connu pour le soin qu'il apporte à chaque dossier. S'il ne s'était pas occupé de successions, il serait devenu orfèvre. Il aurait fait pareillement fortune, à mon avis. »

Michel ressort son doigt et le fait à nouveau courir sur la nappe mais, cette fois, sans suivre les motifs imprimés. L'index se déplace sans but et sans logique, comme s'il était animé d'une intention propre indépendante de celle de son propriétaire.

« Pardonnez-moi d'être aussi long et de me perdre ainsi dans les détails, mais vous allez voir qu'ils ont leur importance. Ma première rencontre avec maître Thuillier remonte à cet après-midi pénible après l'enterrement de Jacques Lambert. C'est lui qui a annoncé à la famille Lambert le contenu du testament que Jacques lui avait confié trois mois avant sa mort. La lecture des dernières volontés de mon ancien associé a fait l'effet… »

Michel cherche une formule qu'il souhaite imagée et percutante comme s'il racontait une histoire à deux enfants afin de les endormir. Rien ne lui vient à l'esprit. Michel n'est pas un virtuose des mots, il se contente de poursuivre son récit.

« Je me souviens de la scène comme si c'était hier. Thuillier se pose dans un fauteuil d'angle à demi-couvert par la pénombre des volets. Il se tient silencieux – on dirait un fantôme, assis avec son cartable en cuir sur les genoux. Il attend que les héritiers Lambert aient fini de se disputer et se rappellent qu'ils lui ont demandé de leur présenter l'état de la succession. Après un moment, Thuillier se racle la gorge. Il défait les languettes de cuir qui retiennent le rabat de son cartable et sort une chemise cartonnée rose, vous imaginez ? Rose. J'ai failli m'étrangler de rire. Il en tire une enveloppe cachetée qu'il ouvre en prenant tout son temps. Puis il procède à la lecture du testament, une feuille simple rédigée au recto. Rien de plus. Cela fait, le fantôme se lève de son fauteuil, pose la chemise cartonnée rose, l'enveloppe et le testament sur la petite table basse du grand salon et sort de la pièce, poursuivi par le bruit de ses pas. Vous auriez dû voir le regard de Jean-Baptiste, le fils aîné. Je crois qu'à cet instant, il aurait pu trancher la tête de ce pauvre notaire s'il avait eu un sabre sous la main.

— Vous pensez que j'en ai quelque chose à foutre de ce qui s'est passé chez les Lambert il y a trois mois ?, coasse Henri. Arrêtez de me parler de ce salopard. Si j'avais pu le tuer de mes mains, je l'aurais fait. Qu'il se soit étouffé en bouffant des huîtres est la meilleure chose qui pouvait arriver. Je parle pour tout le monde, et pas seulement pour moi. Alors venez-en au fait car ce rendez-vous n'a que trop duré.

— Bien sûr, acquiesce Michel. Ce que je veux dire, c'est que maître Thuillier, eh bien, il porte la poisse, j'en suis convaincu. Il a la scoumoune. »

Michel aime bien cette expression, cela lui rappelle le film avec Belmondo et Claudia Cardinale quand il était jeune. À l'époque, il pensait encore qu'il avait une chance de mener une vie de gangster, qu'il pourrait se taper des filles supercanon juste parce qu'il avait l'air d'un dur quand il penchait la tête un peu de côté et qu'il esquissait un demi-sourire.

« En réalité, Thuillier voulait s'assurer que j'étais bien votre représentant légal dans cette succession.

— Vous êtes surtout le vieil arriviste auquel on a offert une belle étude notariale qu'il n'aurait jamais eu les moyens de se payer tout seul, coupe Pierre-Yves.

— Oui, ça aussi. Mais si l'on met cet élément à part, je suis avant tout votre représentant légal.

— Et donc, Thuillier voulait vous parler de quoi ?

— Il semble que votre mère, dit-il en répondant d'un petit signe de tête à Pierre-Yves, et votre femme…, continue-t-il avec un autre petit signe de tête en direction d'Henri, il semble qu'elle ait souhaité procéder à la modification complète de ses dispositions testamentaires. »

Le père et le fils ouvrent en même temps la bouche comme s'ils tombaient dans un trou spatio-temporel et qu'un esprit facétieux bloquait le balancier du carillon à ressort accroché au-dessus de la fenêtre principale. Avant que les deux Saint-Soens aient le temps de dire « Quoi » en s'étranglant dans leur consternation, Michel reprend le cours de son récit, mais avec un entrain plus contenu et en effaçant de son visage la moue narquoise qu'il arborait jusqu'alors.

« C'est l'expression qu'elle a employée lorsqu'elle a procédé à la rédaction de l'acte, dit-il. Cela date de quelques mois, ajoute-t-il.

— De quelques mois ? »

Pierre-Yves s'est levé d'un bond de sa chaise. Il postillonne plus qu'il ne parle. Sa bouche déformée par la colère expulse des mots mais surtout des gouttelettes de salive qui tombent en parapluie sur la table, obligeant Michel à un mouvement de retrait du buste pour mettre à l'abri sa cravate en soie et sa chemise en popeline qui sort de chez le teinturier.

« Quelques mois ? » répète Pierre-Yves. Il reste là, la voix suspendue, plaçant le silence en attente. Plus personne ne parle et plus personne ne bouge. Aucun des trois n'ose s'exprimer – certaines idées exigent du temps pour se frayer un chemin jusqu'à l'imagination –, mais d'un seul coup ils pensent tous à la même chose. Jacques Lambert et Emma Saint-Soens ont-ils décidé ensemble, au même moment et en choisissant le même notaire, de modifier leurs testaments dans le but assumé de nuire à leurs familles respectives ? Pierre-Yves, qui s'est à moitié levé, décollant ses fesses pour se pencher au-dessus de la table comme s'il s'apprêtait à saisir Michel par les revers de sa veste, retombe sur sa chaise. Un long soupir s'échappe de sa poitrine, produisant le bruit d'une poupée gonflable qu'on aurait percée avec la pointe d'une épingle. Jacques et Emma ne se sont pas contentés d'avoir été amants dans leur jeunesse, non : ils ont conservé cet attachement l'un à l'autre toutes ces années au point de fomenter un complot dont ils pourraient rire ensemble après leur mort. Tout à coup, plus rien n'a de sens pour Pierre-Yves qui se met à marteler la table à coups de poing tandis qu'Henri porte les mains à son front dans une attaque de panique. Le vieux comptable roule des yeux, il pense qu'il va succomber à une crise cardiaque. Mais non. Rien du tout. Au contraire, il est soudain pris d'un rire frénétique qui lui fait monter des glaires dans la gorge et des larmes dans les yeux. Il finit par lâcher une quinte de toux qu'il réprime en se martelant le torse comme son fils martelait la table quelques secondes auparavant.

« La salope, mais la salope ! La salope de salope ! » beugle-t-il, tentant de ravaler glaires et larmes dans une cascade de hoquets. Les cris et les lamentations cessent une nouvelle fois et cèdent la place à un silence stupéfait. Comme s'ils s'éveillaient d'une longue hibernation, le père et le fils comprennent qu'avoir balancé Emma par-dessus la rambarde du grand escalier de la grande maison de Mont-Saint-Aignan, l'avoir précipitée dans une chute de dix mètres pour lui briser le cou, n'ont servi à rien. Ils ont trop attendu pour la tuer. Ils se sont montrés trop patients. Ils sont les victimes non plus de la perfidie d'Emma mais d'une indécision qui a trop longtemps retenu leurs bras. Pierre-Yves repense à cette seconde, à ce moment où il a soulevé le corps fluet de sa mère, presque sans effort, au-dessus du garde-fou du palier. Elle n'a pas protesté, pas résisté, pas émis le moindre reproche comme il l'avait anticipé. Elle s'est contentée de le dévisager, de plonger son regard dans le sien et de lui adresser un sourire. Sur le moment, Pierre-Yves a mal interprété l'expression d'Emma ; il a pensé qu'elle lui pardonnait son geste pour toutes les brimades qu'elle lui avait infligées depuis sa naissance. Dans la précipitation de son meurtre, le fils a cru que la mère le comprenait et approuvait un acte qu'elle considérait comme inéluctable. *Elle accepte son destin*, avait songé Pierre-Yves, *et elle me remercie de faire preuve du courage qui m'a toujours manqué.* L'erreur du fils était on ne peut plus patente. Ce qu'Emma disait à Pierre-Yves dans cet échange muet était tout autre. Il était l'instrument de sa machination à elle ; en croyant se venger, Pierre-Yves accomplissait la vengeance de sa mère. Elle le punissait une dernière fois, elle le condamnait en mourant tel le sacrifice de la reine conduit au mat imparable dans une partie d'échecs lumineuse et sublime.

Pierre-Yves se trouve renvoyé à la seule chose qui le caractérise, son inutilité. Il a été un enfant non voulu, un adolescent abandonné sur le bord de son ennui et un adulte qu'on posait sur une chaise ou un fauteuil lors des réunions de famille ou les conseils d'administration. Cruauté sans égale et sans concession, la seule fois où Emma a consenti à le considérer comme autre chose qu'un élément du décor – le jour où elle a accepté de faire appel à lui et de le transformer en assassin –, ce fut pour mieux lui rappeler qu'il n'avait jamais servi à rien et qu'il en serait toujours ainsi. Qu'Emma meure ou qu'elle vive n'était plus un enjeu à l'instant où son corps d'une légèreté insoutenable était soulevé à un mètre du sol, juste assez haut pour qu'il accomplisse la bascule vers son destin, et qu'il plonge dans le vide. Quelle que fût la décision de Pierre-Yves, qu'il trouve ou non le courage et la ressource de faire ce dont il rêvait, tout était joué d'avance. Pas un instant, Emma n'avait cessé de dicter sa volonté.

« Tout ça, bredouille Pierre-Yves. Tout ça, pour rien ?

— Attends, ne t'emballe pas », intervient Henri. Son dos a pris une drôle de forme voûtée et son cou paraît s'être allongé à la manière d'un tentacule, au bout duquel oscille sa tête évasée terminée par un nez recourbé. Michel pense à ce rapace qui hante certaines cases des histoires de Lucky Luke.

« Laisse notre représentant légal nous exposer la situation dans ses détails. Je suis sûr qu'il ne nous a pas tout dit.

— Thuillier m'a transmis une copie des actes authentiques, reprend Michel, et je m'étonne qu'il n'ait pas pris contact avec vous afin de vous en donner lecture et de vous les remettre officiellement.

— On était au bord de la mer, croasse Henri. On n'a pas internet et le réseau n'est pas bon, une fois sur deux mon portable ne passe pas.

— J'ai dû avoir un peu plus de chance que vous, note le notaire. Et Thuillier un peu moins.

— Et qu'est-ce qu'ils disent, ces actes authentiques ? » reprend Henri.

À côté de lui, Pierre-Yves n'est plus en mesure de prononcer la moindre parole, trop occupé qu'il est à contempler, les yeux dans le vide, le désastre auquel a viré le plan que son père et lui ont échafaudé pour accéder à l'héritage qu'ils estiment leur revenir. Ni l'un ni l'autre n'a la prétention d'affirmer que le stratagème brillait par son génie mais, après y avoir réfléchi pendant quelques années, ils étaient parvenus à la conviction qu'il présentait la solidité et les garanties suffisantes pour les tirer d'affaire sans dommages.

Emma n'a pas fait dans la poésie. Dix lignes suffisent pour graver dans le marbre ses dernières volontés. Signe que Jacques et elle ont procédé cnsemble à la rédaction, hypothèse qui a la préférence de Michel.

« La mise en œuvre pratique des détails est confiée à maître Thuillier désigné exécuteur testamentaire, ajoute Michel. Des instructions ont été données à mon confrère en ce sens et, je vous passe les détails pour l'instant – nous y reviendrons quand cela sera nécessaire –, une centaine de pages d'annexes ont été jointes au testament.

— Une centaine de pages ?, s'étrangle Pierre-Yves.

— Les affaires de votre mère étaient compliquées et multiples, objecte Michel.

— Non, tout est parfaitement simple. Je suis son fils unique, j'hérite. Point barre. Lui, là (il désigne son père), n'a droit à rien mais il le sait depuis longtemps. Donc, je vais le prendre en charge. C'est bien ce qu'on fait de nos jours, non ? S'occuper des vieux. Y en a que pour eux dans ce pays. »

Henri s'apprête à dire quelque chose, un truc bien borderline, du genre « Sans moi tout ce fric n'existerait pas », ou encore « C'est pas vous qui vous êtes cassé le cul pour gérer les comptes dans les paradis fiscaux », ou encore « L'évasion fiscale tout le monde en rêve mais ça se mérite » – donc Henri a envie de rappeler quel a été son rôle dans la consolidation et l'expansion de l'empire Saint-Soens mais Pierre-Yves ne lui en laisse pas le temps. Le fils a une idée personnelle du partage et il n'est pas dans sa nature de reconnaître les mérites des autres, fussent ceux de son paternel. Sa conception de la famille est on ne peut plus basique.

« Ils ne voulaient pas de moi dans leur prétendue noblesse, braille-t-il. Les Saint-Soens et leurs courtisans. Quoi que je fasse, je resterai un moins que rien comme je l'étais aux yeux de ma mère et aux yeux de ceux qu'elle estimait comme ses égaux. Cela dit, je ne vais pas me résigner à devenir pauvre juste parce que je n'ai pas réussi à apprendre les manières des riches. »

C'est compliqué à expliquer, le plaisir que certains prennent à punir leurs enfants. Ils ne les désirent pas. Les gosses s'imposent à eux comme le rappel permanent d'un échec, d'une obligation qu'ils tentent d'oublier en la tenant le plus possible à l'écart. On ne déteste jamais quelqu'un comme on peut haïr sa progéniture, parce qu'elle est vulnérable et qu'elle se laisse cabosser.

« À propos de ça », intervient Michel. Ses lèvres fines se pincent en une ligne horizontale parfaite et dépourvue de couleur comme s'il les avait avalées d'un seul coup. « Je veux dire à propos d'être un gosse de riche…

— C'est ce que je suis, coupe Pierre-Yves. Personne ne pourra me l'enlever et si vous voulez que je vous le dise, j'en suis fier en plus. Voilà ! Je suis un putain de gosse de riche. Je les emmerde, tous ces foireux incapables. »

Il s'interrompt une seconde, le temps de reprendre son souffle, et de réunir l'énergie nécessaire pour partir en vrille.

« Ils sont jaloux, c'est tout. Parce qu'ils n'ont pas de fric, ça les rend envieux mais ce sont des incapables. Ils sont aussi cons qu'une borne kilométrique et il faudrait les rémunérer pour ça ! Hé, les gars, je n'ai pas appris à partager, et c'est pas maintenant que ça va commencer.

— Justement, essaie à nouveau Michel, tentant de calmer l'héritier que l'idée du fric fait siffler comme une cocotte-minute. Dans la copie du document que m'a transmise Thuillier, il y a un élément que j'aimerais porter à votre attention. »

Michel tire de sa poche la photo d'une femme. Elle regarde l'objectif de côté avec un masque aguicheur et dévoile son épaule droite et son dos nu au bas duquel court une étole couleur mimosa. La peau offerte au regard est entièrement recouverte par un tatouage continu partant de la base du cou, s'étirant sur les omoplates, pour glisser le long des bras et vers les reins. Pierre-Yves a besoin d'un petit moment pour comprendre ce que représente le tatouage dont les couleurs – de l'ocre au rouge sang en passant par l'orangé et le terre de Sienne – se marient avec une étrange harmonie à la peau laiteuse et aux formes arrondies du modèle. Sans être grosse, elle est en chair, de cette corpulence dans laquelle les peintres du XIXe trouvaient une sensualité et la certitude d'une sexualité imaginative et satisfaisante. Une idée vient à l'esprit : elle a tout d'une chaudasse qui aurait pu poser pour Édouard Manet. Le sphinx, représenté par le tatouage, est un peu bizarre bien qu'il apporte une touche orientale renforçant la promesse lascive du regard. *Elle doit baiser comme une grosse truie*, est la seule pensée qui traverse l'esprit de Pierre-Yves. Ce dernier touche la courbe de l'épaule de la pointe du doigt et le retire comme si le papier glacé de la photo l'avait brûlé. *Elle a quelque chose de vulgaire, mais un peu de vulgarité ne peut pas nuire à une bonne levrette.*

« Et c'est qui ?, demande-t-il à la place.

— Cette dame… » Michel marque un temps d'arrêt sur le mot dame pour signifier à son client qu'il a deviné ce qui lui trottait dans la tête. « Cette dame s'appelle Monique Fradet. Elle est commerçante et tient une boutique. Le Dollhouse, qui vend des articles féminins et des accessoires érotiques dans une petite rue du centre-ville.

— Vous la connaissez ?

— L'endroit est petit mais chaleureux et bien achalandé, répond Michel. Le service à la clientèle y est remarquable. Je vous le recommande. »

Pierre-Yves et Henri laissent filer. Ils n'ont pas que ça à foutre.

« D'accord. Merci pour le parrainage. Je ne manquerai pas de lui demander de me faire un prix. Mais sinon, en quoi cette dame nous intéresse ? »

Michel hésite. Connaissant les deux connards, il a décidé d'y aller mollo, une information à la fois pour qu'ils aient le temps de digérer chaque morceau.

Comme le notaire tarde à répondre, le père et le fils se penchent en avant d'un air interrogateur et impatient pour lui faire comprendre que tout cela a assez duré. Michel hoche la tête et il y a dans ce mouvement l'expression d'une résignation qu'il aimerait sincère.

Le notaire pose tout, d'un seul coup, sur la table de la cuisine. Monique Fradet est la fille naturelle de Jacques Lambert et d'Emma Saint-Soens, la sœur de Pierre-Yves. Jacques et Emma ont eu une relation à la fin de leur adolescence. De cette relation qui n'a duré qu'une nuit, rassurez-vous, est née une petite fille. Emma a accouché, ici, dans cette maison, sous X, avant d'abandonner l'enfant. Alexandre Saint-Soens ne voulait pas de l'union de Jacques et d'Emma. Il faut dire qu'à l'époque Jacques Lambert était un peu moins qu'un pas-grand-chose. En tout cas, pas quelqu'un taillé pour hériter de cinq générations de Saint-Soens.

Mardi 9 h 23

Gilles, le second frère de Claire, cherche un pigeon auquel il pourrait tordre le cou. Le généalogiste fait défiler des galeries de photos sur l'écran de son ordinateur. Il arrête la flèche de sa souris sur le cliché d'un jeune homme, la trentaine rancunière, maigrichonne et pâlotte. Le gars a une tête de fouine, le genre de museau qui pousse au fil des déceptions, un renoncement après l'autre. On ne devrait pas fonder une opinion sur le physique mais Gilles possède une espèce de sixième sens, un radar intégré pour repérer les foireux comme Bruce Willis dans *Unbreakable.*

Le type s'appelle Renaud quelque chose, son nom n'a pas d'importance. Sur la capture d'écran que Gilles a enregistrée, Tête de Fouine arbore la morphologie des gosses qui assurent la fonction de souffre-douleur dans la cour de récréation. De toute évidence, son physique ne lui offrait pas la possibilité de se défendre. Il lui restait la fuite, option qui décuplait le plaisir de ses bourreaux. Des gamins, pas forcément plus costauds mais qui se déplaçaient en bande, soudés les uns aux autres tels les membres d'un même corps dont la force était décuplée par le nombre. Pris un par un, Renaud aurait pu tous les étendre d'un pain dans la gueule, d'un kick dans le ventre ou d'un coup de genou dans les couilles : il en était certain, et peut-être qu'eux aussi. Afin de parer à cette éventualité, ils avançaient en meute et finissaient par le coincer, le plus souvent vers le bâtiment abritant les chiottes à la turque. Les membres de la meute étaient si excités par la chasse que certains envisageaient de lui piquer ses fringues, de lui enfoncer quelque chose dans le cul ou de lui fourrer les doigts dans la bouche pour le faire vomir ce qu'il avait mangé à la cantine. Martyriser Tête de Fouine était d'abord un jeu, mais c'était aussi un service que ses tourmenteurs estimaient lui rendre. Chaque raclée servait à l'endurcir, ça l'aidait à devenir un homme, le risque étant qu'il demeure une fillette toute sa vie et que les choses soient bien pires quand il serait adulte. Si on le laissait grandir comme il le souhaitait, il se ferait casser la gueule par n'importe qui. Il serait incapable de se défendre. Aucune femme ne voudrait se marier avec lui parce que les filles ne veulent pas épouser des fiottes et il finirait tout seul, vieux, dans une de ces maisons où l'on envoyait les inutiles et les profiteurs. S'il y avait une chose que les membres de la meute détestaient, c'était bien les fiottes et les profiteurs. Ils l'avaient appris de leurs pères et ils entendaient transmettre cette conviction à leurs fils, plus tard, quand ils seraient devenus les connards qu'à dix ans ils promettaient d'être.

Pour Tête de Fouine, l'école primaire avait été un long chemin de croix, et le collège, un calvaire à peine moins cruel. Il avait dû attendre que le bouillonnement des hormones pousse une partie de ses semblables vers une mollesse apathique et l'autre vers une frénésie de masturbation pour découvrir une tranquillité qu'il n'avait jamais connue auparavant. Dès que le regard de ses bourreaux s'était fixé sur les jambes et les seins des filles, le pauvre diable avait bénéficié d'une paix salutaire pour son passage à l'âge adulte, les petits cons préférant tout à coup se colleter les uns aux autres dans l'espoir encore inconscient de s'imposer en mâles reproducteurs fiables, objectif unique vers lequel tendait toute leur existence, atrocement médiocre par ailleurs.

Comme tout organisme soumis à un stress existentiel intense, Tête de Fouine avait mis au point une technique de survie qui s'était révélée, pendant toutes ses années de collège, aussi indispensable que moyennement efficace. Il s'abritait derrière une montagne de connaissances inutiles qu'il puisait dans d'obscurs ouvrages écrits par des auteurs encore plus obscurs et qui parlaient tous de la seule chose digne de son intérêt : les séries télé. Au départ, il remplissait de notes des cahiers à spirale classés par genres. Il consignait les anecdotes, les statistiques, les noms des équipes de tournage jusqu'aux assistants de réalisation, en gros tout ce qui légitimait son travail de compilation. Avec quelques décennies d'avance, il s'était lancé dans l'agrégation de données. L'ancêtre du big data. Animé par l'ardeur d'un rongeur, il amassait ce qu'il y avait à savoir. Il vibrait de cette fièvre universaliste qu'il considérait capable de le placer sur le trône de la connaissance. Son gros kif, c'était de corriger les erreurs des autres. Il ne manquait pas une occasion de leur rappeler le fossé qu'il était parvenu à ouvrir entre eux et lui grâce à des années de labeur silencieux et solitaire. Il avait forgé une aristocratie dont il était le seul membre. Ceux auprès desquels il entendait éprouver cette autoconsécration revancharde lui riaient au nez. Les plus cruels lui rappelaient que dans la cour de récréation – le seul endroit où le pouvoir comptait vraiment –, Tête de Fouine se trouvait au bas de la hiérarchie préadolescente.

La frustration avait été grande mais les efforts n'avaient pas été tout à fait vains. En quelques occasions, Tête de Fouine était parvenu à briller comme lorsqu'il avait fait cet exposé sur *Star Wars* devant une classe endormie par la torpeur de l'après-midi mais sous le regard d'une prof de français enthousiaste et ébahie par l'étendue de son savoir. Cette fugace victoire avait suffi à entretenir en lui *une flamme tenace qui*, pensait-il, *brillerait un jour comme un grand feu de la reconnaissance.*

Vingt ans plus tard, constate Gilles avec une pointe de tristesse ironique, Tête de Fouine confirme par la banalité de son parcours qu'il n'existe rien en ce monde d'inattendu ou de miraculeux pour qui se donne la peine de regarder attentivement ses semblables. Les mêmes défauts conduisent aux mêmes impasses. Collégien maltraité, il est devenu un adulte prévisible compensant l'ingratitude de son physique et la médiocrité de son intelligence par le fantasme d'une excellence encyclopédique sur l'univers de George Lucas. Il traque les dates erronées, les noms mal orthographiés, les approximations factuelles et les oublis contextuels. Quand il repère une connerie, il plonge en piqué avec la vitesse d'un vautour tombant sur un rat. Il compense, il dépèce l'ignorant, il lui ouvre les entrailles avec le bec acéré de son érudition. Tête de Fouine s'est forgé un personnage, le paria fort en thème, le génie incompris, cet individu qui peuple les cimetières. Dans la construction de sa personnalité, il s'est trouvé une raison d'être. Il est discriminé. Pas un instant ne lui vient à l'esprit le soupçon de mériter le traitement que les autres lui réservent avec une constance troublante.

D'une nature anémique, il se consume de l'intérieur. L'aigreur forme chez lui un combustible métabolique grâce auquel il brûle les graisses dans le fourneau de sa rancune. Ce qu'il déteste le plus est la réussite des autres. Il est convaincu que la plupart d'entre eux ne méritent pas l'admiration dont ils se repaissent. Mais pire encore, il pense que cette attribution injuste des mérites le vole de l'onction tant désirée. Comme si la notoriété se réduisait à un gâteau dont le nombre de parts serait limité et dont il serait privé. Pendant un temps, Tête de Fouine a animé un blog consacré à la science-fiction et aux jeux vidéo, avant d'essayer d'écrire un scénario. Le blog a terminé dans les profondeurs des pages Google, et le scénario dans le tiroir d'un producteur découragé dès la première page. Contraint à une laborieuse reconversion, il a accroché du bout des doigts un poste de chroniqueur occasionnel sur une webradio dont la particularité est d'attacher moins d'importance au talent qu'à la nécessité de remplir gratuitement une grille de programmes. Une fois par semaine, il parle de Disney et d'Ubisoft parce que c'est devenu à la mode au début des années 2010. Il y a vu un créneau pour monétiser son ambition.

Tête de Fouine est un pote d'Élodie, une petite chose qui après un stage d'observation, un stage d'insertion, un stage de qualification, un stage d'apprentissage, un CDD d'été et deux années de piges, a obtenu un poste de journaliste à *la Gazette de Seine-Maritime*. Elle est à temps plein. Elle a raté les concours d'entrée aux écoles de journalisme parce que ses parents étaient ouvriers et n'avaient pas le temps de lui consacrer des milliers d'heures d'attention, de tendresse, de lecture et de conversation sur l'état du monde quand elle était gamine.

Tête de Fouine et Élodie sont jaloux l'un de l'autre mais se ressemblent trop pour ne pas s'entendre. Ils se réconfortent de leur médiocrité respective, ils se tirent vers le fond. Elle débite de la copie comme un charcutier à la fête du boudin. Lui tweete comme un épileptique. Une cinquantaine de messages les mauvais jours. Il passe la barre des cent quand il se clashe avec un connard cherchant à le prendre en défaut sur un épisode de la *Prélogie*. Twitter lui a donné la parole, il en a conclu qu'il racontait des choses intéressantes. Surtout, pendant un temps, le réseau social a été le seul endroit où il se sentait à l'aise. Pas besoin de diplôme, pas de sélection à l'entrée. Le petit oiseau bleu a offert un créneau de quelques années à ceux dont personne n'avait rien à foutre de l'avis pour compenser une partie de leur retard. Comme c'était prévisible, cela n'a pas duré. Aujourd'hui leur parole ne compte toujours pas mais ils parlent entre eux.

Quand Gilles achève son profil psychologique, le trentenaire ressemble au candidat idéal. C'est presque trop beau pour être vrai. Avec l'application d'un animal rôdeur, Tête de Fouine s'en prend à tout ce qui nourrit sa convoitise. Si quelque chose a du succès, c'est forcément de la merde. Suivant une logique inversée, il confond esprit critique et besoin de contradiction. Plus les gens sont nombreux à partager le même avis, plus ils se trompent et donc plus lui a raison de ne pas être d'accord. Il a intégré les premiers corps expéditionnaires du complotisme sur Twitter. Par chance, il n'a jamais eu assez d'abonnés pour faire masse. La réussite le fuit avec un tel acharnement qu'il s'est résolu à faire de l'échec un idéal de vie. *En réalité*, songe le généalogiste, *ce type a juste une destinée douteuse et un physique ingrat*. Paradoxalement, c'est ce tempérament dépressif qui l'empêche d'être un salopard complet. Ça le maintient au niveau d'un prétentieux passable. Son obsession est de prouver qu'il possède un goût infaillible, tout en s'abritant derrière une condition d'incompris. S'il n'avait pas ce profil de mulot, il pourrait jouer au dandy. Il est tellement convaincu de sa supériorité qu'il n'éprouve pas le besoin de la démontrer. Elle est une évidence que seuls les imbéciles ne savent pas voir. Il doit son salut à ce seul trait de caractère, car pour le reste il coche pas mal de cases pour postuler à un boy's club.

Quand Gilles lui a donné rendez-vous, trois jours plus tôt, Tête de Fouine songeait à arrêter Twitter ; il songeait à arrêter plein de choses en fait. Il s'approche de la quarantaine, il entame un bilan de ses incompétences. Il aimerait savoir ce qui ne marche pas et en même temps il a peur de la réponse. Il sent la crise de milieu de vie fondre à grands pas. Pendant longtemps, il a tiré une fierté à vivre de peu. Il était capable de se débrouiller tout seul, il bouclait ses fins de mois sans faire de compromis sur le jambon-coquillettes. Le généalogiste l'a déniché en remontant un arbre généalogique. Une vieille tante, restée jeune fille, lui a laissé le peu qu'elle possédait, une maison planquée à Perros-Guirec et une assurance-vie cachée sous une pile de draps dans l'armoire de sa chambre. La vieille avait rédigé une très longue lettre, pleine de manières littéraires et de recommandations. Elle n'avait pas rencontré son neveu, elle voulait surtout être lue, laisser une trace à la manière de ces limaces poussives qu'on perce avec la pointe d'un bâton.

Tout accaparée par la rédaction de sa longue lettre, la tante n'a pas pensé à provisionner les frais de mutation. Il n'est pas sûr que l'idée l'ait effleurée. *La part de l'État est si élevée qu'elle va absorber à peu près tout le capital dont disposait la vieille dame*, se dit Gilles. Le reliquat ne dépassera guère le prix de la tournée d'un chanteur des années quatre-vingt dans une fest-noz de sous-préfecture. *Bonsoir, Morlaix, vous allez bien ?* Malgré tout, la somme devrait permettre à Tête de Fouine de se payer des vacances quelque part dans les

Ardennes ou dans le Limousin. Il paraît que l'Eure-et-Loir est moins moche qu'on le dit. Il est pile poil dans la nouvelle géographie sanitaire du tourisme. L'autre option serait de remplacer son ordinateur portable asthmatique. Tête de Fouine imagine qu'avec un clavier et un écran neufs, il pourrait trouver l'inspiration ; pourquoi pas écrire un roman ? L'édition ne manque pas d'incapables, il conserve toutes ses chances. Un roman, ça pourrait le remettre en selle. Ça lui assurerait un but dans la vie.

Gilles est en train de rédiger un message WhatsApp pour demander au neveu de passer à l'étude en début d'après-midi quand son téléphone de bureau se met à sonner. Le généalogiste regarde l'appareil avec surprise. Personne n'appelle sur cette ligne. Lui-même n'en connaît pas le numéro. On devrait supprimer les lignes fixes. C'est ringard et ça carillonne dans le vide à partir de dix-sept heures. Comme la sonnerie ne fait pas mine de s'arrêter et que personne ne fait mine de décrocher depuis un autre poste, Gilles soulève le combiné entre le pouce et l'index telle une écrevisse qu'on prend par l'abdomen en craignant de se faire pincer le doigt.

« On a un problème. »

Quand il est en panique, Michel a la voix qui se resserre comme un nœud coulant. Au ton qu'il emploie, Gilles devine qu'il s'agit d'une embrouille grande taille. Le notaire n'aurait pas pris la peine de l'appeler à une heure si matinale sur une ligne du cabinet si ce n'était pas le cas. Il répète : « On a un problème. » Ce qui en langage clair signifie, « Je me suis mis dans une merde noire tout seul comme un grand et il faut que tu m'en sortes parce que je suis à court d'imagination ».

Le généalogiste ne répond pas. Tenant le combiné avec un dégoût méfiant, il finit par le poser sur la surface grise et laquée de son bureau en aggloméré, assez loin de lui. Il presse la touche haut-parleur du téléphone et se met à pianoter sur le clavier de son ordinateur portable. Gilles refuse de travailler sur un terminal de bureau pour la simple raison qu'il a piraté tous ceux qui servent au fonctionnement de l'étude. Il a accès à l'ensemble des boîtes mail du cabinet et connaît à peu près tout de la vie privée des collaborateurs et associés. Globalement, rien d'intéressant. Des catalogues de banalités qui empilées les unes sur les autres échafaudent des vies quelconques. Les trois axes majeurs – le sexe, le boulot et les loisirs – occupent l'essentiel des discussions.

La voix de Michel s'échappe du haut-parleur. Gilles peine à comprendre ce qu'il raconte. Il augmente le volume et continue de frapper les touches de son clavier. Il calcule combien Tête de Fouine va empocher dans cet héritage qu'il n'attendait pas.

« C'est toi qui t'es occupé de la recherche de filiation de Monique Fradet ? » demande Michel. Sa voix s'attarde dans le crépitement des touches.

« Oui, c'est moi.

— Tu n'aurais pas trouvé un truc gênant ? Une saloperie ? Quelque chose dont on pourrait se servir ? Tu vois ce que je veux dire ?

— Mmmh, nan. J'ai rien trouvé.

— Tu as cherché ?

— Mmmh, nan. J'ai pas cherché. »

Ce que Gilles ne précise pas à Michel, c'est comment il en est venu à s'intéresser à Monique. Un document bizarre que lui a refilé Claire, une demande déposée auprès du Conseil national d'accès aux origines personnelles qui gère les documents des enfants nés sous X. Sa sœur lui avait suggéré de creuser un peu. C'était pour rendre service à une vieille copine qui avait vu passer sur Facebook des ragots louches la concernant. La copine voulait vérifier qu'elle n'était pas la victime d'un gros mytho qui balançait des trucs sur Monique. Gilles avait discrètement piraté le serveur du CNAOP, il s'était promené dans les fichiers comme il l'aurait fait dans une galerie de peinture. Rien de déplaisant, il aimait déambuler dans la vie de gens inconnus. Les archives du Conseil national l'avaient conduit jusqu'à une institution religieuse à laquelle Monique avait été confiée à sa naissance. Arrivé à ce point, Gilles était tombé sur un nom qu'il connaissait. Alexandre Saint-Soens. Le patriarche siégeait au conseil d'administration d'une fondation caritative qui se montrait plus que généreuse avec les bonnes sœurs condamnées à élever des gamins dont les parents ne voulaient pas. Son enquête avait pris la forme d'une boucle pour revenir jusqu'à Claire. La copine qui s'estimait victime d'un gros mytho sur FB était Emma Saint-Soens. L'héritière avait besoin de vérifier discrètement si les cadavres que son père avait cachés dans le placard familial s'y trouvaient toujours. Ce que Gilles n'avait compris que plus tard, juste après avoir pris contact avec Monique, était qu'Emma ne cherchait pas seulement à satisfaire sa curiosité, à panser une plaie mal refermée, mais à se procurer un instrument pour planter son imbécile de fils et son impotent de mari. Sans poser de questions, Gilles lui avait offert tout ce dont elle avait besoin, plus quelques informations supplémentaires utilisables sur Henri et Pierre-Yves. C'était cadeau, elle pouvait s'en servir comme bon lui semblait.

« On ne va pas laisser une connasse pareille récupérer un empire sans rien faire, tu comprends ?

— Ou p't'être qu'on ne va pas laisser deux connards la priver d'un empire sans rien faire. Faut choisir. À première vue, on a deux options.

— Quoi ? »

La voix de Michel s'est encore resserrée. On ne pouvait même plus y glisser le petit doigt.

« Qu'est-ce qu'elle va en faire, de ce fric ? C'est une commerçante de quartier. Tu as vu sa boutique ? On n'arrive pas à savoir si c'est une bijouterie ou une pâtisserie.

— C'est un magasin de cul, Michel, mais cela ne change rien. Toutes les boutiques se ressemblent aujourd'hui. Tu poses de minuscules objets sur d'immenses présentoirs, ce qui donne l'impression qu'ils sont très précieux, et tu les vends une fortune. Tu veux que je te raconte une histoire ?

— Non.

— D'accord. Donc, je te raconte. L'autre jour je descends à Saint-Tropez et j'entre dans une boutique de lunettes. Des modèles si moches que tu te demandes s'ils ne sont pas faits pour être portés à l'envers, comme les casquettes. À l'intérieur, un client est en train de faire un scandale, il s'énerve, il tape du pied comme un gosse contrarié et il sort sans rien acheter. Tu sais pourquoi ? » Gilles lance son navigateur. Il a enregistré une vidéo de la scène et l'a partagée sur YouTube. « Il n'y avait rien d'assez cher.

— Et conne avec ça, reprend Michel comme s'il n'avait pas écouté l'histoire du généalogiste. Tellement conne que ça m'en fiche la chair de poule. Elle est incapable de ne pas se tromper dans une addition.

Qu'est-ce qu'elle va foutre d'une fortune de deux milliards d'euros ?

— Elle fera comme tous les gens qui sont pétés de thunes, elle prendra un expert-comptable et il s'occupera, moyennant une généreuse rémunération, de lui en faire gagner encore plus. Le cercle vertueux du capitalisme financier, ça te parle ?

— Mais t'es dans quel camp ?

— Aucun. Et c'est justement pour ça que tu m'appelles au secours avant d'aller annoncer la mauvaise nouvelle à tes nouveaux patrons. »

Michel laisse courir un long silence sur la ligne. Gilles s'est mis à pianoter sur une calculette à grosses touches. Une fois que l'administration se sera servie, il ne va pas lui rester bézef, à Tête de Fouine.

« Tu as rendez-vous chez les Saint-Soens, dit le généalogiste. Et tu voulais vérifier avec moi si tu pouvais leur vendre une porte de sortie, c'est ça ?

— En gros, même si c'est plus compliqué que ça. C'est Thuillier qui s'est occupé de la paperasse et je ne peux pas aller les voir sans un truc pour les calmer. Ça va être la crise. Et cette bourrique de Monique ne va rien lâcher. Tu peux me croire.

— J'aime bien cette femme, dit Gilles, espérant que Michel va se lasser et mettre fin à une conversation qui ne mène nulle part. Je la trouve sympathique. Elle a un chouette tatouage dans le dos. »

Gilles continue de taper sur les touches de sa calculatrice. *Ce n'est pas avec ce que lui rapporte son site de geeks dépressifs obsédés par les séries télé que Tête de Fouine a une chance de quitter bientôt sa colocation derrière le musée des Beaux-Arts*, songe le généalogiste. *Je n'arrive pas à me faire à ces coïncidences trop belles pour être vraies.* Il note dans un coin de sa tête de vérifier les conditions du décès de la vieille tante. On ne sait jamais.

« Je te file une idée. J'ai l'impression que le fric, cela ne l'intéresse pas, dit Gilles, reprenant le fil de la conversation avec Michel.

— Oui, et à ton avis, ça représente combien, un pour cent de deux milliards et quelque ? C'est ce qu'on peut leur demander, aux Saint-Soens, si on leur trouve une solution. Un pour cent et peut-être même un et demi. Tu crois qu'elle te donnera ça, ta connasse tatouée ?

— Je ne sais pas. Il faudrait que je lui demande. »

Michel soupire au bout du fil.

Tête de Fouine va quand même récupérer quarante-sept mille balles. Il faudra vendre la maison de sa tante pour couvrir les frais, mais ça va lui permettre de voir venir. De reprendre son souffle et de laisser tomber Twitter. Il aura le temps de réfléchir à une nouvelle orientation de sa carrière. La matière grise ne vaut plus rien, c'est le truc le moins rentable qui soit. Et pourtant ceux qui n'ont pas d'autre capital le dépensent avec une obstination admirable. Ils investissent dans leurs gosses. L'école, les bouquins, les visites au musée, les vacances culturelles, l'éducation musicale et les séjours linguistiques, dans l'espoir de terrasser un système sur lequel ils ont une revanche à prendre. En dehors de ce sésame qui entretient son propre mythe, la seule chose qui a de la valeur, c'est ce qui est inutile. Les coaches, les chargés de programmes télé et les consultants. Tous ces boulots dont personne ne sait expliquer à quoi ils servent et quelles compétences ils requièrent. Ce sont eux les grands gagnants de l'ère de l'irresponsabilité. Ils ont compris que les gens vivent dans la hantise de se tromper. On n'a plus le temps de commettre d'erreur. Comme tout le monde est tétanisé à l'idée de prendre une mauvaise décision, les marchands de réconfort font fortune. À sa manière, Michel est devenu le consultant personnel des Saint-Soens. Le bouc émissaire sur lequel ils pourront passer leurs nerfs si la succession merde autant qu'ils le craignent.

« Non, tu ne lui demandes rien à cette salope, glapit Michel. Tu ne l'appelles pas, tu ne la préviens pas, tu ne lui parles pas.

— Et si c'est elle qui m'appelle ?

— Tu ne réponds pas ! Tu es con ?

— D'accord.

— Mais tu me cherches quelque chose sur elle. Un truc assez crade pour la disqualifier.

— C'est une course de vitesse ?

— Tu le fais exprès ou quoi ? Tu trouves quelque chose sur cette bouffeuse d'héritage. N'importe quoi. C'est une question d'honneur.

— D'honneur ? » Gilles lâche un petit rire. « Ce n'est pas le mot qui me serait venu à l'esprit concernant les Saint-Soens. À leur place, je me méfierais qu'elle en fasse, elle aussi, une question d'honneur. Ça pourrait vite dégénérer.

— C'est une menace ?

— Les gens dangereux ne profèrent pas de menaces.

— C'est sérieux. On est dans la merde. »

Non, TU es dans la merde, moi je suis dans mon bureau en train de calculer ce que va me rapporter un aspirant journaliste raté.

« Tu laisses tomber ce que tu es en train de faire. Tu me trouves un truc dégueulasse que je puisse servir aux deux guignols. J'ai rendez-vous dans une heure chez eux. Et tu me tiens au courant. »

Tûûûût-tûûûût. Gilles sort de sa poche un mouchoir en papier. Il enveloppe le combiné et raccroche. Il lance son logiciel de captage de données. Dans une boîte de messagerie sont stockés les doubles de tous les mails des employés de l'étude. Une dérivation installée en amont au niveau du routeur. Chaque message entrant ou sortant, chaque document créé et chaque échange interne sont dupliqués et placés dans cette espèce de Cloud.

Mardi 11 h 14

Claire a réglé le volume de ses bouffées. Elle fume avec une élégance qui accapare l'attention des lascars, et celle du patron. Elle savoure leurs regards qui rebondissent sur elle. Cela fait longtemps qu'elle ne s'est pas sentie aussi exposée et en même temps aussi inaccessible. Depuis l'enterrement de Jacques, elle a enfoui ses sentiments. Elle s'est enfermée dans un quotidien capitonné qui la protège des bruits du monde, une anesthésie ouatée qui amortit les chocs, aussi souple et absorbante que le tapis de yoga de ses copines intolérantes au gluten, aux œufs, au lactose et aux fruits de mer. Au début, ce mécanisme de défense lui a paru salutaire. Les semaines passant, l'hypnose du deuil s'est transformée en une prison dont elle ne sait pas comment sortir.

Elle a maigri – l'arrêt de la pilule et la reprise de la clope –, à tel point qu'en d'autres circonstances, on trouverait ça inquiétant. Dans son cas, on imagine que c'est temporaire. Elle est à ce stade d'entre-deux où les kilos perdus sont les indicateurs d'une mauvaise passe personnelle et non le début de pathologies exigeant des soins immédiats. Comme elle n'a plus de boulot, elle décale ses repas à des heures indifférentes de la journée. Elle mange quand elle y pense. Elle s'est convertie aux ramens du Carrefour Contact de son quartier car elle ne sait plus quand elle a faim. Verser de l'eau bouillante dans un bol de nouilles lyophilisées lui fait le même effet que de retenir sa respiration au fond de sa baignoire. Plus rien ne peut lui procurer de plaisir ou la distraire de l'état second qui, certains jours, la confine dans le rôle de plante d'appartement. Au moins n'a-t-elle besoin d'aucun médecin pour expliquer le lien direct entre son état dépressif et la mort de son père. Elle n'envisage pas d'en finir avec la vie, elle n'est pas assez enragée pour ça. Non, elle a juste envie d'être malade parce que ça l'occupe. Elle pense encore plus à elle et oublie le caveau de famille. La tristesse la guide comme une veilleuse indiquant la sortie de secours. Elle est montée d'un cran dans le cynisme et l'indifférence. Elle se soigne avec des ampoules de vitamines, des cachets de magnésium et des gélules de parapharmacie. Jacques lui a appris que l'apathie et l'inquiétude étaient une perte de temps réservée aux gens dépourvus d'imagination, d'esprit critique et d'aptitude à la souffrance. Le vieux notaire assimilait les crises de jalousie de sa femme Philomène à une faiblesse que pendant les premières années de leur mariage il avait eu l'ambition de l'aider à surmonter. Après la naissance de Jean-Baptiste, le frère aîné de Claire, il y avait renoncé, constatant que certains tempéraments comme celui de son épouse méritaient d'être abandonnés à eux-mêmes car ils ne pouvaient être modelés et servir à quelqu'un.

Pendant une seconde, Claire pense à sa mère et comme toujours, la seconde suivante, elle pense à autre chose. Elle continue à fumer en s'astreignant à une lenteur étudiée. Elle tire sur la pipe sans chercher à brusquer le circuit de l'air. L'eau fait des bouillons légers qu'elle trouve féminins. Elle absorbe de petites quantités d'oxyde de carbone et les recrache en jets tendus et droits, traçant devant elle une frontière de brume grise assez compacte pour dissuader quiconque de la franchir. Ainsi maintenus à distance par un simple nuage de fumée, les trois lascars n'ont pas bougé. Ils ont troqué leur pipe contre l'air niais des neveux de Donald. Ils sont engagés dans un truc qui requiert la totalité de leurs capacités cognitives. Deviner le genre de boulot qu'elle fait dans la vie. S'échangeant des idées à voix basse, ils parient sur un job d'intello, genre banquière au Crédit Agricole ou comédienne, parce que s'il y a une chose sur laquelle ils sont d'accord sans avoir eu besoin de se concerter, c'est que Claire ne sait pas se servir d'une éponge pour faire sa vaisselle ou changer le sac de son aspirateur. Il y a des gens pour se taper ce genre de corvées et elle n'en fait pas partie.

D'un petit geste de la main, Big Five signifie à ses potes de s'approcher pour qu'il puisse leur parler sans être entendu. Les deux pieds nickelés se penchent en avant, celui portant le bob réussissant à se cogner contre le foyer de sa pipe. Il rattrape la chicha avant qu'elle aille se fracasser sur le carrelage. « Non, leur explique Big Five, Claire n'est ni banquière au Crédit Agricole, ni comédienne, d'abord parce qu'une banquière ça porte une mallette dans laquelle elle range ses dossiers ou parfois des liasses de billets comme dans *Fargo* quand Steve Buscemi planque le fric dans la neige, et ensuite parce qu'une comédienne porterait un jean vintage neuf acheté troué et fabriqué par des gamins de huit ans dans une usine au Bangladesh. » Devant la puissance de ces explications, le Bob et son pote se mettent à hocher la tête d'un air pensif, tels ces petits chiens décoratifs qu'offraient certaines stations-service à leurs clients fidèles et qui terminaient sur la plage arrière de la voiture, condamnés à répéter le mouvement au gré des cahots de la chaussée sur la route des vacances.

« Elle est prof', vous pouvez me faire confiance, c'est marqué sur son T-shirt, dit Big Five. *MY TEACHER IS A BADASS.* Vous savez pas lire ou quoi ? C'est comme dans le film avec la bombasse américaine, l'actrice qui jouait dans *Drôles de dames.*

— Cameron Diaz », dit le Bob. Big Five se tourne vers lui, les yeux écarquillés, ne parvenant pas à comprendre comment cet imbécile a pu se souvenir du nom d'une actrice que lui-même avait oublié.

« Ben quoi ?, fait le Bob. Elle couchait avec Justin Timberlake. Tu crois que je faisais de la peinture pendant les cours d'anglais ? Je lisais *Purepeople*, frère. Sinon comment que t'es au courant de la vie des stars ?

— Ouais, c'est ça, c'est Cameron Diaz, admet Big Five. Ben, dans ce film qu'est pas *Drôles de dames*, elle joue une prof' de collège tout le temps défoncée à picoler et à fumer tout ce qu'elle sait au lieu de faire cours. Après, elle veut se faire refaire les seins mais c'est pas la question. Ce que je veux dire, c'est que cette meuf – Big Five se met à parler si bas que ses deux potes sont obligés de se pencher de toute la longueur de leur cou pour entendre ce qu'il dit –, ce que je veux dire, c'est que cette meuf elle aurait pas mis un T-shirt avec cette inscription si elle avait pas vu le film avec Cameron Diaz et si elle pensait pas qu'elle était un peu comme elle.

— Oui, je crois que t'as raison, dit le Bob. Parce que le film, celui qu'est pas *Drôle de dames*, c'est *Bad Teacher* et du coup ça colle avec le T-shirt même si cette fille, là, elle ressemble pas du tout à Cameron Diaz. »

Le Bob s'arrête de parler, aussi heureux que s'il avait aidé Sherlock Holmes à résoudre une enquête. Contrairement à ses potes, Big Five ne lisait pas *Purepeople* et n'allait pas non plus en cours d'anglais.

Il a appris cette langue tout seul parce qu'il adorait la reprise de *Walk This Way* par Run DMC. Il a commencé par des vidéos de chansons sur YouTube avant de dériver vers le téléchargement de séries sur des sites illégaux grâce à l'abonnement haut débit qu'il a fait souscrire à sa mère en lui disant que les mails qu'elle écrit à sa sœur vivant au pays arriveront plus vite. Au total, il a stocké une centaine de disques durs, un téraoctet rempli d'épisodes et de films piratés. À une époque, Big Five téléchargeait comme un goret, non-stop, vingt-quatre heures sur vingt-quatre, tout ce qui était disponible en accès gratuit. Il n'avait pas le temps de regarder grand-chose mais ce n'était pas la raison pour laquelle il accumulait les fichiers MP4. En quelques années, il s'était constitué une vidéothèque de compétition, entièrement en HD ou Blu-ray, avec les sous-titres chaque fois qu'ils étaient disponibles. Dans la petite armoire de sa petite chambre, il avait recréé un catalogue plus complet que ceux de toutes les plateformes de streaming réunies. Et tout ça, pour pas un rond.

Big Five n'a rien de ces dingues qui entassent chez eux des journaux, des éventails, des échantillons de savon, des sacs en plastique, des boîtes de camembert ou des figurines en plâtre ; pourtant il éprouve le même sentiment de réconfort à l'idée d'avoir tout ce divertissement à sa disposition. Chaque vingt-huit du mois, quand il remplit sa déclaration à Pôle Emploi, il rêve du jour où il pourra s'asseoir dans un fauteuil avec des accoudoirs rembourrés face à un écran plat 8K et se lancer dans une projection marathon sans fin. Il n'a pas eu la présence d'esprit d'indexer toutes les séries et tous les films qu'il a téléchargés en une petite décennie, mais au doigt mouillé, il lui faudra une bonne vingtaine d'années et probablement plus pour tout voir.

Adoptant un air détaché, Big Five suçote deux ou trois fois l'embout de sa pipe comme s'il s'agissait d'une tétine de nourrisson et aspire une gigantesque bouffée de fumée. Son énorme poitrine se soulève avant qu'il ait fini de tout inhaler, sa main se porte à sa bouche et il se plie en deux juste à temps pour s'empêcher de tousser. Comme ça, penché à l'horizontale, avec l'affolement d'un poisson jeté hors de l'eau, il avale très vite plusieurs goulées d'air par les narines, puis retient très fort sa respiration jusqu'à ramener le calme dans son appareil respiratoire. Du revers de la main, il essuie les larmes qui lui brouillent la vue. Il se redresse en position verticale, la seule qui convienne à la montagne de chair lui servant de corps. Finalement, Big Five tire sur les pans de son hoodie comme s'il avait le pouvoir magique de faire disparaître ses bourrelets et retrouver une silhouette qu'il suppose plus conforme aux standards esthétiques actuels. Il se lève, traverse le bar et se plante devant Claire.

« Vous êtes prof' de quoi ? »

Il désigne l'inscription sur son T-shirt.

Claire ne répond pas tout de suite à la question qui est avant tout une approche maladroite pour engager la conversation. Elle tourne la tête avec une lenteur appropriée. Son beau profil romain sort du contre-jour et elle lève les yeux vers Big Five en lui adressant un haussement de sourcils. Elle a toujours eu ce faux air d'Audrey Hepburn et elle le sait. En revanche, ce que Claire ignore est que le lascar en connaît un rayon sur le cinéma des années 1960 et sur le pouvoir de certaines femmes à faire rapetisser les hommes juste en les regardant par-dessus leurs lunettes. Pendant une seconde, il pense à la scène de *Diamants sur canapé*, un des films piratés qu'il a pris le temps de visionner. Du coup, et à son grand étonnement, il maîtrise les codes choisis par Claire pour gérer cette discussion. Au lieu d'être déstabilisé comme il s'y attendait, il se sent à son aise et se repasse à toute vitesse les principaux moments du film de Blake Edwards.

« Mes élèves m'ont dit que cet endroit était accueillant. Je suis venue m'en rendre compte par moi-même. »

D'accord, elle aussi elle connaît *Bad Teacher*. Big Five hoche la tête pour signifier qu'il a capté la référence et qu'il n'est pas un gros bourrin ignare. Maintenant qu'il peut observer Claire de près, il ne fait plus de doute qu'elle ressemble à Audrey Hepburn et pas du tout à Cameron Diaz. L'inscription sur le T-shirt l'avait induit en erreur.

« Oui, c'est agréable ici. Les gens sont gentils et tranquilles. On est entre nous, quoi », dit-il.

Il prend soin de former chaque syllabe et de ranger les mots dans le bon ordre. Claire hausse encore les sourcils deux fois très vite avant de lui offrir son meilleur rictus. Se rendant compte de l'impression désastreuse qu'il donne, Big Five passe la main sur son menton et range son air niais aussi vite qu'il aurait enlevé un masque de déguisement.

« Vous pensez que je me suis levé dans l'intention de vous draguer, poursuit-il. Et vous êtes dans le vrai. Vous remarquez qu'il m'a fallu pas mal de temps pour rassembler le courage nécessaire à cette démarche. Mais j'y suis parvenu. À ma décharge, il se trouve que je n'avais pas le choix. Il me fallait impressionner les deux idiots qui me tiennent compagnie. Et je sais qu'en ce moment, ces deux idiots nous observent et attendent que vous me renvoyiez dans mon coin comme le faisaient autrefois les profs à l'école. Ce qui pour vous ne devrait pas être compliqué. Je suppose que vous avez l'habitude de ce genre de situation. L'autre option, la plus favorable pour moi, est que vous m'invitiez à m'asseoir et que nous engagions une conversation dont les deux idiots vont me rebattre les oreilles jusqu'à Noël, autant par dépit que par curiosité. Mais ce sera toujours moins pénible que de supporter leurs moqueries et leurs tapes dans le dos pendant le reste de la journée. »

Big Five a appris une chose ou deux en discutant avec son oncle lorsqu'il l'aide à ranger les plans de travail et à mettre les tabourets sur les tables à la fermeture du Pizza Five.

« Tu veux que je te dise un secret, mon neveu ?, lui avait demandé un soir le tonton galette. Les femmes, elles aiment les hommes fragiles même si elles te racontent qu'elles adorent les gros machos baraqués qui vont les protéger. Ça, c'est pour se la raconter devant leurs copines, pour montrer qu'elles savent choisir un mâle. En vrai, ce sont des conneries. Ce qu'elles veulent, c'est pouvoir te materner et te consoler. Elles kiffent à fond quand tu verses ta petite larme parce que tu n'as pas décroché le boulot de tes rêves, parce que t'adores Forrest Gump ou parce que tu penses à la maman de Bambi. Elles ont besoin de savoir que t'as un point faible et qu'elles peuvent le toucher. Tu crois qu'ils inventent des trucs à Hollywood ? Mais tu délires, mon neveu. Ils se contentent de regarder ce qui se passe en vrai dans la vie. C'est bien plus facile et ça parle aux gens. Donc, tu peux me croire, si tu veux séduire une fille et que ça se présente de manière compliquée, tu sors les yeux de cocker, pas les mâchoires de pitbull. Tu comprends ? »

Claire hoche la tête. Elle est d'accord pour que Big Five se pose dans le fauteuil en face d'elle. Elle continue de fumer doucement, comme si elle avait prévu tout ce qui est en train de se passer. Elle n'a pas besoin d'en rajouter. Dans leurs fauteuils butterfly, les deux lascars ont posé le tuyau de leur narguilé et suivent la scène en faisant pivoter leur siège de droite à gauche par des mouvements désordonnés du bassin. Ils sont aussi tendus que s'ils s'apprêtaient à assister à un combat de MMA.

Même en se penchant en avant le plus possible, ils ne parviennent pas à entendre ce que leur pote raconte à Claire. Big Five parle à voix basse comme s'il avait décidé de les snober, ce bâtard. Plusieurs fois, elle sourit et elle reporte le moment d'aspirer une nouvelle bouffée de fumée. Non seulement elle écoute ce que dit Big Five, mais elle est attentive.

Comment ce gros tas peut intéresser une petite loute qui aurait la classe même si elle portait un gilet en tricot acheté sur Vinted ? C'est carrément de la science-fiction. Genre Drax le destructeur avec la fille qui a des antennes et dont personne ne se rappelle jamais le nom dans Les gardiens de la galaxie.

Les deux idiots réfléchissent tellement fort qu'ils font presque autant de bruit que s'ils rédigeaient un SMS sans avoir désactivé le son de leur Samsung d'occasion. Claire se met à rire. Ils sont à deux doigts de se lancer dans un Boom Floss Challenge. Big Five tire à nouveau sur son sweat-shirt, le réflexe gênant qui lui donne l'air d'un jouet démesuré en celluloïd.

« Je n'ai pas d'autre choix. Je suis obligé d'en faire des caisses, dit-il. Quand j'étais enfant, je devais accepter de me battre contre des gosses que je connaissais seulement de vue pour les avoir croisés un jour ou l'autre à un match de football pour lequel je n'étais pas titulaire. On attendait de moi que je prouve un truc. Je ne savais pas quoi exactement. Mais je devinais qu'il me fallait accomplir une espèce d'exploit. Tant que vous ne bluffez pas les gens vous n'êtes personne. Bien qu'ils affirmassent le contraire, mes parents attendaient peut-être de me voir suivre le chemin de mon oncle. En évitant, bien sûr, de commettre les mêmes erreurs et de me retrouver en prison. Depuis qu'il s'est acheté un appartement dans le centre-ville, cela a empiré. Il est devenu l'honneur de la famille, du quartier, et par ricochet de tous les gens qui le connaissent. On a juste oublié certains passages de son histoire. »

Un soir, après avoir passé la serpillière et alors que Big Five rangeait le balai dans la remise du fast-food, le tonton pizza l'avait gratifié d'une autre de ses vigoureuses leçons de vie.

« Le statut, mon neveu, tu vois ce que je veux dire ? Le statut, c'est ce que les gens regardent en premier.

C'est à partir de ça qu'ils te jugent et donc qu'ils te respectent ou qu'ils te traitent comme une merde. Tu sais ce que tu as à faire, pas vrai ? »

Claire écoute sans rien dire. Elle a envie de poser une question mais Big Five est lancé, le regard de côté, fixant le réservoir à eau de la pipe.

« Plus le temps passait et plus la porte de sortie devenait étroite, reprend-il. C'est à ça que je réfléchissais un matin. Ma mère était partie en hâte faire le marché et je traînais dans le canapé de notre salon. Il est couleur de carton mouillé, notre canapé. Vous imaginez ? C'est pour ça qu'on l'a recouvert avec une couverture au crochet. On a pris le moins cher. La couleur justifiait sans doute le prix. J'étais trop petit pour comprendre ce genre de choses à l'époque. Bref, un matin, je suis occupé à regarder le bout de mes pantoufles, et je me dis que si je perds tous ces kilos qui m'encombrent, les autres seront obligés de me respecter. Ils arrêteront de penser que je suis…

— … ce que vous ne voulez pas être », suggère Claire.

Big Five approuve d'un hochement de tête, sans lever les yeux du réservoir de la pipe.

« Au début je pensais que si je devenais un gros balèze, personne n'oserait m'attraper par le cou et me frotter le crâne avec la jointure des doigts. Le truc sournois, la fausse camaraderie pour imposer une vraie hiérarchie. À mesure que j'ai pris du poids, j'ai vu plusieurs de mes potes s'éloigner. Ils sont devenus méfiants. Pour eux, il y avait quelque chose de bizarre et de malsain dans cette transformation dictée par la bouffe. Pendant un temps, j'ai cru que grossir ferait de moi un homme. Mais non. Ce sont les filles qui grossissent et font des régimes toute leur vie. Les mecs se contentent de prendre du bide et de perdre leurs cheveux. En changeant de silhouette, j'ai changé de surnom, et de fréquentations. La bande posée en bas de mon immeuble a pris ses distances. Je me suis dégoté deux nouveaux meilleurs amis aussi intelligents que des platanes.

» Vous allez penser que c'est la pire chose qui pouvait arriver, continue Big Five. En fait, c'est l'inverse. Le matin dont je vous parle, j'ai compris. J'avais trouvé ce que je cherchais depuis des années. Plus besoin de tout exagérer. La façon dont on s'exprime, les insultes, le volume de la voix, les gestes des bras, la démarche cour de prison, les mains dans les poches du jean baggy, les épaules relevées jusqu'aux oreilles façon épouvantail, toute cette mascarade m'épuisait. Je vivais dans la hantise qu'on me prenne pour celui que j'étais, un ado qui n'a rien à foutre de toutes les conneries qu'on lui impose mais qui n'allait pas piquer une crise si on lui disait que la jambe de survêtement remonté sur le mollet, ça faisait vraiment blaireau.

» Je me suis servi de ce corps comme d'un rempart. Je me suis mis à l'abri. J'avais envie qu'on me fiche la paix. Ce n'est pas tous les jours facile. Quand vous transportez une masse comme celle-là, l'espace a vite fait de rétrécir. Vous comprenez tout à coup que le monde a trois dimensions. Vous découvrez la profondeur. Vous manœuvrez votre corps comme un camion. Il vous faut des yeux derrière la tête alors que vous êtes déjà occupé à gérer ce qui se passe sur les côtés. Vous ajustez les distances en permanence. Vous n'avez pas le choix. On vit dans un environnement où la promiscuité est perçue comme une agression. Chacun défend son espace vital, ce cercle invisible dont on verrouille l'accès dès qu'on ferme la porte de chez soi. C'est tout cela qu'il m'a fallu apprendre. Et je suis encore loin de tout savoir. »

Claire écoute Big Five parler un long moment sans l'interrompre. Elle hoche la tête de temps à autre, quand il ponctue une de ses phrases par « *vous voyez ce que je veux dire* ». Il est intarissable. Elle songe qu'au fond, il n'est pas différent de ces provinciaux qui viennent passer le week-end de l'Ascension à Paris. Ils se sont équipés pour l'occasion, chaussures de marche et sacs à dos, pantacourts et lunettes de soleil. Ils sont prêts pour l'aventure en milieu urbain sauvage. Dès qu'il fait beau, ils se dandinent en groupe, ils ont l'aisance d'une famille de canards, les uns derrière les autres, à commenter chaque enseigne de magasin, à évaluer un ravalement de façade ou à s'extasier devant un groupe de corbeaux dépeçant une poubelle. Ils ont l'étonnement sans filtre et le commentaire immédiat. Ils décrivent ce qu'ils voient, ils verbalisent ce qu'ils pensent. Ils se fabriquent une carapace de mots. Le danger quand on découvre un truc nouveau, c'est qu'on risque de changer. Et s'il y a une chose qui leur fait peur, c'est le changement. Alors ils s'enveloppent de choses qu'ils connaissent et qui les rendent reconnaissables. Dans ces cohortes de gallinacées, certains mâles optent pour l'attitude passive-agressive. Ils marchent large, les épaules sorties et les jambes arquées. Ils prennent toute la place à leur disposition, ils marquent leur territoire car ils se sentent en terrain étranger, peut-être hostile. Comme des bestioles sur leurs gardes, ils tentent de dissuader le rival potentiel dont la figure fantasmée a été polie lors de longues soirées de discussions où l'envie inavouable de paraître le dispute à la peur de passer inaperçu. Ils anticipent le mépris, qu'il existe bel et bien ou qu'il soit interprété d'une manière déformée sous l'apparence de l'indifférence protectrice de l'anonymat citadin. En gros, ils ne sont pas grand-chose dans leur pavillon périurbain, ils ne sont plus rien dès qu'ils foulent les boulevards de la petite ceinture. C'est ce changement brutal d'échelle qui conduit les familles de canards provinciaux à se nourrir jusqu'à l'indigestion de leur propre importance. Le message explicite est qu'il ne faut pas les faire chier. Pour compléter la panoplie, certains se lestent de gourmettes à maillons plats et se vissent une casquette à l'envers sur le crâne. Ils pensent que ça leur donne l'air de gros durs, alors que ça leur donne juste l'air de gros cons. Malgré tout, l'attitude n'est pas sans bénéfice : ces mâles traînent souvent par la main (les doigts entrelacés en signe de leur amour) une femelle qui est devenue hargneuse à leur contact et qui les a choisis parce qu'elle avait besoin d'être protégée. Elle se sent en sécurité et elle n'aimerait rien de plus que de voir celui qui la couvre de temps en temps défoncer la gueule d'un connard qui aurait à redire sur l'équilibre de leur couple. Claire suppose que la ville fabrique les gens qui y vivent et régurgitent ceux qui la visitent. Comme les palmipèdes qui déambulent devant les grands magasins assaillis de touristes, Big Five vient d'un endroit qui le définit et le désigne aux yeux de ceux qui ont acquis cette agilité illusoire d'être partout chez eux.

Le lascar se tient les coudes posés sur ses cuisses et maintenant, c'est lui qui est attentif parce que c'est Claire qui parle. Elle parle, tout en tirant sur son narguilé. Elle mâche les mots et la fumée dans des bouffées qui s'échappent de sa bouche et de son nez. Cela lui donne le côté badass promis par son T-shirt.

Sans prévenir, elle plonge la main dans son sac et elle en sort une espèce de boîtier gris et un tube en métal terminé par un gros nez en mousse de la même couleur. Elle pose le boîtier à côté de son narguilé, elle prend un câble, raccorde le boîtier et le gros nez en mousse et visse ce dernier sur une petite tige en fer qu'elle place bien en face de Big Five. Vu de loin, on dirait un cornet de glace qui se tient penché, presque à l'horizontale mais pas tout à fait malgré tout. Pour finir, Claire ajoute la tige portant le gros nez qu'elle approche de Big Five à la manière d'un doigt accusateur. Elle tourne plusieurs boutons sur le boîtier comme si elle réglait le départ d'une fusée vers la Lune. Instinctivement, Big Five se penche vers la table mais, d'un geste de la main, Claire lui fait signe de se reculer un peu. Big Five oscille d'avant en arrière jusqu'à trouver une position intermédiaire de laquelle il ne bouge plus. Il se tient le dos droit, décollé du dossier de son siège. Son buste se fige dans cette position tandis que son pied gauche posé sur le talon de son pied droit dissimulé sous son fauteuil se met à battre la mesure dans un tempo soutenu. Claire appuie sur un bouton placé sur la face la plus étroite du boîtier. Une petite lumière orange s'allume qui entoure la pointe de son doigt comme si elle l'avait glissé dans un capuchon de plastique. De l'autre main, elle fait un moulinet.

« Ça tourne. »

Mardi 10 h 51

Pierre-Yves, qui a ciré pendant quelques années les bancs de la fac avec le fond de ses pantalons, se met à rire. Il se souvient d'un cours de droit de la famille consacré aux successions. Les enfants nés sous X ne possèdent pas de lien avec leurs parents. Pas de filiation juridique, pas d'héritage.

« Et voilà, c'est réglé. Cette grosse pouffiasse tatouée n'a droit à rien. Pas un kopeck. Affaire suivante. » Pierre-Yves claque des mains et agite le poignet en dressant le pouce et l'auriculaire. Il a vu ça dans un match de football, d'après ses souvenirs. Les petits branleurs étaient champions du monde, donc pourquoi pas lui ?

Michel se racle à nouveau la gorge. Son index reprend la promenade interrompue sur la toile cirée en suivant de nouveau les motifs cachemire. Le notaire aime les histoires à tiroirs. S'il a demandé aux deux Saint-Soens d'écourter leur séjour sur la côte, c'est qu'il y a une raison. Et la raison est qu'Emma entendait donner à son fils la leçon qu'il méritait. Elle voulait le punir d'exister, lui faire payer l'affront d'avoir été la mère d'un tel rejeton. Michel se penche sur le côté, plonge la main dans la pochette en cuir adossée au pied de sa chaise et en tire deux feuilles réunies par une agrafe qu'il pousse devant ses deux employeurs.

« Il s'agit de copies. Thuillier est en possession des originaux », dit-il.

Emma a non seulement rédigé un testament mais elle a surtout engagé une procédure d'adoption simple de Monique. Aussi bizarre que cela pouvait paraître, l'héritière avait décidé d'adopter sa fille biologique. L'âge de cette dernière, cinquante ans, ne permettait pas d'autre recours pour lui restituer une partie de ses droits filiaux. Tout a été enregistré dans le plus strict respect des dispositions de la loi, Thuillier y a veillé personnellement et, si l'on prend en considération la qualité du travail du notaire de Honfleur, explique Michel, le mieux est d'oublier tout de suite l'idée d'une contestation de la légalité des actes. Ce qu'il se garde de préciser pour l'instant est que la combinaison des deux procédures est dévastatrice car au partage de l'empire Pierre-Yves va se retrouver une main devant, une main derrière, avec pour seule consolation une valise de billets et ses yeux pour pleurer. Quant à Henri, dont le sort est scellé par le contrat de mariage, il hérite de ses livres de comptes et de ses secrets qui n'ont plus aucune valeur. Emma avait négocié elle-même et sans en informer personne avec le ministère de l'Économie le rapatriement de ses actifs mobiliers planqués à l'étranger en échange d'une clémence qui garantirait la préservation de milliers d'emplois dans la région. Personne n'avait envie de se taper une crise sociale au motif que la solidarité n'est pas un sentiment spontané de la culture catholique. Emma était de droite, elle grugeait le fisc, c'était comme ça. Le vieux comptable émet un bruit de gorge rappelant celui d'une grenouille qui aurait appris à rire. Henri s'attendait à un de ces trucs vicelards qu'Emma apposait comme un ex-libris sur les gens qui lui appartenaient. Là, il reconnaît qu'elle s'est surpassée.

Alexandre Saint-Soens avait enseigné à sa fille à ne pas chercher le pardon de ceux auxquels elle faisait du tort pour la simple raison que cela ne changeait rien. Emma ignorait la rancune des autres. Se demander s'ils la détestaient signifiait leur accorder une importance qu'ils ne méritaient pas. « Le mépris, disait Alexandre, a la vertu de clarifier les idées. » Les gens n'aiment pas qu'on leur conseille de faire du bien aux autres. Ils voient la bienveillance comme le premier stigmate de la faiblesse.

« Inutile de vous dire, maître, que nous ne pouvons pas accepter cela. »

Comme tous les mâles qui ont longtemps vécu dans l'abstinence, Henri a des idées arrêtées sur les femmes en général et sur la sienne en particulier. Il n'a rien d'un enragé misogyne, c'est juste un boomer qui ne voit pas où est le problème.

« Cette salope (il a tendance à se répéter quand il est en colère) essaie de nous spolier, mon fils et moi », poursuit-il avec soudain quelque chose d'assuré dans la voix. Ses yeux brillent d'un feu trouble et mauvais, une lueur noire qui tourne comme ces disques hypnotiques employés pour annoncer les coupures publicitaires dans les séries des années 1970. La faillite de son fils entraînerait la sienne. Elle signifierait la perte de ce confort silencieux, épais et pesant auquel il s'est habitué et dont il n'imagine plus se passer à son âge.

« Nous n'allons pas nous laisser dépouiller comme des manants par le clergé du Moyen Âge. »

La lueur noire se fait plus froide en même temps que sa voix perd de sa chaleur.

« Vous comprenez, maître, j'ai fait provision de sacrifices pour plusieurs vies. En d'autres temps, des hommes comme vous m'auraient expliqué que toute cette souffrance n'a pas été endurée en vain et que je peux prétendre au paradis. Mais, voyez-vous, le paradis, je n'en ai rien à foutre. Pour dire les choses encore plus clairement : vu que les places sont limitées dans cet endroit inventé pour les imbéciles, je vais laisser la mienne à quelqu'un qui en fera meilleur usage. Je ne crois à rien sinon au fait que je suis ici dans cette cuisine en train de vous expliquer la manière dont je vois les choses. Le traitement que m'a fait subir ma femme depuis le jour où son père nous a convoqués ensemble dans le grand salon de cette maison pour nous annoncer, sans que nous fussions au courant, que nous allions nous marier dans un délai de trois mois, ce traitement donc mérite un honnête dédommagement. »

Rien n'avait été dit de l'accouchement d'Emma qui avait passé les six derniers mois de sa grossesse enfermée dans sa chambre, garantie exigée par son père afin que le secret soit bien gardé. L'enfant était née de nuit. Une sage-femme l'avait emportée dès son premier cri. Alexandre avait rémunéré l'accoucheuse pour sa discrétion et l'avait aidée à s'installer dans une de ces villes du Sud où elle avait ouvert un salon de toilettage canin. Pour des raisons qui demeurent mystérieuses, cette région entretient une passion pour les petits chiens hargneux et bruyants.

« Il se trouve que l'argent a cette vertu réparatrice et apaisante qui fait oublier bien des tourments, poursuit Henri. Afin de lever toute ambiguïté, maître, ce fric, je le veux. Mon fils et moi, nous le voulons. En totalité, sans qu'il ne manque un centime. On l'a gagné au prix de notre amour-propre. Oui, cela peut sembler étrange aujourd'hui mais l'amour-propre a un prix, c'est une marchandise qui se monnaie. Et je crois que vous comprenez ce que je veux dire puisque vous nous avez vendu le vôtre pour un prix que je qualifierais de modique. Mais je ne veux pas m'attarder sur ce point. En revanche, je voudrais attirer votre attention sur un autre aspect avec lequel vous êtes moins familier, compte tenu du fait que vous n'êtes pas marié et que votre vie privée est à peine moins crapoteuse qu'une de ces chambres dans lesquelles les draps n'ont pas le temps de refroidir, si mes informations sont exactes. »

Michel se demande comment le vieux peut être au courant de sa vie privée. Est-ce qu'il serait en contact avec Gilles ? Le fils cadet des Lambert se mêle de tout ce qui ne le regarde pas, à commencer par la vie sexuelle des autres. Il est forcément au courant pour le 2+2, un club qu'il fréquentait à Paris et dont il a conservé la carte de membre après avoir rejoint le Rotary local.

« J'ai subi la plupart des affronts qu'un homme peut endurer de la part d'une femme », reprend Henri.

Ressasser les mauvais souvenirs, ça lui redonne un coup de jeune, au vieux. Depuis quelques secondes, il a l'air guilleret.

« Dire qu'Emma m'a émasculé est en dessous de la vérité, continue-t-il sur le mode joyeux. Quand j'y pense, j'aurais préféré que les choses soient terminées d'un seul coup. Tchac. » Henri fait un geste avec le tranchant de sa main qui vient frapper la table de la cuisine. « Au lieu de cela, cette enragée s'arrangeait pour me rendre un minimum de dignité chaque fois que cela s'avérait nécessaire. Cela lui garantissait le plaisir de me l'enlever la fois suivante. Si vous me permettez cette image, elle me coupait les couilles et ensuite elle me les recousait. Elle puisait sa joie dans la répétition. Et la lenteur. Bien que je me rende compte que ce jugement peut être mal interprété. Après la conception de Pierre-Yves, il n'y a plus rien eu de sexuel entre nous. »

Le vieux comptable se plaint, pense Michel, mais ils ne sont quand même pas nombreux ceux qu'on embauche pour assurer le minimum syndical. Il est vrai qu'à l'époque, la procréation médicalement assistée relevait de la science-fiction.

« Ce que mon père veut dire, intervient Pierre-Yves, c'est que nous entendons contester cette adoption, mais aussi la légalité de ce testament. On n'en a rien à foutre que votre maître Thuillier ait fait son boulot correctement. Il n'est pas question de se retrouver comme des rapatriés sur le port de Toulon en 1962. »

Michel ne sait pas d'où sort cette référence inattendue et sans rapport avec le sujet mais cela le fait marrer que Pierre-Yves s'identifie à un petit Blanc teigneux recraché par la décolonisation. Ce doit plutôt être le sentiment d'injustice qui fait écho en lui. *La vie est injuste, mon garçon*, songe le notaire. Le mieux serait de l'admettre et de faire avec au lieu de se lamenter sur son sort et de se pavaner en habit de victime. Michel se contente de hocher la tête et prend un air qu'il espère exprimer la compassion. Pour l'instant, le mieux est d'éviter un excès de franchise, ce qui ne lui demande pas d'effort. N'empêche qu'il a eu beau retourner le problème dans tous les sens, il ne voit pas comment il va pouvoir contester les dernières volontés d'Emma. La procédure est aussi carrée que le lit d'un sergent-chef.

Dans cette cuisine qui pue de plus en plus la cupidité et la jalousie, le vieux notaire sait que la première chose à faire est de se montrer rassurant. Et rapidamente. Son instinct lui hurle qu'il faut donner un os à ronger aux deux bulldogs assis en face de lui. En l'état, Pierre-Yves ne peut prétendre qu'au tiers de l'héritage au titre de sa part réservataire. Tout le reste va tomber dans la poche de Monique. Michel se garde de préciser au père et au fils les dispositions du Code civil sur ce point délicat et douloureux. Se trouvant, comme il s'y attendait, à court d'arguments, il opte pour un enfumage pas très subtil, histoire de gagner du temps.

« Le droit français interdit de déshériter ses enfants. Cela constitue une garantie essentielle que nous pourrons faire valoir, commence-t-il. Et cela constitue une base solide pour défendre vos intérêts si nous devons engager une procédure judiciaire. Je ne dis pas que c'est ce que nous allons faire ; il est toujours préférable de trouver un arrangement à l'amiable, bien sûr, mais il convient d'envisager toutes les voies de recours pour le cas où nous devrions les emprunter.

— Une procédure judiciaire ? » Pierre-Yves a posé la question comme s'il expulsait une famille de cafards cachée au fond de sa gorge. « Ça va prendre combien de temps, une saloperie de procédure judiciaire ?

— Quelques mois, répond Michel d'un ton chancelant. Mais il est possible d'accélérer les choses. On peut évoquer l'incertitude qui va peser sur les activités du groupe avec les conséquences économiques et surtout sociales que l'on peut redouter. La stabilité est essentielle. Les juges y seront sensibles.

— Sensibles ? Personne ne leur demande d'être sensibles. On leur demande de faire ce qu'on attend d'eux – rendre un jugement qui nous convienne. Ce n'est pas compliqué. La justice est là pour que les gens comme nous ne se retrouvent pas dans la merde à cause de gens comme elle, non ? Comment voulez-vous que les choses fonctionnent si une grosse vache tatouée, inculte et juste bonne à vendre des tubes qu'on s'enfonce dans le cul, devient milliardaire ? Hein ? Vous pouvez me le dire ? »

Michel songe une seconde expliquer aux deux furieux qui lui servent de patrons à quoi sert la justice mais il se dit que cela sera peine perdue. Les personnages dans leur genre partent du principe simple que les litiges doivent être réglés en leur faveur. Si ce n'est pas possible, on laisse traîner et on épuise l'adversaire. En général, il finit par lâcher prise. Cela fait partie des survivances de la monarchie, la conviction que l'équité n'est ni possible ni souhaitable car elle est contraire aux intérêts des plus forts. Quand on ne peut pas gagner, il convient de ne pas perdre en tordant le cou à toutes les valeurs respectables.

« Une option est l'indignité, avance Michel qui a anticipé la réaction des deux enragés.

— Ça veut dire quoi ?

— En gros, il faut démontrer que cette commerçante n'est pas digne d'hériter de sa mère.

— Pas digne ?, demande Pierre-Yves. Mais bien sûr qu'elle n'en est pas digne. Pas besoin de se poser la question. Une grosse connasse comme elle n'est digne de rien du tout. Et certainement pas de récupérer une montagne de fric qu'elle ne mérite pas. C'est juste du bon sens.

— Oui, bien sûr. » Michel a envie de se marrer. Il ne regrette pas toute cette petite mise en scène imaginée après son coup de fil à Gilles. Cela donne un tour réjouissant à la rencontre. « Dans les faits, cela exige autre chose que du bon sens.

— Quel genre d'autre chose ?

— Par exemple, si Monique Fradet a, disons, tenté de tuer ou d'agresser physiquement Emma ou si elle a été complice d'une telle tentative. Voire si elle n'est pas intervenue pour la défendre alors qu'elle risquait d'être assassinée ou agressée. »

Michel se tait. Sa voix tombe comme un caillou dans le sable. Il laisse le père et le fils profiter du silence, le temps qu'ils impriment bien ce qu'il vient de leur dire. En prêtant l'oreille, Michel est sûr qu'il pourrait entendre la grande demeure reprendre son souffle quelque part au-dessus de lui. Le calme qui a envahi l'immense cuisine vaut tous les aveux du monde. Il est exact que Monique n'a rien fait pour empêcher Pierre-Yves de balancer sa mère du palier du premier étage. Mais c'est un peu compliqué de lui reprocher ça. Le vieux notaire écarte les mains en signe d'interrogation muette, histoire de demander aux Saint-Soens ce qu'ils comptent faire maintenant que leurs vacances sont terminées.

« Si cette grosse… cette Monique a fait du mal à ma mère, elle ne peut pas hériter, c'est ça ? » interroge Pierre-Yves.

Michel lui confirme que c'est bien ça.

« Et si par exemple – mais ce n'est qu'un autre exemple –, j'avais fait quelque chose à ma mère et que mon père n'a rien dit, nous ne pourrions hériter ni l'un ni l'autre ?

— Votre père n'a droit à rien. C'est ainsi qu'a été rédigé le contrat de mariage. Mais si votre question est : “Je ne peux pas hériter de ma mère parce que je l’ai tuée”, c’est effectivement ce que prévoit la loi. »

Tout à coup, un trou noir s’ouvre devant les deux Saint-Soens, un vortex gigantesque qui menace de les aspirer, eux, leurs mensonges, leur mesquinerie et toute la rancœur avec laquelle ils ont cimenté ce mur d’arrogance destiné à les protéger du monde extérieur. Michel jubile intérieurement. Personne ne sait où se trouve son index, sans doute tapi quelque part dans une poche, attendant de faire sa réapparition. La réunion s’est mieux passée qu’il ne l’avait anticipé. Sans perdre son caractère comique.

« Il y a une possibilité, risque le notaire pour ne pas terminer sur une notre amère. Il est possible de négocier. Nous ne sommes pas à l’abri d’une bonne surprise. Cette Monique Fradet peut refuser l’héritage qui lui est présenté.

— Refuser une chance pareille ?, s’égosille Henri. Vous êtes demeuré ou on vous a amputé du cerveau ?

— Non, on ne va pas négocier. Ce sont les tocards qui négocient. »

Pierre-Yves ferme le poing droit et plisse le front jusqu’à faire une rangée de rides bien parallèles. Il est convaincu que cette expression faciale respire la détermination.

« Cette connasse, elle est comme tout le monde, reprend-il. Personne n’est à l’abri d’un accident. »

Mardi 10 h 01

Gilles remonte le catalogue des mails rangés par ordre chronologique. Michel conserve tout. Il a hérité cette habitude de l'époque où on archivait la moindre feuille dans des classeurs au ventre de sénateur, fermés par des élastiques plats comme des bretelles. La boîte de réception du vieux notaire est un résumé de dix années d'existence numérique. Une radiographie de sa personnalité, une biopsie de ses fantasmes et une autopsie de ses désirs. Pour s'amuser, Gilles ouvre des messages au hasard, se laissant guider par le titre, par le nombre de destinataires ou par le volume des échanges. Il survole les courriers plus qu'il ne les lit. C'est fou le nombre de « *répondre à tous* » qu'il trouve. Inonder les autres avec ses pensées nocturnes ou ses illuminations matinales est devenu un brevet de conscience professionnelle. Le généalogiste se laisse distraire et en oublie ce qu'il souhaitait vérifier à propos de Tête de Fouine. Il le fera plus tard. Il a besoin de se changer les idées.

Plus il ouvre de messages et plus Gilles se prend au jeu. Il en lit plusieurs de la première à la dernière ligne. À l'époque où il exerçait le métier d'agent immobilier rémunéré à la commission, Michel amortissait la plupart de ses dépenses personnelles en notes de frais. Une mentalité de mendiant. Il pleurait pour des dossiers, il réclamait des passe-droits, il négociait des dessous-de-table ou des avantages en nature. Il grattait ce qu'il pouvait, tout et n'importe quoi, tout le temps. Il n'y avait pas de petits profits. Il limitait les sorties d'argent autant qu'une famille de Néerlandais en camping-car dans un coin paumé de l'Ardèche. Il justifiait ça par une intelligence des affaires : en fait, il était radin. Parent de tous les profiteurs, Michel avait besoin des autres pour profiter, justement. Certaines réputations exigent des années d'efforts, la sienne avait été forgée en une poignée de semaines. On parlait dans son dos. Michel avait récolté tant de surnoms et de pseudos qu'il aurait pu bosser dans une officine de propagande sur internet. Plus les autres le prenaient pour ce qu'il était, plus il avait besoin d'eux. Il s'en rendait compte, il n'était pas idiot. Il s'agrippait à ce qui lui passait à portée de main. Mais cela ne suffisait pas. Outre des compétences limitées et une intelligence reptilienne, il souffrait de son origine sociale. Michel était un plouc, le type pour lequel il n'y a pas de place dans l'ascenseur social déjà bondé. Les cercles dans lesquels il cherchait à entrer se refermaient à son approche, suivant le rituel de ces équipes qui se mettent en rond, les mains sur les épaules, la tête penchée vers l'avant pour partager un message guerrier avant le début d'un match. Le poids de sa naissance, dans une famille de quincailliers, l'entraînait vers le fond. Il était près de lâcher prise lorsque le miracle s'était accompli de la manière la plus surprenante.

Intégrer le cabinet de Jacques Lambert représentait la chance de sa vie. D'un seul coup, il s'était dégagé de ce marigot dans lequel il pataugeait depuis son enfance. Il avait gardé les manières un peu sales et vulgaires de sa classe sociale mais il avait mis un soin maniaque à nettoyer son passé et avait conservé son nom. C'était bien la seule chose qu'il admettait de ses parents. S'il en avait eu le courage, il les aurait noyés comme une portée de chatons dans l'étang qui bordait le lotissement familial. Cela aurait lavé l'affront d'être des marchands de casseroles et de clous en vrac. N'empêche, la particule de son nom le faisait bander assez dur. Sur les actes officiels, il signait de la totalité de son patronyme, y compris ses deuxième et troisième prénoms, formant des lettres droites et hautes, sans aucune rondeur, agressives à souhait. Seul un prétentieux névrosé pouvait avoir une signature pareille, une succession de zigzags tracés par un gosse furieux.

Parvenu au milieu de sa vie, et alors qu'il n'avait rien accompli à part diriger une petite agence de quartier, Michel avait remanié son *C.-V.* Le plus inattendu dans les mails que Gilles lisait maintenant tenait au rôle de Jacques. Le notaire avait, lui-même, pris en main la situation de son futur associé. Sur ses conseils, Michel avait déménagé quelques lignes encombrantes de son curriculum, il avait effacé des périodes obscures de sa carrière et éclairé l'ensemble de son parcours professionnel par l'ajout d'expériences avantageuses qui n'avaient existé que dans son imagination. L'agent immobilier était devenu notaire aux forceps, une intégration à l'usure qui devait l'essentiel à l'entregent dont jouissait Jacques.

Tout avait commencé par l'envoi d'une lettre de motivation que Michel avait rédigée grâce à deux ou trois notions de mise en page et une bonne dose de frustration. Jacques Lambert avait reçu cette bouteille à la mer avec enthousiasme. Chaque phrase sonnait faux, ça lui plaisait. Le notaire venait de trouver l'homme qu'il cherchait pour compenser l'arrivée de son fils Jean-Baptiste au sein de l'étude. Michel incarnait le candidat idéal pour le plan que Jacques échafaudait en silence. Il constituait brusquement une pièce essentielle de ce puzzle qu'il envisageait de terminer en une petite dizaine d'années. Le notaire avait fixé un rendez-vous à son candidat.

En lisant entre les lignes d'un des tout premiers échanges de courrier, Gilles devine que les attentes de son père avaient été très vite comblées. Le début de la relation entre Jacques et Michel avait pris la forme d'une corrida. Jacques adorait toréer. Il aimait voir les gens lui foncer dessus. Il possédait cette vivacité du verbe et cette agilité de l'esprit grâce à laquelle, d'une passe souple, presque sans effort, il évitait leur charge et les laissait hésitants quand ils avaient fini d'entendre sa réponse. Michel était un bourrin, il avançait tête baissée. Mais il n'était pas que ça. Jacques avait commis l'erreur de le réduire à un animal primitif: il n'avait pas perçu l'instinct dont bouillonnait l'ambitieux marchand de biens. Le notaire avait péché par le défaut même qu'il entendait exploiter chez son nouvel associé, l'orgueil.

En se penchant des années plus tard sur sa décision, Jacques Lambert dressait le constat amer comme quoi il avait commis la plus grosse bêtise de sa carrière et qu'il s'était fait « *baiser comme un bleu* », pour reprendre l'expression employée dans un courrier adressé à Emma Saint-Soens. Des mois de chicaneries l'avaient convaincu de procéder enfin à un examen critique. Jacques avait mis son erreur sur le compte d'un instant d'égarement, une passe difficile et confuse. Il ne parvenait pas à admettre que Michel, usant de toute sa science bestiale des relations humaines, avait joué au plus fin avec lui. Et avait gagné. Jacques s'était consolé en expliquant à Emma que leur plan demeurait d'une solidité à toute épreuve et qu'au bout du compte, ce serait eux les vainqueurs. Car enfin que pouvaient-ils être d'autre, elle et lui ?

Un rien amusé par les déconvenues de son père, Gilles reprend le défilement de la chaîne de mails. À peine le contrat d'association signé, Michel avait assouvi sa vanité comme une jeune maîtresse exigeante. Il se comblait de cadeaux – nouvelle bagnole, nouvelle garde-robe, nouveaux bijoux et adhésion à des clubs influents. Un temps, il avait caressé l'idée de devenir franc-maçon, avant de renoncer quand il avait découvert les modalités de recrutement. Michel se considérait comme un mercenaire, il n'était fidèle qu'à lui-même et n'observait d'allégeance que pour son intérêt personnel. Lors des réunions mensuelles de l'étude que présidait Jacques, il se couvrait d'éloges. Il suintait d'autosatisfaction comme d'autres transpirent des aisselles. Ça se voit et il n'y a pas de remède. Michel avait compensé un demi-siècle de rapacité et de convoitise par un salaire de ministre et un bureau de préfet. Mais de tous les plaisirs qu'il s'octroyait à titre de revanche, un seul comblait l'ensemble de ses attentes : donner un ordre et le voir exécuté dans l'instant. Sous ses yeux émerveillés, ses paroles se transformaient en actes. Cela relevait de l'incantation magique. Au début, il avait failli en pleurer tant c'était beau et agréable.

Dix ans de cette pratique l'avaient convaincu que l'égalité était une revendication de crevards dépourvus de talent. S'ils avaient les moyens de s'offrir des privilèges, ces incapables se montreraient moins généreux avec les droits qu'ils réclamaient. Tout cela avait fossilisé la société.

De la correspondance avec Jacques, Gilles passe aux échanges entre Michel et les deux Saint-Soens. Le catalogue confirme ses soupçons. La prise de contact remonte à plusieurs années. Michel a lancé une patiente entreprise de séduction, de l'investissement à long terme, avec comme point focal un pour cent ou un et demi pour cent d'une fortune à dix chiffres. L'unique obsession du père et du fils est d'une banalité affligeante. Dépenser sans compter et sans demander la permission. Leur idée de la réussite, c'est de s'offrir l'inutile. D'une certaine manière, ils n'ont pas tort. C'est juste qu'ils peinent à intégrer la notion d'aubaine. Dans leur culture de petits esprits envieux, ils sont convaincus ne devoir leur succès qu'à eux-mêmes et non à un enchaînement de conditions favorables, indépendantes de leur volonté.

Gilles effectue plusieurs allers-retours rapides dans le catalogue de messages sans trouver une réponse à la question qui le taraude. Il se demande pourquoi les Saint-Soens ont offert à Michel la direction de l'étude. À part de disposer d'un larbin pour protéger leurs intérêts dans une succession compliquée, il ne voit pas. Aussi cons qu'ils soient, le père et le fils ne peuvent pas ignorer que Michel appartient à la lignée de ces marchands qui vendent des cravates dans un parapluie. À la première occasion, il va la leur faire à l'envers. Qui a pu leur fourrer cette idée dans la tête ? À moins que cela ne soit un truc encore plus tordu. Ont-ils sciemment choisi le pire notaire de la ville pour éviter de se salir les mains une seconde fois ? Il se sont dit que Michel possédait le profil idéal pour filtrer la merde qui n'allait pas manquer de remonter à la surface. Gilles est prêt à parier que leur projet était arrêté avant que Pierre-Yves balance sa mère du palier du premier étage. De concert, ils avaient fixé le point de départ d'une collaboration qu'ils rêvaient fructueuse. Avant que tout parte en sucette et que maître Thuillier glisse un grain de sable dans les rouages d'une stratégie bien huilée.

Gilles ferme toutes les fenêtres qu'il a ouvertes sur son écran. Il repense au coup de fil de Michel. Quelque chose sonnait faux dans le ton de sa voix. Le notaire exagérait la panique et la détresse. Ce qui signifie que tout est sous contrôle pour l'instant. Bien sûr, un dérapage reste possible. Les chiffres ont cette faculté de lester les choses, de les rendre plus lourdes, voire impossibles à bouger. Si ça se gâte, Michel reviendra vers lui. Et cette fois vraiment en panique.

Mardi 11 h 42

« Dites-moi, qu'est-ce que vous n'aimez pas chez vous ? »

Claire commence chacun de ses podcasts par cette phrase. Elle l'a empruntée à une vieille série qu'elle regardait quand elle avait une vingtaine d'années. *Nip/Tuck* racontait les aventures de deux chirurgiens esthétiques installés à Miami. Ils bossaient à la manière de mécaniciens dans un garage. Ils soulevaient le capot de leurs clients et plongeaient les mains dans leurs obsessions. Ils rectifiaient des nez, des seins, des culs, des bouches et des couches de graisse. Ils essayaient de transformer des 2CV en Ferrari. Cela les rassurait et cela leur permettait d'oublier à quel point ils étaient eux-mêmes cabossés de l'intérieur. Leurs physiques de papier glacé ne les protégeaient qu'en apparence et ne les soignaient pas d'être des salopards pathétiques. Chaque épisode de la série commençait par cette interrogation vicieuse, « Dites-nous ce que vous n'aimez pas chez vous ? », qui plaçait le patient face à lui-même et face à ses contradictions incurables.

Leur politesse obséquieuse ajoutait encore à la brutalité de la question.

Le pied gauche de Big Five accélère le rythme, il ne marque plus une cadence, il vibre. Il a envie de se pencher en avant puis de se reculer en arrière, façon monsieur Culbuto, mais il se souvient à temps qu'il est préférable pour la qualité de l'enregistrement de se tenir au garde-à-vous. S'il ne se retenait pas, il tirerait sur le bas de son sweat à capuche. Ses mains esquissent un mouvement en ce sens avant de reprendre leur place sur ses énormes cuisses tels deux oiseaux affolés.

Big Five ne répond qu'à son surnom. Sur le graphique croisant les prénoms et les résultats au baccalauréat, Rachid est le plus près de la droite des ordonnées. Juste à côté du zéro. Quasiment aucune chance d'avoir ce genre de diplôme. Pire que lui, il doit y avoir Steven ou Wendy mais il n'en est pas sûr. Il n'a pas vérifié. Quand il est entré au cours préparatoire, tout était déjà joué ou presque. En trois années de maternelle, il avait accumulé tellement de retard que l'institutrice l'avait envoyé s'asseoir au fond de la classe. Le contingentement de l'échec. Ce n'était qu'une question de temps avant qu'elle finisse par ne plus le voir. Elle, qui dénonçait la politique sélective imposée par l'Éducation nationale, se faisait le relais efficace de cette politique en opérant mentalement un ratio entre le temps qu'exigeait de donner une chance à Rachid et la probabilité qu'il parvienne à s'en sortir. Sans s'en rendre compte ou en faisant semblant de ne pas le savoir, elle appliquait un quotient de rentabilité. Elle n'avait pas d'autre choix parce qu'elle n'avait pas d'autres moyens. Elle essayait de sauver ceux qu'elle pouvait. Ça la rendait triste mais elle arrivait à vivre avec sa conscience.

« Je crois que j'ai toujours su que je ne pourrais pas m'en tirer en suivant les règles, admet Big Five. On se rend vite compte de ce genre de choses. Le plus drôle est que c'est assez facile à admettre. On ne ressent même pas d'injustice vu que la question de la réussite ne se pose pas. C'est comme ça. C'est pareil pour presque tout le monde. On ne cherche pas ce qu'on ignore. Pour vivre une réalité, il faut aller au contact. C'est comme les contrôles de police. À la longue, on en vient à se dire qu'ils n'ont rien d'autre à faire, et que nous n'avons rien d'autre à faire non plus. Nous sommes juste là pour être contrôlés, pour justifier leur existence à leurs propres yeux. Je ne devrais pas dire ça mais à la limite, on se rend utile. Bon, ce n'est pas de cela dont je voulais parler. Si vous me passez l'expression, faire chier les keufs, ça nous plaît bien. »

Big Five n'a pas pu être sauvé, pourtant il aimait bien l'école. Principalement les temps calmes quand il était à la maternelle. À cette époque-là, ça marchait encore. Il se montrait conciliant. Une feuille et une boîte de crayons feutres et il pouvait dessiner pendant des heures sans bruit. Quand il était petit, Rachid avait une espèce de superpouvoir, il réussissait à se faire oublier. Il avait découvert ce don en grande section. C'était son secret. Il l'avait cultivé dans les classes suivantes, en primaire puis au collège et finalement en section pro au lycée. On se souvenait de lui une fois par trimestre quand son nom était prononcé en conseil de classe. Dans un éclair de lucidité, les enseignants se souvenaient de son existence et, n'ayant rien de particulier à signaler le concernant, ils se dépêchaient de passer au suivant sur la liste alphabétique. Là encore, ils n'avaient pas de temps à perdre. Une constante dans son parcours scolaire. Les habitudes étaient si bien ancrées que personne ne jugeait nécessaire de convoquer les parents, des fois qu'ils auraient des trucs à dire et qu'il aurait fallu ajouter un dossier à la pile existante. D'après ce qu'on en savait, il s'agissait de braves gens. Un peu rigides sur les traditions mais braves quand même. On n'allait pas les accabler avec le niveau scolaire de leur gamin. « Ils le découvriront assez tôt. S'ils savent lire. C'est pas notre boulot de laïciser les parents », avait ajouté le professeur de français, un ancien syndicaliste du SNES passé par SUD Éducation puis l'Unsa avant de rendre sa carte et de se barricader dans sa misanthropie et son deux-pièces dont les chiottes étaient tapissées des lettres de refus d'éditeurs auxquels il avait envoyé ses manuscrits de romans par la poste.

« C'est pour cette raison que vous m'avez choisi, pas vrai ?, demande Big Five.

— Choisi ? Je ne vous ai pas choisi, répond Claire. Comment aurais-je pu vous choisir ? Nous ne nous sommes jamais rencontrés avant aujourd'hui.

— Alors c'est pour ça que vous êtes entrée dans ce bar, reprend Big Five. Pour vous la jouer un peu, et aussi parce que vous étiez sûre qu'on serait là à glander. Je veux dire, pas forcément nous, moi et les deux autres accidents radioactifs là-bas, mais des suspects dans notre style. On est invisibles pour la plupart des gens qui refusent de nous voir. On ne reprend une apparence humaine que dans des endroits comme celui-là. » Big Five embrasse la pièce d'un mouvement de la tête. « Y en a pas mal que ça fait chier. Ils ne comprennent pas. Ils ont l'impression d'assister à un spectacle de Houdini. Ce bar est comme une malle d'illusionniste. Nous avions disparu et pouf, de nouveau on est là. Génial, non ? »

Big Five marque un temps d'arrêt. Il se fend d'un sourire si mince qu'on le dirait tracé au crayon.

« Bien sûr, vous ne vous êtes pas dit tout cela avant d'entrer. Mais ce n'est pas la première fois que je vous vois passer dans la rue sans vous arrêter. Vous avez eu le temps de bosser sur votre intuition et aussi sur vos préjugés. Vous avez attendu d'être prête avant de vous lancer. Vous étiez sûre qu'il y aurait des types comme nous pour votre interview de podcast, pas vrai ? »

Claire garde une attitude silencieuse. Big Five est plus malin qu'elle ne l'imaginait. Elle aussi s'est laissé piéger par sa corpulence. Elle a associé surpoids et sous-culture. Gros et con. Le tour de taille proportionnel au périmètre de la bêtise.

« C'est pour ça que vous êtes ici, pas vrai,? insiste Big Five. Parce qu'on est invisible.

— Oui, admet Claire. C'est le titre du podcast. *Les Invisibles*. Mais quand je le dis d'entrée aux gens que j'enregistre, ils se sentent humiliés. Ce n'est pas facile de les renvoyer à leur réalité. Certains font un blocage et ne veulent plus parler. Pas tous mais la plupart. »

Elle hausse les épaules, elle comprend leur réaction.

« Malgré tout, quelques-uns prennent ça avec fierté. Ça libère des mots qu'ils retenaient en eux. Ils découvrent qu'ils ont envie de parler et surtout qu'ils ont des choses à dire.

— Comme moi. »

Big Five accompagne sa remarque d'un petit rire. Claire éprouve un pincement au cœur. Elle profite d'une inégalité de situations, elle sait que les rôles ne peuvent pas être inversés et qu'elle n'aura jamais à répondre de ses origines, de son parcours et ses modes d'existence. Non que cela soit sans intérêt, c'est juste le privilège de sa naissance. Elle est à l'abri et bien visible en même temps. Big Five est exposé aux regards et ne dépasse pas le stade de l'image mentale.

« On continue ?, demande-t-il. J'ai encore des tas d'anecdotes à vous raconter. Pas du mytho, que du vrai cent pour cent certifié AOC, appellation d'origine de la cité. »

Big Five a décroisé les jambes. Ses pieds reposent sur le sol, parallèles et immobiles dans le prolongement de ses jambes. Il se sent bien. Il y a longtemps qu'il ne s'est pas senti aussi bien. Si les deux boulets qui lui servent d'escorte n'étaient pas en train de l'observer comme des mômes faisant griller une colonne de fourmis à l'aide d'une loupe, il se laisserait aller tout à fait.

D'aussi loin qu'il s'en souvienne, Rachid a profité d'une enfance heureuse. Il appartient à cette génération pour laquelle la Game-Boy, achetée d'occasion dans un relais des Restos du Cœur, a remplacé le train électrique. Il n'a manqué de rien d'essentiel, selon les critères de la grande distribution. C'est quand on a voulu faire de lui un homme qu'il s'est mis à grossir. Doucement, une pizza à la fois. Il était trop futé pour se précipiter.

« La lenteur me protège comme une seconde peau, s'amuse-t-il. J'ai pris mon temps au lycée. Je n'étais pas pressé de sortir, je savais ce qui m'attendait dehors. Mon oncle me récupérait après l'école sous le motif assez fallacieux de m'enseigner les subtilités du commerce de la restauration rapide. J'ai appris à étaler de la pâte à pain industrielle et à y disposer les garnitures en moins de quarante-cinq secondes, ce qui constituait la durée maximale pour que les commandes sortent sans provoquer une attente insupportable lors du coup de feu de midi. Cela m'a fait marrer pendant un moment. Le bac pro, option ressources humaines et communication, ne me servait à rien puisque toutes les formations professionnelles étaient monopolisées par les élèves moyens-bons de l'enseignement général. Peut-être aurais-je dû taper plus haut en visant plus bas. Un CAP de cuisinier. »

On réhabilite le créneau à coups de jeux télévisés dans lesquels un bourrin faussement bienveillant humilie des restaurateurs au bord de la faillite, histoire de leur faire retrouver le goût des choses bien faites et surtout de produire de la télévision réac' à souhait.

« Vous voyez de quoi je veux parler ? »

Claire lui dit qu'elle voit.

« J'adore cette émission. Le chef cuisinier débarque dans une bagnole qui vaut trois années de SMIC et fait chialer de pauvres paumés en leur expliquant qu'il y a une bonne et une mauvaise façon de trimer. La démonstration par l'exemple que si tu es dans la merde, c'est quand même de ta faute et que si tu veux t'en sortir tu n'as plus qu'à croire au père Noël. Les gens adorent cette émission. Cela les aide à supporter les insultes qu'ils subissent chaque jour. Vous avez remarqué comme c'est réconfortant, le malheur des autres ? »

Claire fait mine de ne pas avoir entendu.

« Vous aimez la bouffe ? »

Big Five hausse les épaules, à moitié embarrassé et à moitié agacé par la question. Il esquive en prenant un air songeur, le même qu'adoptait parfois Élodie. Quand elle était devenue la plus jeune notaire de la région, Claire avait accepté de faire une interview avec la petite pigiste. Les choses s'étaient mal passées. L'article lui avait valu des remarques désagréables de la part de confrères exaspérés qu'elle critique la profession. Claire s'était justifiée comme une gamine prise en faute. Ses paroles avaient été sorties de leur contexte. Les relations avec la journaliste s'étaient tendues et Claire avait coupé les ponts. Pour elle, Élodie est une cantonnière de la presse. Elle nettoie de la copie comme s'il s'agissait d'un bord de route. Ça la rend boulimique. Elle bâfre des paquets de nachos recouverts de gruyère râpé passés au micro-ondes en regardant en boucle des séries déprimantes des années 1990 toute seule dans son canapé recouvert d'un plaid offert par sa mère. Quand elle termine les nachos, elle passe au pot de Nutella puis aux paquets de gâteaux avec une prédilection pour les Granola, du crack recouvert de chocolat.

« D'un autre côté, reprend Big Five, tant que je suis occupé à manger, je ne fais pas de conneries. Mon oncle a raison. Je n'ai pas fini une seule fois au commissariat depuis deux ans.

— Votre oncle est observateur.

— Il prend à cœur son rôle de grand frère. Deux années sans la moindre embrouille, c'est presque un exploit. Cela dit, je ne suis pas certain d'en tirer une fierté quelconque. Vous comprenez ? »

Claire comprend. Le point aveugle dans cette histoire est qu'à chaque étape de sa vie, Big Five se heurte à l'injonction de rester à sa place. Il mène un combat sans fin contre lui-même et contre l'idée que les autres se font de lui. C'est peut-être ça le plus fatigant, l'obligation de se justifier en permanence et d'expliquer qu'on a le droit d'être là. La plupart du temps, il se contente de gérer. Il laisse filer, il remonte la capuche de son sweat et il s'éloigne sans répondre. Il a opté pour une vision binaire du monde, les garçons/les filles, la cité/la ville, l'imam/YouPorn, les bolosses/les potes. Ce mode de fonctionnement lui convient parce qu'il convient à tout le monde. La survie par la simplification. Quand il prend le temps d'y réfléchir, cela le fait marrer et cela l'attriste. Il fonctionne comme ceux qui ont envie de le voir disparaître, de l'enfermer quelque part ou de le renvoyer ailleurs, pour qu'il soit tout à fait hors de leur vue.

« Les gens pensent que je veux les remplacer. En réalité, je n'ai envie de remplacer personne, reprend Big Five. Quand je les vois avec leurs bagnoles à crédit, leurs pavillons qu'ils ne pourront jamais revendre, leurs chiards auxquels ils filent des prénoms américains ou pleins de fautes d'orthographe, franchement je n'ai pas envie de prendre leur place. Et je n'ai surtout pas envie de les gérer. Je ne passe pas tous mes samedis après-midi dans une ZAC à trouver une promo sur le magnum de Ricard et je ne roule pas au diesel pour économiser dix centimes par litre. Si j'avais suivi l'exemple de mon oncle, je roulerais en BMW décapotable et je gagnerais en un mois ce qu'ils gagnent en une année. Mais je n'ai pas envie de ça non plus. »

Claire l'encourage gentiment. Elle comprend son ressentiment et son besoin d'exister. La pondération et la maîtrise des passions recommandées par le prophète sont devenues des conseils pour les naïfs. Le nouveau mot d'ordre est de s'imposer, mais ça le fatigue. La colère, c'est l'émotion la plus épuisante qu'il connaisse, ça le bouffe de l'intérieur comme la faim et comme la peur. Il a autre chose à faire que d'être tout le temps en rogne.

« C'est comme dans un jeu que j'ai vu un jour dans des archives vidéo, dit-il. Intervilles, ça s'appelait. Mais je crois que ça n'existe plus maintenant. Vous connaissez Intervilles ? C'est une émission super ancienne en fait. »

Claire lui dit qu'elle connaît ce jeu télévisé et qu'elle le regardait assise sur les genoux de son père quand elle était gamine. Elle adorait même si elle préférait Jeux sans frontières parce qu'on comprenait mieux pourquoi on gagnait si peu de médailles aux Jeux olympiques.

« Donc, dans l'épreuve dont je vous parle, les deux équipes sont séparées par un mur. Chaque équipe a une piscine en plastique remplie d'eau et les gars doivent la vider le plus vite possible avec des seaux qu'ils balancent sur ceux de l'autre équipe par-dessus le mur. En gros, pour gagner, il fallait vider sa piscine et faire déborder celle de ses adversaires. Chaque camp se défonce comme un forcené pour ne pas perdre. Sauf que ça ne marche pas vraiment et à la fin, on se contente de mesurer la quantité d'eau dans chaque piscine pour départager les deux équipes. Il n'y a pas de gagnant en réalité. Ça m'a fait penser à ce qui se passe dans la vraie vie. Dans la mienne en tout cas. La seule différence, c'est qu'on se balance des seaux de merde.

— Vous n'êtes pas obligé de faire tout ce qu'on attend de vous, dit Claire.

— Non, je ne suis pas obligé, admet Big Five. C'est pour cette raison que je deale un peu d'herbe, des bennies et aussi quelques Oxy. Ça permet de faire des connaissances. On croise du monde. Et pourtant, même dans ce créneau, on a vite fait de se sentir seul, surtout les jours de pluie. »

Mardi 10 h 27

Une fois la messagerie de Michel refermée, Gilles rouvre le dossier de Tête de Fouine. L'aspirant scénariste a développé une forme légère de paranoïa qui le rend attachant : on hésite, à mi-chemin entre la pitié et la curiosité. Pas de crises aiguës, juste une petite pathologie qui structure son quotidien. Un tempérament en vase clos qui s'enroule sur lui-même et pointe vers son nombril. Gilles se faufile dans son compte Twitter aussi facilement que s'il enfonçait le doigt dans un petit pot de crème dessert. Pour le mot de passe, le généalogiste délaisse les lettres et les chiffres et attaque d'emblée par des combinaisons de caractères spéciaux et de signes de ponctuation. Bingo ! Les gens pensent que les hackers sont assez niais pour s'acharner sur des combinaisons du genre, le prénom de mon fils suivi de sa date de naissance. C'est tellement 2010 ! Une fois à l'intérieur, Gilles parcourt à toute blinde les messages directs. Il est possible que Tête de Fouine ait activé les alertes de connexion à partir d'autres ordinateurs et que l'intrusion lui soit signalée par un mail. Clic, clic, clic. Une quarantaine d'échanges personnels avec une copine à lui, Rage de Meuf. C'est le pseudo qu'elle a choisi. Gilles suppose qu'il s'agit d'une fille mais il ne prend pas le temps de vérifier. Il copie vite fait la chaîne des Direct Messages et la balance sur son bureau. Il effectue deux ou trois passages supplémentaires, récupère plusieurs conversations avec d'autres correspondants sans entrer dans le détail. Il parcourt les premières lignes ; il fera le tri plus tard quand il sera hors connexion. Il s'assure de n'avoir rien oublié, dernier survol, puis il se déconnecte. Pas sûr qu'il n'ait pas laissé quelques traces de doigt dans le pot de crème. Ce serait mieux que personne ne remarque sa visite, même s'il n'y a aucune chance pour que Tête de Fouine remonte jusqu'à lui. Au pire, cela améliorera le niveau de sa parano et puis, au moins un événement se sera produit dans sa vie.

Contrairement à ce que son exil forcé hors de Paris laissait penser, Tête de Fouine n'a pas renoncé. La province n'est qu'un repli stratégique pour mieux préparer une nouvelle offensive. Sa fiction, il va la faire, que ces ignares de producteurs le veuillent ou pas. Ils se sont torchés avec son premier synopsis, il va leur mettre le nez dans leur incompétence. Il a déposé un dossier de financement pour une formation continue à la Fémis. David Fincher n'a qu'à bien se tenir parce qu'il est hyper chaud. Bon, peut-être pas

Fincher, c'est un peu gros pour commencer, mais tout le monde comprend l'intention. Il s'est refait une santé mentale en région, l'air vicié de Paris étouffait son talent. Depuis qu'il a opéré son repli stratégique, il écrit quatre à cinq heures par jour. Ça coule fluide et limpide comme une fontaine en montagne. La formation continue va l'aider à tout bien border pour que ce soit le chef-d'œuvre dont il rêve une nuit sur deux. Il a besoin de lisser les détails ; pour le reste, c'est-à-dire pour l'essentiel, tout se trouve en lui. Il le sent.

Dans un message à Rage de Meuf, il ajoute un émoji pleurant de bonheur et lui explique en détail son projet. Une web fiction de SF qu'il va financer par crowdfunding. Il a déjà lancé l'appel de fonds et ses abonnés les plus fidèles ont mis la main à la tirelire, pas de grosses sommes mais c'est la preuve qu'ils croient au potentiel de son histoire… et donc qu'il y a un potentiel, ce qui est le plus important. Pris dans un élan d'euphorie, il lui résume le pitch en deux lignes. Un scientifique devenu mercenaire se réveille un jour avec les rêves d'un milliardaire qu'il a réussi à pirater. Il ne sait plus trop bien ce qui est la réalité et ce qui est le rêve. Et du coup, il se lance dans une quête de sens pour savoir s'il peut changer sa vie. En gros, une version web et cheap d'*Inception*. Il ne peut pas en dire plus pour le moment. Il préfère ne pas dévoiler les choses trop vite parce qu'il est convaincu que cela porte malheur. Il peut juste ajouter qu'il a prévu des scènes de cul, mais rien d'excessif. Il a des pudeurs de créateur. Il a surtout peur d'en dévoiler trop sur lui et qu'on se fasse des idées sur ses fantasmes. Il évite en général d'évoquer sa libido, d'abord parce qu'il n'y a pas grand-chose à montrer et ensuite parce que cela le ramène au fait que son physique attire en priorité des allumées adeptes de trucs chelous ou des hyper émotives qui attendent que tout le monde ait quitté la soirée pour prononcer une parole.

Ça ne peut que cartonner, beugle-t-il dans un autre message entièrement rédigé en majuscules.

Rage de Meuf l'encourage et le soutient. On comprend qu'elle a de l'avance sur la voie du renoncement. Elle n'a pas fait une croix définitive sur l'écriture, mais le découragement a pris ses quartiers. Le doute coule en elle et l'entretient dans une léthargie qu'elle refuse pour l'instant d'associer à de la dépression. On devine qu'elle n'imaginait pas que ce serait si dur, que les gens seraient si méchants et égoïstes. Elle a passé le stade de la colère et du rejet pour s'installer dans l'incompréhension. Si on ne peut pas compter sur son talent, ni sur la chance, qu'est-ce qu'il faut faire pour réussir ? Elle n'en est pas encore à souhaiter la compromission, bien que par moments, elle soit prête à pas mal de choses pour obtenir un peu de répit dans cette attente sans fin. Par ricochet, le projet de Tête de Fouine lui redonne un soupçon d'espoir parce qu'elle est au plus mal. Elle en est réduite à se réjouir de l'hypothétique bonheur des autres. Elle fourre des tas d'émojis dans ses messages en croyant qu'elle peut cacher sa détresse derrière des petits dessins totalement niais et des personnages qui miment toutes les expressions humaines recensées à ce jour.

Dans l'une de ses premières réponses, Rage de Meuf lui avait écrit qu'il méritait de s'en sortir après toutes les saloperies qu'il a subies. Comme si la mesquinerie des autres justifiait une compensation. Les nanas comme elle ont besoin de croire qu'il y a une putain de justice sur cette Terre, sinon elles songent à se flinguer. Au bout d'un moment, Gilles ne lit que ses contributions à elle, sautant celles rédigées par Tête de Fouine. La fille est aussi enthousiaste que lui, presque plus à la limite, sur son projet de web fiction. Elle s'est mise en mode groupie. Elle pense Netflix, Amazon ou Disney. L'avenir est là, le cinéma en salle, c'était bon pour le XXe siècle. Elle est certaine qu'il va percer, qu'il va devenir célèbre et qu'il va tous les venger, ceux qui comme lui – et aussi comme elle – n'ont pas bénéficié du bon alignement des planètes ou ont été injustement condamnés sans avoir pu plaider leur cause. Elle en rajoute vraiment beaucoup dans l'optimisme et la positive attitude mais entre les lignes, Gilles devine que ça lui vrille le cerveau de n'avoir devant elle qu'un tunnel sans fin. Entre deux phrases d'encouragement, elle propose à demi-mot de filer un coup de main si Tête de Fouine en a besoin. Elle ne cherche pas à jouer le premier rôle, non, elle sait garder sa place, elle a appris à se tenir. Elle a par-dessus tout appris que dans ce milieu, la réussite des autres fait plus mal qu'un échec personnel. On se remet d'un revers de fortune, beaucoup moins du triomphe d'autrui. Le succès crée une distance. Cela dit, Tête de Fouine et elle se connaissent depuis si longtemps qu'elle peut se permettre de jouer un peu sur la corde sensible. Son expérience, écrit-elle, pourrait être utile pour des relectures d'épisodes ou pour des remarques (elle évite d'utiliser le mot « conseils », qui pourrait être mal pris) concernant les personnages ou à propos de l'architecture générale du scénario. Tête de Fouine la remercie de sa proposition, sans donner suite. Il est trop obsédé par sa propre odyssée pour embarquer quelqu'un dans l'aventure et jouer les copains partageurs. Un rien hypocrite, il lui explique que s'il doit se faire, c'est tout seul, à la force de la volonté. Il ne peut pas lier son succès à une aide extérieure, cela ne serait pas honnête vis-à-vis de sa démarche personnelle fondée sur l'intégrité, ni à l'égard de celle qui lui apporterait cette aide. Rage de Meuf peut comprendre ça, écrit-il. C'est un parcours de vie, presque une révolution qu'il mène sur la table de sa cuisine. Il brûle du désir de ne compter que sur lui-même. C'est pas qu'il ne veut pas rendre service, ni rien, c'est juste qu'il n'y a pas de place pour deux dans son trip égocentrique. S'il ne se soigne pas à la dure, ajoute Tête de Fouine dans le même message, il ne pourra pas guérir.

Malgré la mise au point assez claire, sa copine le relance plusieurs fois de manière discrète. Elle n'a pas les moyens de se fâcher avec lui, donc elle fait gaffe de ne pas jouer les boulets ou de menacer sa masculinité en se montrant trop insistante. D'un autre côté, elle ne parvient pas à se résigner. Elle est prête à sauter sur n'importe quelle occasion, elle ne veut pas mettre ses espoirs sur pause, comme elle l'a fait des dizaines de fois. Elle se raccroche à une idée. Dès que Tête de Fouine sera lancé, elle pourra revenir à la charge. La générosité n'est pas un trait de caractère, c'est un luxe. Au bout d'une dizaine d'allusions plus ou moins subtiles, Tête de Fouine accepte d'entendre les appels de détresse. Pourquoi ne pas se donner le beau rôle à moindres frais ? Il la remercie. Un regard extérieur pourrait apporter de la force à son récit qui est super onirique. Pour que l'histoire fonctionne, il doit gérer au millimètre les va-et-vient entre la réalité de son héros et les rêves qu'il pirate.

Ça peut devenir prise de tronche, écrit-il, ponctuant sa phrase d'un personnage à l'envers.

L'humour, ce n'est pas son truc, songe Gilles. Il a bien fait d'opter pour la science-fiction. Rage de Meuf lui répond dans la foulée. Elle glisse le pied et toute la jambe dans l'entrebâillement de la porte. Ils vont faire un film génial. Elle est décidée à relire tout ce qu'il a déjà écrit. Elle va lui soumettre des propositions artistiques de malade mental. Elle a tellement d'idées qu'elles lui sortent de la tête comme la vapeur d'une cocotte-minute. Mais surtout, elle va le brancher avec d'autres gonzesses, des copines de copines à elle qu'elle connaît un peu, qui ont déjà des chaînes YouTube et qui font des clips de dingo avec leurs caméras. Elle est certaine que cela ne peut que matcher avec Tête de Fouine. Cette web fiction, ça va être une tuerie taille Waco. Mais le plus jouissif, elle attend de voir la tronche de leurs potes. Parce que c'est pour ça qu'ils se donnent tout ce mal. Sentir la caresse de l'envie sur leur peau. L'ambiance va changer dans les soirées, promet Rage de Meuf. Non seulement ils ne seront plus à l'extérieur des cercles de discussion, à réchauffer une canette de 1664 dans leurs mains moites de ressentiment, mais ils seront au centre. Y EN A PAS MAL QUI VONT DEVOIR RÉVISER LEUR CATÉCHISME, affirme-t-elle en lâchant une rafale de points d'exclamation.

Gilles s'interrompt brusquement. D'un clic, il ouvre sa propre messagerie, fait défiler l'échelle d'historique en remontant le classement chronologique. Il trouve immédiatement ce qu'il cherche. Il n'y a pas plus d'une vingtaine d'entrées archivées. Gilles purge sa boîte tous les jours avec une application stalinienne. Il ne conserve que l'indispensable, ce qui ne relève pas du secret existentiel est systématiquement détruit et balancé dans la broyeuse du logiciel. Le courrier de Claire date d'environ six mois. En pièce jointe est fournie la demande en recherche de paternité déposée par une certaine Monique Fradet, cinquante ans, commerçante en ville. Claire ne fait que lui transférer une requête de Jacques parce qu'elle n'a pas le temps de s'en occuper. Leur père essaie de paraître enjoué dans son mail, ce qui ne lui correspond pas. Le ton est désagréablement joyeux, comme si le notaire avait exulté en le rédigeant. Gilles n'y avait pas prêté attention à l'époque. Il n'avait pas opéré le rapprochement. Il avait rendu service à sa sœur. La période était calme à l'étude. Il avait laissé tomber une recherche de filiation prévisible et ennuyeuse, un couple qui avait respecté à la lettre l'engagement pris devant le prêtre le jour de leur mariage. Rien, même pas une petite entorse, même pas un petit coup de moins bien qui aurait élargi le cercle des héritiers. Le généalogiste s'était lancé sur les traces de Monique avec l'impatience d'un jeune chien. Sans qu'il sache pourquoi, il avait tout de suite flairé la bonne piste. La dernière phrase du message de Jacques avait vaguement imprimé dans son esprit sans qu'il y voie autre chose qu'une forme de condescendance.

Je crains que les recherches n'aboutissent à rien mais l'expérience m'a appris qu'en ce domaine, on est souvent surpris au point de devoir réviser son catéchisme.

Gilles rabat le volet mobile de son ordinateur portable. Il va devoir décaler son rendez-vous avec Tête de Fouine. Ou plutôt sauter quelques étapes de son plan. Par chance, on est à peine en milieu de matinée et tout est jouable.

Mardi 13 h 04

Donc, la petite chose qui termine son deuxième paquet de Granola Pocket en guise de déjeuner est influenceuse. Comme toutes les filles impatientes et peu sûres d'elles, Natinea a les mâchoires qui serrent fort. Quand elle chope un mec ou quand elle tient une attachée de presse pour qu'on lui envoie des échantillons gratuits, elle s'accroche jusqu'à arracher le morceau. Il y a toujours un avantage en nature à gratter : il faut demander car on va rien lui filer comme ça, juste sur sa bonne mine. Natinea se maîtrise, ses lèvres épaisses coloriées en terre de Sienne bougent à peine. Tout se passe dans les yeux.

« Le plus marrant, c'est que les macroteuses du service marketing osent pas te dire non quand tu réclames, explique la YouTubeuse. Elles ont peur de passer pour des crevardes ou des incompétentes. C'est pas qu'elles essaient de se donner bonne conscience ou qu'elles envisagent une seconde de faire leur boulot correctement. Nan, elles savent même pas ce que ça veut dire. C'est juste qu'elles veulent se couvrir. Elles préfèrent te lâcher deux ou trois échantillons par service de presse plutôt que de passer à côté d'un buzz. Tout est dans le niveau de demande. En gros, il faut doser. Tu commences par des exigences simples pour pas les brusquer. Tu en as certaines, tu as l'impression qu'elles se tranchent les veines quand elles t'envoient un tube de crème ou un fond de teint. Au début tu dois aller chercher les colis à la poste parce que le facteur ne livre plus les paquets. Heureusement, petit à petit, tu montes en grade. Elles t'envoient un coursier. À la fin, ce sont les assistantes qui t'appellent pour te supplier de parler de leurs produits foireux. Elles te téléphonent trois fois pour s'assurer que tu as bien tout reçu et que tout est arrivé en bon état, comme si tu risquais de casser un flacon de vernis à ongles en le secouant dans une boîte en carton. »

Après six mois intenses passés sur YouTube, Natinea a toute l'industrie des cosmétiques à ses pieds, et toutes les chichiteuses de la presse féminine sur le dos. Elle a compris que c'était à la portée de n'importe qui de faire croire à des minettes tourmentées qu'elles avaient encore une chance avec les beaux gosses. Natinea file des conseils sans obligation de résultat, elle vend de l'espoir comme les entreprises qui l'alimentent en produits de toute sorte. Dans ses vidéos, elle parle d'elle, et puis des autres. Elle est sa meilleure publicité. Elle ressemble à ses abonnées, une dizaine de kilos font le siège de son menton, de ses nibards bonnets E, de sa taille en bouée canard et de ses poignets pris dans une gangue de chair. Elle se met en scène, naturelle, décontractée et marrante, genre copine dont on remplit le verre pour l'écouter raconter ses fantasmes quand elle est bourrée. Elle est tellement ordinaire qu'elle inspire confiance. Natinea s'est décerné le diplôme de spécialiste du bon goût alors que sa compétence essentielle est de réussir à faire une petite différence entre ce qu'elle aime et ce qu'elle n'aime pas.

Natinea explique à Alexia le fonctionnement de la nouvelle caméra HD ; elle l'a achetée à un pote à elle qui pensait avoir eu une idée de génie. Le gars filmait des aurores boréales et des paysages enneigés pour en faire des time lapses. Il y voyait une allégorie du changement climatique. « Bientôt, ce seront des documents historiques. Nos enfants ne sauront même pas ce qu'est la neige. » Son premier film avait fait mille cinq cents vues, et le second, un peu plus de huit cents. Il n'avait pas la motivation suffisante pour continuer, il avait revendu son matos pour le tiers du prix d'origine.

Avec le premier virement que lui a fait la plateforme de streaming, Natinea a eu la bonne idée de se payer un cours accéléré de montage vidéo. Ses interventions sont devenues moins brutes, moins amateurs. Elle ne parle plus à son téléphone portable, elle s'adresse à des inconnues qui la bombardent de cœurs et de pouces levés. Elle a trouvé le ton et le rythme. La réalisation d'un tuto lui prend une demi-journée avec les plans de coupe et les contrechamps. Il faut déplacer le matos, vu qu'elle n'a qu'une caméra. Elle fait donc deux prises en plan moyen, deux autres en plan serré, et une dernière en plan large. En trois mois, Natinea est devenue une rock star de l'épilation du sourcil, du contouring et du dessin des lèvres. Ce qu'elle n'avait pas prévu au départ, c'est l'exigence des fans. Une vidéo par jour. Elle passe le plus clair de son temps dans sa chambre transformée en studio d'enregistrement. Pour tenir la cadence, elle s'est mise aux amphét' en loucedé. Si l'on en croit les lois générales du nouveau monde, elle conserve entre deux et cinq ans d'espérance de survie avant de disparaître, façon supernova.

En attendant, elle kiffe Alexia. C'est son idole et elle est trop contente de l'initier aux secrets du réseau social. Alexia a participé à la saison 2 des *Picards à Pattaya* avant de finir au bord de la piscine des *Anges de la téléréalité*. Vers la fin du tournage, elle s'est écharpée avec son petit ami de l'époque. Elle a quitté la villa des Anges sans dire au revoir et s'est retrouvée à tenir un stand de maquillage dans un Hyper U près de l'étang de Berre. Elle a ajouté la corde du porno à son arc, tourné dans deux ou trois films amateurs et commencé à songer sérieusement au suicide quand un préretraité du nom de Pietri l'a récupérée à la dérive et l'a installée dans sa meulière de banlieue.

« Tu te rends compte, tu as un potentiel de dingue, dit Natinea. Tout le monde te connaît. T'imagines ? Tu as remporté la deuxième saison des *Picards*. C'est ouf. Tu as déjà une fan base de malade. Super facile. T'as juste le message à cadrer. »

Alexia la dévisage gentiment. La starlette s'est réinventée si souvent qu'elle a perdu son propre mode d'emploi.

« Là, tu fais une pause dans ta carrière, c'est sûr, poursuit l'influenceuse. Faut savoir prendre du recul aussi. Se donner le temps de construire des projets inspirants et innovants. Mais avec tout ce que tu maîtrises, je te dis que tu vas tout déchirer dans ce créneau. »

Natinea et Alexia sont copines et complémentaires. Deux bolides lancés sur des trajectoires parallèles mais en sens contraire. Là, elles sont pile à leur point de croisement, elles n'ont pas d'autre choix que de s'éloigner. Juste, elles ne le savent pas encore et elles sont assez crédules pour se convaincre qu'elles ont besoin l'une de l'autre. Natinea installe la caméra HD sur le trépied pour une nouvelle prise en contrechamp. Elle a apporté son équipement chez Alexia ; le sous-sol de la meulière a été transformé en zone de tournage improvisée. Les outils et les saloperies que Pietri y entassait ont été virés dans le garage.

« Je me ferais bien une série, dit Alexia.

— Une quoi ?

— La télé, dit Alexia. Je me rends compte que j'aimais ça.

— Tu délires. La télé, c'est interdit aux moins de soixante-cinq ans. Je t'ai déjà parlé de mon passage à la maison de retraite ? »

Alexia secoue la tête pour lui indiquer qu'elle n'est pas au courant de cet épisode de la vie de sa groupie.

Natinea est tombée dans YouTube un peu après le début de son stage « assistance soins et services à la personne ». Un passeport pour avoir le privilège de torcher le cul des vieux dans un EHPAD contre un salaire de misère. L'illumination lui est venue un jour au réfectoire, pile au moment où l'écran de télévision diffusait sans le son les prévisions météo de la journée. Le menu du midi annonçait épinards et langue de bœuf sauce gribiche. Elle n'avait pas réussi à terminer la première bouchée. Elle avait quitté les cuisines en courant et foncé dans la première sandwicherie qu'elle avait trouvée. Elle avait commandé trois paninis hot-dog gratinés au fromage et deux assiettes de frites arrosées de moutarde, de mayo et de ketchup. Elle avait avalé ça sans respirer, s'essuyant les doigts et la bouche avec la nappe en papier disposée sur le fond de son plateau. Les Knackis lui étaient restées sur l'estomac tandis que la mayo et le ketchup lui étaient remontés dans la bouche, pire qu'à l'époque où sa mère la forçait à boire de l'huile de foie de morue pour l'empêcher d'être constipée. Elle avait traîné, assise sur une chaise en aluminium brillant, à contrôler le roulis de la nourriture qui lui tournait la tête. Au moment où elle pensait avoir repris la situation en main, une vague l'avait submergée. D'un bond, elle s'était jetée sur le bord du trottoir, les genoux sur le bitume et la bouche dans le caniveau. Elle avait gerbé avec la conscience professionnelle d'un vieux poivrot. Le patron de la sandwicherie était sorti pour lui filer une poignée de serviettes et un verre d'eau. Entre les larmes qui coulaient sur ses joues et la morve qui lui tombait du nez, elle s'était dit qu'elle ne voulait plus souffrir. Son expérience devait servir à d'autres.

Elle s'était assise sur un banc de l'autre côté de la rue et s'était mise à rêvasser. Elle était remontée jusqu'à l'époque des tartines Harris sans croûte qu'elle avalait en regardant les *Aventures de Dora l'exploratrice* au petit déjeuner. Elle avait demandé un kit de maquillage pour ses six ans. Sa mère avait cédé. Rouge à lèvres, vernis à ongles, fond de teint, fard à paupières, rimmel et même de la laque pour les cheveux. Il ne manquait rien. En deux coups de pinceau, Natinea s'était mise à ressembler à une pute miniature, une poupée sale et barbouillée. La mère était ravie, sa fille lui ressemblait au-delà de ses espoirs les plus fous. Enfin, elle n'était plus seule dans sa vie de merde. Elle allait continuer à élever sa môme toute seule. Elle pourrait en faire une version abîmée d'elle-même. Le seul blocage qui avait empêché que la chambre de Natinea se transforme en annexe de Sephora était le budget. L'air de rien, les crèmes et les démaquillants ça chiffre vite, surtout si on achète de la marque. À la fin de sa puberté, la gosse avait postulé pour une émission de téléréalité. Elle réunissait les trois critères pour être sélectionnée – le prénom, la maîtrise du fer à lisser et l'échec scolaire. Elle avait passé des castings. La prod' lui avait fait bosser son accent et son phrasé. Elle parlait bien. On comprenait tout ce qu'elle disait, ce qui constituait le principal problème. Sans qu'elle sache pourquoi (personne n'avait pris la peine de lui fournir d'explication), elle avait échoué lors du dernier tour de sélection des candidates. Elle était assez bonne mais pas assez vulgaire ou assez vulgaire mais pas assez bonne, les raisons de son échec demeuraient embrouillées et obscures.

La mère avait vu dans cette déception une opportunité. Elle avait conseillé à sa fille de faire un gosse. C'était à la portée de n'importe quelle gourdasse, et c'étaient pas les géniteurs qui manquaient. Il lui suffisait de passer une après-midi à traîner dans la ZAC Grand-Ouest pour choper un mouflet comme on attrape la grippe. Elle n'avait qu'à éviter les gestes barrières. Natinea avait consacré la semaine suivante à zoner dans les galeries marchandes mais rien à faire. Elle était déprimée, ça se voyait sur sa tronche. Les garçons la trouvaient trop bizarre. Malgré tout, elle s'était incrustée dans une bande aimantée autour du KFC. Elle écoutait, elle se contentait de se faire discrète et de rire quand ils balançaient une vidéo TikTok. Elle faisait semblant de ne pas sentir les odeurs. La transpiration, le cheveu gras et les hormones en fusion. Au bout d'une semaine, Natinea avait repéré un petit gringalet tout en os. Il en était peut-être encore au milieu de sa croissance mais à vue de nez, il n'allait pas dépasser la taille d'une crevette adulte. Les proportions du gars la rassuraient : il n'avait pas les moyens de lui foutre une trempe sans prendre le risque de se faire défoncer, lui aussi. Ça ne veut pas dire que les petits ne sont pas violents, ça veut dire que vient toujours un moment où le physique entre en jeu et que les petits souffrent alors d'un handicap chronique pour exprimer leurs contrariétés. Les jours suivants, elle avait tout donné pour qu'il la remarque. Et puis, un après-midi, il n'était plus venu. Elle avait ajusté sa technique de chasse. En réduisant la longueur de ses jupes et en augmentant la taille de ses seins, elle avait coincé un spécimen de son âge, un blondinet en dessous de la moyenne qui se nourrissait de surgelés et de charcuterie sous vide. Il avait recyclé la bouffe industrielle en boutons d'acné. Ses potes l'appelaient « Champ de Fraises ». Natinea avait fermé les yeux, puis elle lui avait tourné le dos. La levrette s'imposait. Ils avaient essayé une dizaine de fois dans sa chambre ; sa mère lui disait de faire comme si elle n'était pas là quand elle se pointait avec son nouveau petit copain. Au bout de trois mois, elle en avait eu assez. Elle ne savait pas si ça venait d'elle, de lui ou de son régime alimentaire merdique mais elle savait que cela ne marchait pas. Elle l'avait largué malgré une spectaculaire amélioration des boutons sur son front. Le projet de maternité, destiné à rehausser son statut social, fut reporté à des jours meilleurs.

Cette déconvenue obstétrique l'avait poussée à opérer deux changements radicaux dans sa vie, l'arrêt de ses études et l'arrêt d'une potentielle carrière de mère au foyer. Assise, donc, en face de la sandwicherie, elle s'était souvenue de sa passion pour les produits de beauté. L'eye-liner est une drogue dure. Armée de ce constat irréfutable, elle avait embrassé la carrière d'influenceuse, cette école de la vie dans laquelle on se décerne des diplômes à soi-même.

La plupart de ses abonnées sont des petites cruches obsédées par la peur de ne pas être assez sexy. Elles se sentent obligées de ressembler à l'idéal féminin sur lequel fantasment des hordes de branleurs trop paresseux pour maîtriser leur tour de taille ou améliorer leur look merdique. Elles font cela en pensant que leur but dans l'existence est de trouver le prince charmant, le chevalier capable de les aimer sans retenue et sans fin, comme dans ces contes qu'on ne lit plus aux gamines. Elles songent à l'avenir par éclipses. Faire un mioche est une pensée récurrente, un point de passage obligé dans leur parcours, et pour certaines un kit provisoire de survie. Malgré les exemples autour d'elles, elles n'envisagent pas qu'une fois passé l'excitation de la découverte, leur bellâtre se contentera de les bourriquer une fois par semaine, entre deux sorties avec des potes ou après une soirée trop arrosée à la maison, histoire de montrer qu'il a les moyens de recevoir. Elles se persuadent que pour elles, cela sera différent. Qu'elles échapperont à la malédiction qui a frappé tour à tour leurs mères, leurs sœurs et leurs copines. Elles vivent dans l'espoir binaire d'être en couple et dans la crainte permanente d'être célib', car ne pas avoir de bonhomme pour les serrer par la taille, c'est faire partie des bolosses qu'on envoyait au Salon des métiers. C'est là qu'elle avait trouvé son stage à la maison de retraite.

« Tous les patrons de chaînes réfléchissent de la même façon, dit la YouTubeuse. Occuper des vieux qu'on pose dans un fauteuil après le déjeuner et qu'on vient chercher pour leur donner de la soupe ou changer leurs couches. C'est du niveau des *Télétubbies*, seulement c'est toute la journée.

— Ou un petit rôle dans un film au cinéma, tente Alexia.

— Tu déconnes. Le cinéma, c'est mort. C'est juste que personne veut le dire. »

La starlette ne l'écoute pas. Elle continue sur son idée.

« Marion Cotillard, elle y arrive. Ça ne doit pas être difficile. Et en plus j'ai une excellente mémoire.

— J'aime bien Marion Cotillard. Elle est classe, je trouve. On dirait qu'elle a de l'imagination, tu vois ce que je veux dire ? » demande Natinea.

Ce n'est pas d'imagination dont Alexia a besoin. C'est d'une occupation qui lui permette de ne pas tout le temps penser à s'ouvrir les veines, à avaler une boîte d'anxiolytiques ou de se mettre la tête dans le four de la cuisine. Conscient de la dépression qui hantait sa nouvelle compagne, Pietri l'a autorisée à refaire la décoration de leur pavillon. Le chantier a duré des mois, un enfer. Au moins, il n'y avait pas Valérie Damidot pour lui filer des conseils pourris. Se lancer sur YouTube lui a semblé une ligne de fuite envisageable. C'était mieux que rien, et pas mal de filles avec son profil avaient fait ça avant elle. Alexia ne se souvient plus de tous les candidats avec lesquels elle partageait la villa de Pattaya, cette époque est un peu brumeuse dans son esprit ; en revanche, elle a retenu une chose de ces heures gaspillées dans l'immense salle de vie commune et de ces soirées à se faire peloter par un des preneurs de son : l'époque appartient aux bouffons et aux tatoués vêtus d'un string ou d'un moule-bite.

« Ton grain de peau est génial. Un tout petit peu mat. Ça passe trop bien à l'image », dit Natinea. Elle règle la caméra à l'aide de la petite lucarne amovible de visée. Alexia sursaute. Elle était perdue dans ses pensées. Elle songeait à ce producteur qui lui avait proposé de faire du porno éthique. Elle avait refusé. Le porno éthique, c'est comme le liquide vaisselle bio. C'est moralement satisfaisant mais c'est moins efficace. Alexia ressent un peu de tristesse.

« Je vais juste te montrer comment on présente les produits. Les marques font super attention. Il y a des trucs qu'elles n'aiment pas. Le plus important, c'est de ne pas avoir l'air trop bas de gamme. »

Pas trop, mais un peu quand même. Compte tenu de la cible, les marques ont compris qu'une dose de mauvais goût ne nuit pas à la promotion. Tout le talent de Natinea réside dans l'art de faire salope juste ce qu'il faut tout en suggérant qu'elle aspire à une vie de famille saine et équilibrée, remplie de plaisirs simples. Genre le double garage à côté de la balançoire en plastoc.

Les deux filles sacrifient la fin de la matinée à se maquiller, à tourner des plans et à les visionner sur l'ordinateur de Natinea. Elles sont aussi concentrées que si elles jouaient à la poupée. Tout y passe. Elles se font les ongles, les cils, les lèvres et des mèches. Elles essaient des quantités de fringues, de chaussures et d'accessoires. Elles sont dans le manège à bijoux. Elles se déguisent. Pendant des heures, elles oublient qui elles sont et ça leur fait un bien fou. Le sous-sol d'Alexia se transforme en halle aux vêtements un samedi de soldes. Elles tournent assez de séquences pour réaliser une petite pastille. Les choses se font en souplesse. Natinea est salement douée.

« Vas-y ma chérie, joue avec ton public. Trouve le bon équilibre. Chic et provocante. Décontractée et naturelle. Entre les deux.

— Genre *les Reines du shopping* ?

— Euh, non. *Les Reines du shopping*, c'est pour ma grand-mère, dit Natinea. Tu as un visage d'adolescente, ma chérie. Il faut t'en servir. Sur ta chaîne, les minettes, elles ont envie de savoir qu'à dix-huit ans, elles en paraissent déjà trente-cinq. Elles se projettent. Et comme tu en as trente-cinq, faut que t'en paraisses dix-huit, tu vois ? Le truc, c'est que les mères essaient de ressembler à leurs filles et que les filles font tout pour ressembler à leurs mères.

— Pour séduire le père.

— Tu as tout compris, ma chérie. »

Alexia hoche la tête. Elle a un don pour l'improvisation. Elle tourne sur elle-même, se hisse sur la pointe des pieds, fait la moue encore mieux qu'Isabelle Adjani, puis ramène ses cheveux devant son visage et tire sur son pull pour dévoiler son épaule. Elle ne porte pas de soutien-gorge. La classe. Trois semaines avec un récepteur HF accroché à la ficelle du maillot, ça vaut toutes les formations qualifiantes de Pôle Emploi.

Natinea monte les images avec une fluidité déconcertante. Les plans s'enchaînent de manière naturelle. Le résultat final est rythmé et drôle. Le clip s'intitule *Bien dans sa peau pour accueillir le printemps*. Cinq minutes de délire entre filles pour parler d'un gloss et d'un lissant capillaire, les petites merdeuses vont adorer. Deux produits par clip, pas plus. Sinon ça saoule et ça crée de la confusion. Natinea a fait évoluer le concept de départ. Depuis quelques semaines, elle ajoute une touche « développement personnel ». Plus le monde se referme sur lui-même, plus on a envie de s'ouvrir les chakras.

« Il y a plein de podcasts qui en parlent tant et plus. Presque tous en fait. Je te dis pas la concurrence, minaude l'influenceuse.

— Qui parlent de quoi ?

— Du développement personnel. On ne se maquille pas juste pour être belle. On prend aussi soin de ce qui y a dedans.

— Un tube de rouge à lèvres pour canaliser ton énergie égocentrique ? »

Natinea hésite. Elle n'aime pas quand Alexia est cynique et qu'elle sort des répliques auxquelles elle ne sait pas quoi répondre.

« Oui, en gros. J'aurais pas dit les choses comme ça mais le truc marche de ouf. Je réfléchis à une rubrique méditation et charme pour ma chaîne. J'ai déjà pensé à un pitch. La réconciliation entre la beauté intérieure et la beauté extérieure. Je refais le lien entre l'âme et le corps, tu vois ? »

Alexia lui dit qu'elle voit. Au fond d'elle-même, elle trouve l'idée gravement conne. Donc ça va cartonner.

« Faut que j'affine un peu le concept mais j'ai l'essentiel. J'ai commencé à en parler à une des filles du marketing. Elle est comme une dingue. La boîte pour laquelle elle bosse réfléchit de son côté à faire des trucs dans ce créneau. Ils ne savent pas encore quoi mais ils ont mis une équipe dessus. »

Le zen et la crème. Alexia s'est tapé assez de directeurs de casting pour ne plus avoir envie d'être coachée. Le coach, c'est le psychanalyste du XXIe siècle, un expert-comptable du karma qui aide à gérer les émotions, les compétences et la conscience comme si on était tous des petites entreprises individuelles.

« Oui, c'est une super idée », dit Alexia.

La conviction n'y est pas. Elle s'en fout. Bien qu'elle essaie très fort, elle ne parvient pas à se persuader que YouTube, c'est l'avenir. Question de génération. Elle pourrait être la grande sœur de Natinea et elle a l'impression qu'elle pourrait aussi être sa mère.

« C'est juste que je pense à cette histoire de série. Ça me tente trop », insiste-t-elle.

Ce qui la tente surtout, c'est de trouver du fric pour se barrer du pavillon dans lequel Pietri l'a installée. Pour qu'elle se sente à l'aise, il a accroché des posters d'elle dans le salon, et aussi dans le couloir de l'entrée. Il les a découpés dans des magazines. Des fois, il lui dit qu'il aimerait bien qu'elle enregistre un disque. C'est classe, un disque. Ils pourraient l'écouter ensemble le soir à la veillée avec un bon feu dans la cheminée. Pietri faisait ça avec sa maman quand il était jeune. Sa maman avait une passion pour Mike Brant. Alexia lui a dit qu'elle ne savait pas chanter et Pietri lui a répondu que ce n'était pas grave. Vanessa Paradis non plus et pourtant elle a donné naissance à plusieurs générations de petites godiches sans voix et sans talent.

« Une série, t'es sûre ? Pourquoi tu vas te faire chier avec une série ? »

Alexia ne sait pas pourquoi elle a envie de refaire de la télé. Un besoin tardif de respectabilité. Elle en peut plus de voir des rediffusions sur les chaînes de jeunes. Avec la télévision pour les vieux, elle ne risque pas de se faire harceler par les fans de Michel Drucker. Elle hausse les épaules puis elle fait défiler en version accélérée le montage que Natinea vient de terminer. C'est propre, il n'y a rien à dire. Elle maîtrise.

« Ça pourrait être cool », reprend Alexia. Elle est en boucle. « Même un petit rôle au début pour commencer. Je suis prête à faire la méchante dans un épisode, genre Joséphine. J'aime bien *Joséphine.* »

Elle ne sait pas quand lui est venu ce côté cucul. Elle n'était pas comme ça avant. Tout l'inverse. Autrefois elle possédait ça spontanément, la repartie pour se débarrasser des gros lourds. Une sorte de talent brut, une colère indomptable. Depuis son installation chez Pietri, elle a viré mémère conciliante. Son énergie l'a abandonnée, elle s'est déchargée comme une pile électrique.

« Tu es sérieuse, là ?

— Oui, assez sérieuse, dit Alexia. Le problème est que je me suis grillée avec tous mes anciens contacts. Une embrouille compliquée de fric. Je me disais que tu connaîtrais peut-être quelqu'un. »

Natinea n'a pas envie de se fâcher avec sa nouvelle meilleure copine parce qu'elle n'en a pas de rechange. Ce n'est pas comme si elle avait le choix. Les influenceuses sont trop ambitieuses pour avoir des amies. Elles compensent avec l'amour de leurs abonnées.

« Je connais peut-être un candidat potentiel, dit-elle comme si elle consultait un *C.-V.* Enfin, c'est plutôt une copine à lui que je connais. Elle, ça fait un bail que je ne l'ai pas vue. Ça remonte à une autre époque.

— Quand tu te cherchais ?

— Oui, quand je traînais dans une galerie marchande. J'ai fait ça pendant quelque temps. Dans mon souvenir, le mec était maigre, genre vraiment maigre. Pas plus gros que mon petit doigt. Et avec une tronche bizarre.

— Ça me changera de Pietri, ricane Alexia.

— Chaque fois que je traînais avec cette bande, il me faisait penser à un rongeur, reprend Natinea.

— Nickel. Au moins, je ne serai pas déphasée.

— Sa copine… enfin… ils ne sont pas ensemble mais ils traînent pas mal l'un avec l'autre. Sa copine est un peu coincée, genre à distribuer des tracts et à coller des affiches sur les murs la nuit.

— Et il fait des séries télé ?

— Non, pas encore, mais il s'y connaît en cinéma. Il a vu tous les films de *Star Wars*. »

Alexia hausse les sourcils pour exprimer son étonnement.

« *Star Wars* ?

— Oui, je sais. Je ne suis pas fan non plus.

— Il est scénariste ou réalisateur ou quelque chose comme ça ?

— Il essaie. Enfin, si j'ai bien compris, il se lance. Faut que je vérifie avec ma copine. Je peux pas te dire s'il a du talent.

— Tout le monde s'en fout.

— Et pour le fric, je pense que c'est un plan plutôt en indépendant, tu vois ?

— Ça me va, c'est à la mode. Et puis, il faut bien commencer quelque part. »

Dans le cas d'Alexia, elle recommence de zéro. Pas plus tard que la veille, un type en chemisette, tatouages, barbe manucurée, ourlets au-dessus des chevilles et baskets sans chaussettes, l'a abordée à la terrasse d'un café. Le gars est descendu de sa trottinette pour lui parler. Il avait besoin d'un sérieux détartrage dentaire.

« Tu peux le contacter ?, demanda Alexia.

— Oui. C'est un journaliste. Enfin, il est plus trop journaliste en ce moment. Il est en phase de reconversion. Je crois qu'il écrit une web fiction mais je suis pas trop sûre. Peut-être qu'il a pas encore son casting. »

Natinea s'interrompt un instant. Un frisson d'anxiété lui court sous la peau. Elle attend qu'Alexia lui dise quelque chose d'encourageant ou qu'elle la complimente sur son carnet d'adresses. L'ancienne star des *Anges* se tient impassible, les lèvres pincées comme dans ces moments où on ne sait pas quoi faire pour mettre fin à un silence gênant.

« Hé ! Il n'y a pas de raison que cela ne marche pas, dit Natinea. Regarde, moi ! Il y a un an, je m'engueulais avec ma mère à chaque petit déjeuner. Aujourd'hui elle est en vacances aux Seychelles, tous frais payés. Elle ne m'a même pas remerciée mais je lui en veux pas. Je ne vois plus sa tronche de divorcée quand je bois mon café le matin. »

Peut-être qu'elle a raison, songe Alexia. La starlette ne peut pas tomber plus bas. Le pavillon de Pietri, c'est son Ground Zero. L'endroit à partir duquel elle doit reconstruire.

Natinea enregistre à l'arrache une petite introduction pour présenter Alexia et lancer le sujet qu'elles ont tourné. Elle accueille sur sa chaîne une gloire de la téléréalité qui a le courage de se remettre en question. Un exemple pour tout le monde. Elle balance ça en ligne. Le compteur de vues se met à tourner comme le cadran d'un billard électrique. Quelque part dans le vortex, des milliers de gonzesses n'attendaient que ce moment-là.

Mardi 9 h 03

Il est à peine neuf heures, il a soif. Sa langue frotte comme une éponge double face contre son palais. Ça fait quelques semaines qu'il a remarqué ce changement à l'intérieur de sa bouche. Les cachets de Vicodin lui dessèchent la gorge. Sûrement qu'il abuse au niveau de l'automédication. Jean-Baptiste se fournit illégalement. Du coup, personne ne lui indique la dose à ne pas dépasser. Une main contre le mur, il se met debout puis frottant le crépi du bout des doigts, il se guide vers le fond de la remise de l'épicerie. Il s'est arrangé avec le patron, Hassen, qui avait besoin de conseils à propos de son bail commercial. J.-B., le frère aîné de Claire, lui a fait cadeau des honoraires et du suivi du dossier en échange d'un double de la clé qui ouvre la remise du magasin. L'épicier a installé un frigo à bière qu'il tient rempli en permanence. Le thermostat est bloqué sur très froid. Maintenant qu'il a perdu tout espoir de diriger l'étude Lambert, le jeune notaire vient quand il veut. Il n'a plus besoin de passer devant les clients de la boutique et à affronter leurs regards désapprobateurs. Même quand il essayait de se montrer discret, il croisait chaque fois une rombière du quartier, mauvaise et desséchée, qui se trouvait là pour le reluquer de haut en bas et compter avec insistance le nombre de canettes piochées dans l'armoire réfrigérée. Il attirait ce genre de vieilles peaux. Elles avaient merdé l'éducation de leurs enfants et voulaient se rattraper en corrigeant ceux des autres.

J.-B. coupe le morceau qu'il écoute sur Spotify. Le premier volume de Dr John Plays Mac Rebennack. Le pianiste lui plaît, son style flamboyant, ses excès, sa virtuosité au clavier, et aussi le fait qu'il soit demeuré fidèle à ses potes et à sa ville, La Nouvelle-Orléans. Jean-Baptiste y était allé en voyage. Trois ou quatre jours à traîner dans des rades et à manger des po'boys, la spécialité locale qui ressemble à un sandwich en meilleur. Il y avait quelque chose de crade et de sublime dans cette cité au bord du lac. Une espèce de dignité qui vient quand on a trop longtemps vécu dans la pauvreté et le dédain. Ce qu'il avait ramené de son voyage, c'était la musique. Ça avait été un choc. Elle était partout, elle soutenait les murs des maisons et elle s'enfonçait dans le sol. Il était impossible de l'en extirper, elle résonnait même dans le silence. C'était l'impression que lui donnait cet album de Dr John, entièrement au piano.

Le notaire enlève son casque audio. Il s'est offert le dernier modèle Beats sans fil avec réduction de bruit. Ça lui a coûté un bras mais tant pis, il adore le « b » doré sur les écouteurs. Il trouve ça stylé. Il a le sentiment de dépouiller les racailles de leurs attitudes à la con et de leur manque de goût musical. Surtout le petit dealer qui le dépanne quand il est à court de Tramadol et d'amphétamines. Le gars se fait appeler Big Five. J.-B. trouve ça grotesque. D'un autre côté, il fait la taille de trois bonshommes. Donc cela respecte une forme de logique. C'est Gilles qui le lui a présenté, lui et un de ses potes qui porte un bob tellement enfoncé sur le crâne qu'on ne voit pas ses yeux. Son frère voulait border les choses, éviter que J.-B. achète de la merde à n'importe qui et s'enfile n'importe quoi. Big Five est un contact fiable. Il répond à son téléphone et la marchandise est irréprochable.

J.-B. ouvre l'armoire-frigo. Il prend deux canettes d'un demi-litre, de la Guinness. Il prend toujours de la Guinness, son estomac et son foie se sont habitués au goût et au volume d'alcool. Il fait descendre deux cachets à l'aide d'une longue gorgée glacée. Il est revenu à la Vicodin. Gilles, qui gère sa consommation courante, lui a trouvé un fournisseur discret sur le dark web. J.-B. récupère les boîtes par la poste. En ce moment, il fait une pause forcée dans l'OxyContin. Le médecin lui avait fait une prescription pour vingt-huit jours mais avait refusé de la renouveler. Il se demande s'il ne devrait pas se mettre tout bêtement à l'opium ! Ça donnerait à son addiction un petit côté dandy du XIXe siècle, ce serait plus classe que de ressembler à un camé de sous-préfecture. Il préfère ne pas y penser. Il place un billet de cinq euros dans une gamelle en inox qui servait autrefois pour les croquettes du chat. À l'époque, il y avait des souris. Elles ont disparu, le chat n'est plus là. Jean-Baptiste s'adosse au mur de la remise, il se laisse glisser doucement, sa veste en chevreau frotte contre la paroi rugueuse, pas sûr qu'elle en sorte indemne. Tous ses muscles se détendent. Il s'envoie une seconde gorgée qui n'en finit pas. Ça le chauffe. Il redevient fonctionnel. Il a petit-déjeuné avec un croissant pur beurre, un pain aux raisins et un sandwich jambon-fromage achetés en passant à la boulangerie. Il ne picole jamais le ventre vide, principe de base quand on ne veut pas mettre sa journée en vrille.

Bien sûr qu'il déprime. Que pourrait-il faire d'autre ? Une émasculation, même symbolique, ça reste douloureux. D'abord, Jacques l'a humilié en léguant l'office notarial à Claire. Ensuite, cette petite garce a accepté de céder toutes ses parts aux deux Saint-Soens qui en ont confié la direction à Michel. Les Lambert ne sont plus maîtres chez eux.

Jean-Baptiste repense à ce matin où le père et le fils ont débarqué à l'étude. Il n'allait pas beaucoup mieux qu'aujourd'hui : il avait pris deux comprimés de Ritalin pour compenser les effets de sa gueule de bois. Il était là en tant qu'associé minoritaire. Cinq pour cent des parts. Jacques les lui avait filés pour le faire tenir tranquille. À l'époque où il avait des prétentions sur la gestion du cabinet. Michel avait ouvert le parapheur. Claire avait aimé ses dents trop grandes capables de bouffer des fortunes. Elle avait signé. Elle avait enfilé son manteau. Elle avait tourné le dos à un boulot qui l'ennuyait. Elle était sortie la tête haute et par la grande porte, plus riche qu'elle ne pourrait jamais l'être. Gilles s'était occupé du nettoyage complet de son ordinateur.

Dans cette remise pas plus grande qu'une chambre de cité universitaire, J.-B. se sent en sécurité. Un réflexe venu de l'enfance quand il se cachait sous la grande table de la salle à manger recouverte par une nappe tombant jusqu'au sol. Cela fait des mois qu'il n'a pas ouvert un dossier et des semaines qu'il n'a pas baisé. Quand il est en état, il se masturbe le matin. Cela devient de plus en plus laborieux, pénible même. Il change de fantasme à chaque fois, tout finit par se mélanger dans son esprit. Il ne parvient pas à se fixer sur une scène qui le ferait vraiment bander. Son imagination s'atrophie, sa libido lui coule sur le bout des doigts. Quand la détresse devient trop forte, il se jure qu'il a envie d'arrêter les cachets et l'alcool.

Il tient un jour ou deux, parfois trois, puis il se remet à cogiter : il ne voit aucune raison de s'infliger de pareilles souffrances. C'est déjà assez pénible comme ça. Pendant ces périodes de lucidité, il joue aux Sims sur son ordinateur portable ou il discute sur des forums complotistes. Sa cervelle tourne avec l'ardeur d'une bétonnière. Il cimente sa connerie avec de la bile.

Philomène refuse de l'avouer, elle est trop hypocrite pour cela. N'empêche, la plus grande satisfaction de sa vie est que son fils préféré ne se soit pas marié. Elle n'est pas jalouse, elle déteste la concurrence. Le jour où elle a épousé Jacques Lambert, elle s'était promis de ne rien partager. Quand elle le serre dans ses bras, J.-B. ressemble à un de ces maxipoupons bizarres qu'on offre aux gamines pour stimuler dès le plus jeune âge leur instinct maternel. Peu importe que J.-B. soit malheureux, Philomène l'aime comme personne et c'est ce qui compte à ses yeux. Elle fait le taf. Elle est une bonne mère, la meilleure de toutes. Du long chemin de croix que Jacques lui a infligé, elle a retenu une chose. On ne devrait pas vivre pour trouver le bonheur, même si on ne peut pas s'en empêcher. Après avoir encaissé trois grossesses, Philomène s'est efforcée de souffrir a minima. Elle a rétréci ses sentiments. Avec toute l'attention perverse qu'elle a mobilisée en quarante ans de mariage, elle a transmis à son fils le plaisir de la douleur. Il compense. Jean-Baptiste se voit comme une victime, son nouveau statut social. Il envisage de le mentionner sur son profil Facebook. Il ne le fait pas. Il se demande pourquoi les gens ne l'aiment pas. La seule réponse qu'il a trouvée est qu'ils sont méchants. Il se répète que rien n'est de sa faute. C'est comme ça que Philomène l'a élevé, c'est comme ça qu'elle le contrôle. Elle le plaint, il la laisse faire. Cela relève de la perversion narcissique mais ni lui ni elle n'ont envie de sortir de cette relation qui les unit comme deux naufragés s'accrochant l'un à l'autre.

La Vicodin a mis un coup d'accélérateur dans son système nerveux. Les douleurs qui lui grignotent le bas du dos s'évanouissent avec la discrétion d'une ombre. J.-B. se détend, il tient la canette encore fraîche dans le creux de sa main. D'une pichenette, il la fait résonner pour en évaluer le contenu. Elle est vide. Il la balance dans l'immense poubelle noire, à côté du frigo, comme si c'était un panier de basket.

« Putain, Tony Parker, le king à trois points. »

Il s'est mis à gueuler sans raison, juste pour entendre le son de sa voix. Il beugle si fort qu'il couvre le morceau qu'il est en train d'écouter dans son casque Beats. Puis il s'arrête brusquement. Il se met en mode réflexion. Une idée fait des loopings dans son crâne. Tout à coup, la mort de Jacques lui semble carrément louche. Pour s'aider à réfléchir, J.-B. ouvre une seconde canette. Le poids du cylindre d'aluminium le rassure et le réconforte. Il faut aussi qu'il se rancarde sur cette Emma Saint-Soens. Maintenant qu'il y songe, c'est bizarre qu'elle soit morte un mois après son père. Il ne veut pas virer psycho mais si ça se trouve, ils ont monté tout ça ensemble. Juste pour le faire chier, lui. Parce que, bien sûr, il est le sujet principal de toute chose.

La remise s'étire devant ses yeux pareille à un tunnel, une pièce étroite tout en longueur, et au bout la lumière. Celle du frigo à bière qui l'aide à faire la mise au point en plissant les paupières. Il va se sortir de ce piège, mais pas tout de suite. D'abord, il doit poser à Gilles la question qui lui met les neurones sur courant alternatif. Il rédige un SMS en mode warrior. Il tape avec un doigt et le correcteur orthographique. RAPPELLE-MOI DE SUITE. C'EST URGENT. Wouf. Le message part. Il attend en fixant le frigo. Il compte jusqu'à trente. Il recommence à pianoter. FRANGIN, JE DÉCONNE PAS. J'AI UNE QUESTION À TE POSER. IMPORTANT. RIEN À VOIR AVEC CE QUE TU SAIS. J'AI DU STOCK. Wouf. Il attend. Il compte jusqu'à trente. Il se remet à taper comme un furieux. JE SAIS QUE TU LIS MES MESSAGES. LAISSE TOMBER CE QUE TU ES EN TRAIN DE FAIRE ET ARRÊTE DE M'IGNORER.

Au bout de trois messages, son cerveau est en colimaçon. Il n'en peut plus d'attendre une réponse. Il change de stratégie. Il ouvre sa messagerie et commence à rédiger un mail. Il commence par numéroter ses idées de un à cinq. Puis il se lance dans la rédaction. Il se concentre sur l'orthographe, il change certaines phrases, il ajoute des détails, il navigue dans le texte, il articule ses arguments. Il est concentré au point d'oublier où il se trouve. La rédaction lui prend une bonne demi-heure, plus la relecture pour s'assurer qu'il n'a rien oublié. Pour en arriver à la conclusion que tout est de la faute de Jacques et d'Emma mais que Gilles devrait quand même enquêter sur les deux Saint-Soens parce que le père et le fils ont des tronches d'hypocrites. Voilà, tout est sorti d'un coup. Avoir couché par écrit ce qui l'encombrait le laisse épuisé et étrangement affamé, comme s'il s'était purgé d'un truc trop lourd à digérer. Heureusement Hassen a anticipé. L'épicier a placé des sandwichs sous vide sur l'étagère du bas. J.-B. s'enfile un poulet-mayo-bacon et rajuste le casque sur ses oreilles. Il lance *Fake Plastic Trees*, histoire de ne pas monter trop vite dans les tours. Il sent les vibrations de la guitare sèche et les accents fluets et plaintifs de la voix de Thom Yorke. Il perçoit les irrégularités du crépi à travers le tissu de sa veste. Le chevreau doit être ruiné, tant pis. Ça ira à la collecte de vêtements. Il est juste assez bourré pour sentir son corps, pas assez pour envoyer un message d'insultes à Michel. Radiohead reste une musique qui lui fait circuler le sang, il gagne en harmonie, pas en vitesse. Il sent l'énergie électrique le long de ses synapses. Son dos le laisse tranquille, il se trouve à ce point d'équilibre où il fonctionne bien. Cela ne va pas durer, bientôt il sera en surchauffe et plus rien ne pourra l'arrêter. Mais pendant quelques dizaines de minutes, il est en suspension. Chaque seconde est calme et apaisée. Ça vaut toutes les gueules de bois et tous les trous noirs dans lequel il tombe un jour après l'autre. Ses pensées se déploient et son corps se détend. Il réfléchit sans effort.

Bordel, les époques musicales ont des problèmes de jointures, songe-t-il comme s'il venait d'être saisi d'une révélation. La période bénie de la fin des années soixante et du début des années soixante-dix a sombré dans la catastrophe du début des années quatre-vingt. Le mec que des millions de connards adulaient sur cette Terre s'appelait alors Michael Fucking Jackson. Le chanteur le plus fake de l'histoire de la musique. Le type le moins sincère et le plus obsédé par son image qu'on ait pressé sur du vinyle. Une aubaine pour les producteurs, ils n'avaient plus besoin de comprendre quoi que ce soit à la musique pour amasser des fortunes. L'incompétence avait remplacé la grâce à l'instant d'enregistrer un tube. Que s'était-il passé entre Woodstock et le Band Aid ? Dans quel trou noir le génie et l'inspiration avaient-ils été aspirés ? Les gens se sont mis à agiter les bras et à allumer des briquets sur *Sunday Bloody Sunday*. On a versé dans le sentimentalisme. On a empaqueté le rock dans les bons sentiments. De mauvais génies ont marketé la musique pour la vendre dans les stades. On n'écoutait plus des albums, on dressait des playlists. On mixait du son pour que des milliers d'ignares communient en balançant la tête. L'idée était géniale et dévastatrice – trouver une cause qui n'exigeait rien de ceux qui la soutenaient à part de s'extasier sur des mélodies sous cellophane. Le rock était devenu en dix ans l'expression la plus aboutie du conservatisme, avec de vrais papys qui avaient survécu à quelques cures de désintoxication et se montraient incapables de produire la moindre mélodie potable. C'en était terminé de la rébellion, on épousait les valeurs de ses parents après les avoir combattues. On était trop content de revenir aux principes qu'on avait voulu nous inculquer quand on était gosse. On les avait rejetés en bloc, on les récupérait en masse. La musique devenait une résurgence coloniale. On organisait des concerts géants pour aider les indigènes à se sortir d'une merde qu'on leur avait gentiment léguée. La condescendance d'une telle attitude ne gênait personne puisqu'on s'achetait une bonne conscience pour le prix d'une place sur la pelouse de Wembley. Les Blancs criaient leur amour aux Noirs, tout en prenant bien soin de vivre entre eux et de ne pas chercher à comprendre pourquoi on en était arrivé là. L'aumône devenait prophylactique, on se mobilisait pour maintenir la misère à distance.

Personne n'imaginait qu'un concert allait résoudre les problèmes de tout un continent. Au moins, on montrait qu'on essayait de faire quelque chose. On ressemblait à ces paroissiennes qui n'avaient aucun mal à adorer le Seigneur mais se tordaient les poignets dès qu'on leur proposait d'aimer leurs prochains. Surtout quand ils étaient pauvres (l'odeur était plus forte que leur foi) ou quand ils étaient noirs (s'ils étaient dans le malheur, c'était quand même bien un peu de leur faute et puis on ne pouvait pas soigner toute la misère du monde). On était d'accord pour faire la charité, on n'était pas d'accord pour être solidaire. Il était important de sentir qu'il y avait des gens en dessous, qu'on pouvait un peu leur marcher sur la gueule en exigeant qu'ils ne la ramènent pas trop. On revendiquait un nouveau droit fondamental : la mesquinerie.

Jean-Baptiste repart à quatre pattes en direction du frigo. Il a besoin de monter d'un cran. Il pioche deux canettes d'un coup, pose un nouveau billet de cinq dans la gamelle du chat et revient s'affaler contre le mur. Il fait défiler la liste des albums qu'il a téléchargés dans son téléphone. Il s'éternise dans les années deux mille, ce moment où on a entamé une rédemption musicale. Il clique sur *Meds*. La rythmique agressive augmente aussitôt son influx nerveux. Il a l'impression que son cerveau fonctionne plus vite tout d'un coup. Il pourrait se lever d'un bond et se mettre à distribuer des coups de poing dans le vide, style Rocky. Il se tient assis, ses jambes n'ont pas trop envie de le porter. Il se contente de fredonner l'air. Le refrain le fait marrer. « *Baby, did you forget to take your meds ?* » Il se dit que cette chanson a été écrite pour lui. En plus, le groupe s'appelle Placebo, cela ne peut pas être un hasard. Il secoue la tête et se lance dans un solo de air guitar. Il monte peu à peu en tension, il enchaîne direct avec *Go* de Pearl Jam et *Smells Like Teen Spirit* de Nirvana puis il passe à *Seven Army Nation.* Là, il atteint un palier. Les White Stripes le ramènent au calme. Il se laisse bercer par la basse et la grosse caisse, comme s'il passait un électrocardiogramme. L'excitation s'éloigne, il accueille le retour de l'innocence et d'une colère plus sourde. La mélodie porte en elle quelque chose d'enfantin, une impatience d'incompris et une frustration qui s'évade dans une course guidée par un riff teigneux et moqueur. Il a envie de tout envoyer balader. Très vite, il enchaîne *It Ain't Easy* (il considère que *Ziggy Stardust* est le meilleur album jamais produit) et *Kashmir* qui le fait triper comme s'il était sous acide. Il attaque la quatrième canette et la longue descente vers son tunnel personnel avec *The Real Me.* Sans savoir pourquoi, il associe la chanson des Who au *Silence des agneaux*, adapté par Jonathan Demme.

Il pense à Ted Levine, assis à poil dans le sous-sol de sa baraque, occupé à coudre des morceaux de peau humaine pour changer de genre. Il le voit se débattre avec son passé d'enfant démoli par les abus et son présent de tueur de jeunes femmes qui rêve de se dissimuler dans le corps de ses victimes. Le gars pense avoir trouvé le remède, il s'enveloppe dans un habit de douleur pour ne plus souffrir. J.-B. associe la tristesse des mélodies de Pete Townshend à une violence pathologique. Il se promène dans la tête du meurtrier en série et se demande ce que lui aurait fait s'il avait été abîmé à ce point. Il faut en avoir chié des ronds de chapeau pour dire un truc comme « *It rubs the lotion on its skin or else it gets the hose again*[1] ». Puis, continuant à avancer de plus en plus vite vers l'effacement de sa conscience, J.-B. écoute *Nature's Way* de Spirit, une mélodie sophistiquée et sournoise, idéale pour accélérer la chute. En un instant, il bascule comme le jour où il a fait un tour dans les montagnes russes à la Foire du Trône. Il sent la bile remonter dans sa gorge, la dépression le tire par les pieds. Tout à coup, les premières notes de *Wandering Star* résonnent dans le casque, il ferme les yeux. Il suit la voix de Beth Gibbons, la chanteuse de Portishead, et l'obscurité l'entoure. Il ne la trouve ni rassurante ni effrayante.

1. « On se frotte le corps avec la lotion ou on a de nouveau droit au jet d'eau », célèbre phrase prononcée par le tueur en série Buffalo Bill à l'une de ses victimes qu'il retient prisonnière au fond d'un puits.

Il sait qu'elle a toujours été là. Il la rejoint pour s'y cacher un moment. Malgré tout, il est content. Il s'est composé une playlist du naufrage quotidien.

Parmi tous les groupes qu'il écoute en boucle, les Doors et Led Zeppelin ont sur lui un effet rassurant. Surtout Led Zeppelin. Robert Plant et Jimmy Page le protègent plus efficacement que le putain de bouclier de Captain America. Quand Jim Morrison lui affirme que « la musique est terminée », il a l'assurance que rien de mal ne peut se produire dans sa journée. Pour la même raison, l'album live *The Song Remains The Same* propose un refuge invincible. Surtout la version en concert de *Dazed and Confused* qui dure vingt-sept minutes et occupe toute la face deux.

En revanche, dès qu'il met *Baba O'Riley* ou *Sunday Morning*, il est en danger. Les Who et le Velvet Underground sont pour lui des malédictions. C'est comme si on lui jetait un sort. Pendant deux ou trois jours, la poisse le poursuit. Le tourbillon d'emmerdes. Pour s'échapper de cet enfer musical, il se livre à des rituels d'exorcisme. Il s'enquille des trucs comme *Physical Graffiti*, *On The Beach* et *The Marshall Mathers LP* qu'il vénère comme le meilleur album de l'histoire du rap. En cas de grosse tension, il y ajoute *Oh, My Girl* et *She Cries Your Name. Les années deux mille ont été le début de la reprise en main*, pense-t-il. La grande supercherie du CD a pris fin. Il a fallu changer de siècle pour parvenir à la rédemption de la musique. *Le monde fonctionne par résurrections successives*, parvient-il à penser avant de s'apitoyer sur son sort.

« Je suis un accidenté de la vie », hurle-t-il.

Sa voix rebondit contre les murs. L'épicerie est ouverte à cette heure de la matinée. Peut-être que des clients l'ont entendu à travers la cloison. Il se fait un moment silencieux, en retenant sa respiration. Personne ne vient. Hassen se doute qu'il est là mais il n'a pas envie de le croiser. Il n'a pas envie de lui parler, ni de l'aider à se relever pour lui conseiller de rentrer chez lui et se coucher. Jean-Baptiste regrette de ne pas avoir acheté un peu de coke, il a un rendez-vous à l'étude en début d'après-midi. Son premier dossier depuis si longtemps qu'il ne se souvient plus de la date du précédent. Il va devoir gérer les six prochaines heures en essayant de ne pas employer de mots compliqués. Cela va bien se passer, il en est sûr. Il fouille dans la liste de ses albums et il lance *Break on Through*. Comme dit Jim Morrison, il est déjà de l'autre côté.

Pris d'une intense agitation, J.-B. se sent moins ivre qu'il ne l'est. Il pourrait se réconcilier avec Claire. Ce serait formidable. Ils sont frère et sœur, ça leur fait un point commun. Il devrait être possible d'en trouver d'autres. Oui, il faut en finir avec toute cette dinguerie. Il ne peut plus continuer comme ça. Il ne va pas tenir. Jean-Baptiste ressort son portable et se remet à pianoter toujours avec un seul doigt.

Si on se met tous ensemble, on peut s'en sortir. Il faut juste qu'on arrête de se tirer dans les pattes. Si tu veux faire la paix, moi je suis d'accord aussi. On a tout à y gagner.

Wouf.

Surtout moi, songe-t-il.

De l'autre côté du mur, il entend Hassen qui parle à quelqu'un. Il ôte sa veste, la roule en boule pour s'en faire un oreiller et pose sa tête dessus. Allongé sur le dos, il ne voit plus que le plafond de la remise. Il laisse la quatrième canette à peine entamée. La playlist se poursuit avec *Since I've Been Loving You*, la chanson idéale pour adolescent au cœur brisé. Il a un peu de temps. Le sommeil le gagne. Il ferme les yeux.

Mardi 11 h 05

Philomène est retournée dans la boutique de vêtements qu'elle avait transformée en dépôt-vente de fringues le jour de la mort de Jacques. Elle avait essayé la moitié du magasin, insulté la vendeuse et tapé un scandale avant de partir sans rien acheter. Après réflexion et plusieurs semaines de deuil, elle a décidé de se payer la robe rouge qu'elle trouvait trop chère et qu'elle avait tenté de faucher en la fourrant dans son sac à main. Elle s'était fait gauler par une jeune caissière qu'elle avait jugée très arrogante.

Les mains sur les hanches, Philomène se regarde dans le miroir de la cabine d'essayage. Elle a l'air d'une électrice filloniste qui vient de découvrir le frisson de voter Rassemblement national. Elle fait partie de ces femmes qui ont du fric et sont à cheval sur les privilèges attachés à leur âge et leur condition sociale. Elle se remonte les seins, elle les soulève avec la paume de ses mains. Elle inspire en gonflant la poitrine et elle expire lentement, la bouche en cul-de-poule. Elle a appris ça en cours de relaxation, maîtriser sa respiration pour ne pas se noyer. Philomène n'a jamais eu pied dans son mariage avec Jacques mais elle a survécu au lent naufrage de sa vie conjugale. Avec la disparition brutale du notaire, elle a arrêté de sombrer. Elle n'a plus de comptes à rendre à personne, elle peut se montrer insupportable sans crainte de se faire recadrer par son mari. Elle se paie la robe rouge. Le rouge, c'est sa couleur. Elle laisse la jupe et le corsage qu'elle portait posés en boule dans la cabine d'essayage. Qu'ils les balancent à la poubelle, ils n'ont que ça à foutre, ces fainéants. Philomène a retrouvé la confiance, il ne faut plus la faire chier.

Quand une heure plus tard, elle sonne à la porte de la maison de Mont-Saint-Aignan, elle se sent comme au début d'une partie de Tomb Raider, prête à résoudre une énigme de bâtard et à défoncer la tronche de tous ses ennemis. Un jour qu'elle était passée le voir à l'étude, J.-B. lui avait fait une démonstration. Il se passionnait pour ce jeu avant de découvrir les Sims. Lara Croft n'avait été qu'une phase assez brève, il était trop dépressif pour s'identifier à une minette qui avait une relation compliquée avec son père. La petite héroïne lui rappelait sa sœur et ça le déprimait encore plus.

Si Pierre-Yves Saint-Soens est surpris de voir Philomène debout sur le perron de la grande demeure familiale, il n'en laisse rien paraître. Le fin de race a le naturel et l'élégance d'un robot. Il hésite un instant à la faire entrer mais, à la voir plantée là, le regard fixe, les seins en avant et respirant avec lenteur, il comprend qu'il ne va pas pouvoir s'en débarrasser. Michel et Henri sont assis à la table de la cuisine, ils interrompent leur conversation comme on lève le bras d'une platine vinyles. Le silence est instantané, presque inattendu et gênant. Pierre-Yves reprend sa place. Il ne propose pas à Philomène de s'asseoir. La veuve les regarde tous les trois, l'un après l'autre. Ils ont l'air de guignols dans une scène du *Cœur des hommes*. Le genre chefs de famille qui pleurent sur leur sort et ne se cachent pas pour souffrir. S'ils filent un gnon à leur bonne femme, c'est juste un moment d'égarement. S'ils lui expliquent en plein repas avec des potes qu'elle est trop conne, c'est parce que le monde est compliqué et injuste. Ils sont cernés par les injonctions. Ils doivent être un père, un mari, un amant (bien sûr), un ami, un employé bien noté, un investisseur qui a de l'ambition pour deux, un citoyen soucieux de l'environnement, un consommateur discipliné, un abonné à la salle de sport, un commentateur sur les réseaux sociaux, un habitué des sites de cul et un amateur de séries télé. C'est trop pour eux. On les oblige à vivre avec la peur d'avoir une bite de petite taille et de ne plus être capables de la faire lever.

Michel, Henri et Pierre-Yves rendent son regard à Philomène. Dans leurs yeux, elle voit s'étaler cette lâcheté qu'ils ont transformée en canapé confortable de leur existence médiocre. Elle distingue leur bonne conscience avachie et aussi leur trouille de perdre le privilège de ne pas avoir à écouter les femmes. Ils sont là à comploter comme des commerçants et à se faire des cheveux blancs. Ils détestent les ennuis mais ils adorent se taper des petites frayeurs. L'idée de se faire carotter des centaines de millions d'euros les rend nerveux. Au moins, cela les sort de leur paresse et de leur suffisance. *Ils sont obligés de se bouger le cul*, pense Philomène. La cuisine, reconvertie en cellule de crise, confirme l'intuition qu'elle avait en venant les trouver. Ils se tortillent sur leurs chaises, le bois grince sous leur poids telles les roues d'une vieille carriole. Il suffit de les observer se faire des nœuds au cerveau pour comprendre qu'ils ne sont pas tranquilles. Ça fait probablement des heures qu'ils retournent le problème dans tous les sens. *Le plus pénible pour eux*, se dit-elle, *est d'imaginer que Monique puisse succéder à Emma, qu'elle prenne la tête du groupe Saint-Soens.*

« Vous n'avez aucune idée de ce que vous allez pouvoir faire, pas vrai ? » demande Philomène.

Ils ont imaginé le pire, se dit la veuve. C'est par là qu'ils ont commencé. *Inutile que je revienne dessus, on va gagner du temps.* Coincés dans cette cuisine avec leur trouille, les trois clowns ont quelque chose de pathétique. Ils nagent à contre-courant, ils sont prêts à s'accrocher à n'importe quelle bouée. Philomène n'a rien à foutre de leurs histoires ou de leur fric. Elle n'est pas là pour ça. Elle est là pour J.-B., la seule préoccupation de sa vie. Hassen lui a passé un coup de fil pour l'avertir que son fils cuvait dans la remise de l'épicerie. Il n'a pas eu besoin d'aller vérifier, il a entendu les canettes rebondir sur la paroi en plastique de la grande poubelle noire. Puis plus un bruit. Il irait le réveiller vers treize heures, le temps qu'il récupère avant son rendez-vous. Philomène n'a rien ajouté. Elle n'a pas voulu aller chercher J.-B., ce n'était pas le moment de lui mettre la honte. Et puis cela n'aurait servi à rien.

C'est pour se changer les idées qu'elle est allée s'acheter cette robe qui la moule comme un gant de chirurgien. Elle a eu le temps de réfléchir pendant qu'elle s'admirait dans le miroir. J.-B. est trop déprimé pour revenir tout seul dans la partie. C'est elle qui va le ramener. C'est son devoir. Elle sait des choses, elle peut s'en servir pour sauver son fils. Elle va les convaincre de se serrer un peu pour lui faire la place qu'il mérite. Avec tout le fric en jeu, ce serait le diable si Jean-Baptiste ne récupérait pas une part du gâteau.

Philomène tire une chaise, elle s'installe au bout de la table. Elle se tient aussi loin d'eux que le lui permet le meuble recouvert d'une toile cirée d'avant la crise économique.

« À partir de maintenant, on va répartir les compétences pour les mettre en adéquation avec les objectifs communs », dit-elle.

Les mots lui viennent avec une facilité naturelle. On dirait qu'elle a fait ça toute sa vie. Elle pourrait diriger un séminaire Carglass devant une assemblée de vendeurs obsédés par leur tableau de progression et leur classement dans l'entreprise. Michel et les Saint-Soens l'écoutent sans broncher. Elle avait vu juste, ils sont au bout de leur vie.

« Rassurez-vous, je ne suis pas venue pour moi, poursuit-elle. Je comprends que vous ayez envie de poser votre masculinité sur la table, histoire de me prouver que vous en avez et que ce n'est pas une pauvre créature comme moi qui va vous en imposer, pas vrai ? »

Les grincements de chaise lui confirment qu'elle a raison.

« D'accord. Vous avez été méprisés et considérés comme des larbins. Ça vous est entré sous la peau, dans l'hypoderme, juste assez profondément pour que ça fasse mal et pour que ça ne se voie pas. Ça démange tout le temps. Personne ne peut comprendre. Cela ne s'explique pas, ça se partage. C'est comme le signe de ralliement d'une caste de parias qui se reconnaissent entre eux. C'est bien ça ?

— C'est bizarre, intervient Michel. Un moment, j'ai cru que vous parliez des femmes. Vous savez, toutes ces frustrées jamais contentes, ces râleuses pour qui ce n'est jamais assez. Y en a certaines qui pensent qu'elles peuvent vivre sans les hommes. À moins que ce soit l'inverse.

— Non, Michel, répond Philomène. Vous êtes mignon, mais non. Dans leur malheur, les femmes ont quand même un peu de chance. Elles ne risquent pas de se faire couper le pénis. Alors que vous, c'est une autre histoire. »

Elle s'interrompt une seconde pour sonder leurs réactions.

« D'accord. Vous êtes plus maligne que ne le laisse penser cette robe ridicule que vous portez, intervient Henri. Cela ne nous dit pas la raison de votre présence ici où, à mon avis, vous n'avez rien à faire.

— Vous ne le savez pas encore mais vous allez commettre une bonne action, annonce-t-elle. Vous allez sauver l'un des vôtres. Vous n'allez pas agir par générosité, ce serait trop vous demander. Mais vous allez soigner votre ego. Et je dirais qu'il en a bien besoin. »

Jean-Baptiste doit leur être utile. Philomène ne peut plus le laisser passer ses matinées dans la remise d'Hassen à vider le frigo. Bien sûr qu'elle a commis des erreurs dans son éducation. Elle voulait le protéger, c'était son premier enfant, il était si petit et si fragile quand il est venu au monde. Elle n'avait pas d'autre choix. Jacques l'a détesté au premier regard.

Elle a compensé autant qu'elle a pu. J.-B. est mou et faible. Tout cet amour lui a attendri les chairs et ramolli le caractère. Aucune mère n'écoute tout à fait ses enfants. Elle a besoin qu'on ait besoin d'elle. Si elle leur a donné la vie, c'est pour se sentir utile, pas pour être mise sur la touche et les regarder grandir les bras croisés.

Les trois clowns l'écoutent sans la ramener. Après la prise de tête du matin, ils ont besoin de faire redescendre la pression. Ça les amuse de voir cette mère de famille leur vendre une planche pourrie comme J.-B. pour servir de tremplin à leur salut. Philomène s'exprime avec une lenteur agaçante, elle fait des gestes souples de la main, à la manière de ces universitaires qui ferment une à une des portes sur les hypothèses de travail d'un collègue qu'ils maudissent. En d'autres circonstances, Henri, Michel et Pierre-Yves n'auraient pas accordé la moindre attention à cette pimbêche. S'ils la laissent parler, c'est parce qu'ils sont assez désespérés pour avoir envie de connaître son histoire. Ils perçoivent un étrange courant qui passe entre elle et eux depuis qu'elle s'est assise dans cette cuisine. Ils ont des picotements dans les jambes et dans les doigts. Ils se sentent moins seuls.

« On dirait que vous avez réfléchi à la question, dit Henri. Qui sait ? On n'est pas à l'abri d'une bonne surprise.

— Oui, ça changerait de cet oiseau de malheur », ajoute Pierre-Yves en désignant Michel. Le vieux notaire veut se défendre et dire que rien n'est de sa faute, Philomène ne lui en laisse pas le temps.

« Il semble donc que vous ayez un sérieux problème avec une commerçante tatouée qui vend des godes ceintures et du lubrifiant parfum jasmin, note Philomène, prenant soin de ne pas citer le prénom de Monique. Vous avez remarqué ? Le jasmin, c'est toujours plus ou moins associé au cul. »

Philomène le sait. C'est le genre de phrases qui canalisent l'attention des hommes. Elle doit parler une langue qu'ils comprennent. Elle refait un rapide tour de table. Elle en est certaine désormais, J.-B. sera en sécurité parmi eux. Ils sont trop cupides pour être dangereux. La peur de ne pas obtenir ce qu'ils convoitent les affaiblit. Comme Jean-Baptiste, ce sont des tempéraments à combustion lente. Ils ne font pas d'étincelles, ils sont juste difficiles à éteindre.

« Vous allez adorer mon fils, leur promet énergiquement Philomène. Alors, dites-moi : pour l'instant, vous avez pensé à quoi ? L'indignité successorale, j'imagine ? »

Nouveaux craquements de chaise. Forcément, ils ont attaqué par le plus évident. Et à partir de là, ils ont progressé pas à pas. Toute la question est de savoir où ils sont parvenus dans leur réflexion.

« Le problème de l'indignité, reprend Philomène, c'est que ça ne vous mène nulle part, pas vrai ? Monique n'a pas tué Emma, elle n'a pas essayé de lui faire du mal ou de balancer des saloperies sur son compte. En fait, la grosse vache tatouée n'a rien à se reprocher.

— Elle, non, admet Pierre-Yves. Mais nous, on ne peut pas se laisser dépouiller comme des touristes aux puces de Montreuil.

— Personne ne vous demande un tel sacrifice, admet Philomène. Mais ce n'est peut-être pas le souci le plus urgent. L'indignité, ça marche pour tous les héritiers, si je ne me trompe. On ne va pas revenir sur les circonstances de l'accident qui a coûté la vie à Emma Saint-Soens. L'essentiel est que vous vous sentiez à l'aise avec cette tragédie.

— Quoi ?

— Vous vous sentez à l'aise avec la mort de votre mère ? »

Pierre-Yves se tourne vers son père puis vers Michel, faisant semblant de ne comprendre ni la question, ni l'allusion de Philomène. Comment ose-t-elle le soupçonner d'une chose pareille ? Elle ne peut pas savoir ce qui s'est passé. Elle tente de la jouer au bluff. S'il réagit tout de suite, il ne fera que confirmer ses soupçons, et elle aura trouvé ce qu'elle est venue chercher.

« Moi, je suis à l'aise avec la mort de Jacques. D'autant plus à l'aise que je n'ai rien à y voir. Du coup, les choses sont un peu plus simples. »

Pierre-Yves dodeline de la tête en essayant d'adopter un air détaché et serein.

« Cela a été une perte immense », finit-il par dire. Il réussit à faire monter des sanglots dans sa voix aussi facilement qu'un poison dans une seringue. *Il est plus fort que je le pensais*, se dit Philomène.

« Cela a été une épreuve pour mon père et pour moi car nous aimions ma mère. Heureusement, le temps accomplit son œuvre. Petit à petit, nous émergeons de cette période douloureuse, nous reprenons goût aux choses simples. Un jour, sans doute, nous parviendrons à combler l'immense vide qu'elle a laissé derrière elle. En attendant, nous travaillons à surmonter notre chagrin, pas à pas, avec une lenteur parfois désolante mais sans faillir car la vie est la plus forte et elle finit par reprendre ses droits. »

Philomène lâche un sifflement qui résonne de manière incongrue dans cette cuisine immense. Personne n'aurait imaginé qu'elle sache siffler ! Elle accompagne l'air qui s'échappe de sa bouche en tapotant la table de la main dans une sorte d'applaudissement.

« Sincèrement, je suis impressionnée. Pour un truc improvisé, ce n'est pas mal du tout. Cela me rassure.

Je suis certaine que nous allons réussir à faire des choses formidables ensemble.

— Vous avez une idée derrière la tête ? » demande Henri.

Philomène tire sur les manches de sa robe aussi lentement que si elle jouait dans un film de Sergio Leone. Elle ajuste le bord avec la jointure de ses poignets menus et fins.

« Messieurs, quand une femme porte une robe comme celle-là, c'est qu'elle a une idée derrière la tête. »

Mardi 13 h 14

Mentir est le meilleur service qu'on puisse rendre aux gens, ça leur fait du bien. Dans cette thérapie de groupe que sont devenus les réseaux sociaux, la réalité est plus insupportable que la mort. Jusqu'à il y a peu, on croyait tenir la mort à distance, la réalité, beaucoup moins. Le mensonge s'est imposé comme un vaccin à la contrariété d'avoir tort. Emma Saint-Soens l'avait compris et en avait fait un mode de vie. Monique relit la lettre que maître Thuillier lui a remise la veille. Dans le confort soyeux de son cabinet, le petit homme lui a tendu une feuille couverte d'une écriture souple et ronde, dépourvue d'hésitation, après lui avoir lu les dispositions du testament d'Emma. Le notaire s'est tenu silencieux. Il a attendu que Monique découvre ce que l'héritière des Saint-Soens avait à lui confesser avant de mourir.

Emma s'était préparée à ce moment agréable qui consistait à soulager sa conscience. Après de lâches hésitations, elle s'était résolue à prendre un porte-plume et une poignée de feuilles blanches qu'elle avait noircies en une nuit. Tout ce qu'elle avait à dire était en place dans son esprit. Les phrases lui étaient venues, longues, précieuses et ampoulées. Contrairement à son mari, qui était un homme de peu, Emma était restée une femme de beaucoup. Sa calligraphie harmonieuse et douce ne correspondait pas à son tempérament direct et intransigeant.

Emma reconnaît avoir menti à tout le monde, à peu près tout au long de sa vie, sans éprouver le moindre remords. Elle n'a pas choisi ce stratagème, il était à sa disposition, elle s'en est servie, elle possédait un talent instinctif pour tordre la réalité. Cela calibrait les relations, elle ne perdait pas de temps à convaincre ceux dont elle n'avait que faire. Elle les abandonnait à leurs convictions et les entretenait dans leurs erreurs. On ne dirige pas une entreprise de cette taille avec des principes démocratiques. Comme le lui avait appris Alexandre alors qu'elle était encore enfant, mentir ne se résume pas à déformer la vérité, mais à la confisquer à son usage exclusif. Devenait vrai ce qu'elle affirmait l'être ; tout le reste était une bataille d'opinion dont l'unique intérêt était de créer une confusion qui servait de rempart contre la contestation. En grandissant et pour la plus grande joie et l'admiration de son père, Emma avait poli et affûté cette arme redoutable. Elle avait compris que la contradiction relevait du règne de l'intolérable.

Le déni n'était plus le premier stade de l'émotion, il avait muté en réflexe de survie, rendant vulnérables à l'extrême ceux qui le pratiquaient. Partout où elle regardait, la bêtise, l'ignorance, la cruauté et la peur devenaient des vertus dans la gigantesque revanche de ceux qui, si longtemps, s'étaient perçus comme les victimes de la complexité. Enfin, on leur proposait un monde compréhensible, une sorte de Ikea du discernement dans lequel la pensée se montait en kit standardisé, accessible et utilisable par tous.

« *Le mensonge est un acte vital*, écrit Emma dans la lettre accompagnant son testament. *Il porte en lui l'illusion de la perpétuation. La vérité est un venin parfois mortel. Un niveau minimal de mensonge est indispensable pour survivre. C'est pour cela que j'ai menti à propos de Jacques et à propos de toi.* » Monique sent son cœur se soulever. Elle et Emma s'étaient vouvoyées lors de leur unique rencontre secrète après la mort de Jacques. Cette irruption du tutoiement crée une complicité si inattendue que cela la bouleverse. Elle se rend compte qu'il est normal qu'une mère parle ainsi à sa fille. Malgré tout, elle n'imaginait pas que cela fût possible pour elle et, avec une forme d'accablement, elle trouve ça malvenu. Se considérant comme l'enfant de personne, elle a du mal à admettre qu'elle est l'enfant de quelqu'un.

« Je n'ai pas menti par choix mais par commodité. Cela retardait les questions. J'avais l'espoir qu'avec le temps elles ne se poseraient plus ou du moins qu'elles me seraient épargnées par tous ces vautours qui m'entouraient et dont je savais que je ne pourrais pas me défaire par d'autres moyens. Je me trompais : admettre une erreur est, encore aujourd'hui et à l'approche de mes dernières heures, une chose douloureuse pour moi car j'ai grandi dans la certitude que mon intelligence me plaçait à l'abri des absurdités communes. Les mensonges s'apparentent à une lente sédimentation qui recouvre de couches successives la vérité, au point qu'on finit par ne plus l'apercevoir et qu'on en vient à se persuader qu'elle est enfin inaccessible parce que trop profondément enfouie. C'est la plus grande illusion de toutes car le mensonge n'est pas une erreur de l'exactitude et la vérité ne peut jamais être modifiée, de même qu'elle ne cesse pas d'exister quelle que soit l'épaisseur de mensonges dont on l'a recouverte, avec patience ou avec férocité. La vérité demeure là, égale, intacte et éternelle, attendant d'être découverte et ramenée aux regards de tous grâce à l'imagination et le courage des hommes. Le temps agit comme un masque, il dissimule le visage sans jamais modifier les traits qu'il abrite.

» C'est ce masque que tu as fait tomber le jour où tu as sonné à la porte de cette maison dans laquelle tu es née et dont tu fus exclue le jour suivant sans que j'aie pu m'opposer à la décision de mon père – ton grand-père –, qui

refusait ton existence pour la seule raison qu'il ne l'avait pas choisie et n'en avait pas eu connaissance. Dans une famille comme celle que tu vas rejoindre, le contrôle est un arbre inflexible aux branches duquel tous les membres sont accrochés, de la base au sommet.

» Lorsque je t'ai ouvert la porte et que je t'ai vue dans ta robe trop ajustée, trop brillante et trop verte, j'ai soudain compris que la vérité se moquait de ce que je voulais ou de ce que je croyais nécessaire pour continuer à mener mon existence en faisant semblant d'oublier la tienne. Le mensonge est une dette que l'on contracte auprès de la vérité. Plus nous mentons et plus le poids de cette dette nous écrase. Tout mensonge a un prix parce que tout acte de survie nous coûte. Cela fragilise les conditions dans lesquelles nous vivons les uns avec les autres. Le danger est d'atteindre ce jour où la vérité ne présentera plus aucun intérêt, ce jour où le mensonge aura gagné l'apparence de la vérité au point d'en devenir acceptable. Je ne le souhaite pas et je sens que je suis trop vieille pour apporter une réponse définitive à cette transformation terrifiante à laquelle nous assistons et à laquelle j'ai contribué plus qu'à mon tour – cette anesthésie complète de notre conscience. Cette pensée est un fardeau qui s'accroît avec les ans et alors qu'assise seule dans cette chambre où je n'étais plus entrée depuis le jour de ta naissance, occupée à te livrer mes dernières pensées avant de rejoindre ce qui ne peut être que le néant et le vide, je songe que malgré toutes mes faiblesses, j'ai mérité un peu de repos

pour mon âme. Même si je ne suis pas certaine de savoir ce que c'est précisément. Au moins, la morale, qu'on a parfois voulu me vendre comme l'instrument de mon salut, aura bientôt cessé de me tourmenter.

» Je me rends compte en écrivant ces lignes que je deviens mystique. Sans doute est-ce l'approche de la mort qui m'attendrit et m'incite à un apitoiement que je n'ai jamais supporté chez les autres et que j'assimile encore en ce jour à de la faiblesse. La mansuétude avec laquelle nous jugeons de manière instinctive nos actes est le premier pas vers le refus de la vérité, mansuétude que nous accueillons avec soulagement comme pilier de notre survie. Tu vois, la boucle se referme : mais peut-être s'agit-il seulement des radotages d'une vieille femme qui n'a plus de raisons de vivre et n'a pas encore envie de mourir.

» Pardonne-moi si je me montre mélodramatique. Ce n'est pas mon intention. Je ne peux m'empêcher d'éprouver un pincement au cœur en songeant que tout cela va s'arrêter sans que je puisse l'empêcher sauf à fuir, ce que je me refuse à faire. Je ne sais pas encore quand elle sonnera, mais je sais que mon heure approche. Je le devine à des regards insistants, à des mots inhabituels et des conversations interrompues... toute cette atmosphère de conspiration qui n'a cessé de s'épaissir depuis la mort de Jacques, comme si cette disparition avait été le catalyseur de nos destins qui n'ont cessé d'être liés l'un à l'autre. Je me hâte afin de mener à bien les démarches nécessaires dont

maître Thuillier t'aura informée. Je ne te demande pas de me venger. Je ne veux pas te léguer ce fardeau après celui que je t'ai obligée à porter pendant toutes ces années. Je me console en me disant que notre relation a été comme celle que j'ai vécue avec ton père, d'une brièveté qui interdisait toute place au mensonge. Je vais mourir et mon unique espoir est que tu découvres la vérité avant qu'elle soit recouverte du manteau de la dissimulation.

Ta mère.

Emma. »

Assise dans son salon, Monique referme la lettre. Le papier est usé à la pliure comme si on l'avait creusé avec un ongle dur, couleur de corne. Il s'agit d'une simple feuille couverte d'une écriture serrée et impatiente. Elle a toutes les raisons de détester ces phrases, avançant pareilles à des colonnes de soldats que rien ne peut arrêter. Pourtant elle aime le ton autoritaire, les tournures martiales et l'assurance despotique de la lettre. Sa mère, cela ne fait aucun doute, l'a écrite sans trembler, d'un seul trait. Dans un moment comme celui-là, Emma n'a pas cherché ses mots, ils étaient là, au garde-à-vous, prêts à défiler sur la page, poussant devant eux une fierté inutile mais indomptable.

D'une pression du pouce, Monique allume l'écran de son téléphone. Il est un peu plus de treize heures. On est mardi mais elle n'a pas ouvert la boutique ce matin. Cela fait une dizaine de fois qu'elle lit le message d'Emma, elle connaît plusieurs passages par cœur. Les paroles se sont gravées dans sa mémoire ou plutôt elles se sont glissées sous sa peau, quelque part à l'entrée de sa chair. Pour franchir l'obstacle que la lettre vient de dresser devant elle, Monique ne peut compter que sur son courage, sur la bienveillance d'Hakim, son amant cuisinier convaincu que le capitalisme est soluble dans l'alimentation végane, et sur la complicité de Gilles. Le généalogiste lui a révélé sa filiation voilà plusieurs mois et l'a gardée secrète aussi longtemps qu'il a pu. Il voulait lui donner le temps de s'habituer à la découverte, puis le temps de décider ce qu'elle souhaitait en faire. Monique n'avait rien fait ; elle avait laissé les semaines s'écouler sans savoir si cette révélation ajoutait à son malheur ou la débarrassait d'un poids plus lourd avec l'âge.

« Je ne sais pas ce que je peux faire de tout cela. Sans doute pas grand-chose. »

Gilles fait un effort pour compatir à son malheur. Il n'est pas doué pour ce genre de choses, ni pour les relations humaines en général. Il est trop pessimiste pour connaître la pitié. Pourtant, il éprouve un attachement à l'égard de cette femme dans laquelle il perçoit l'écho du vide dans lequel Philomène et Jacques ont cantonné son enfance. Les deux bruits que Monique et Gilles connaissent les mieux sont le silence de la solitude et le vacarme de l'indifférence. L'un et l'autre sont assourdissants bien que personne ne souhaite les entendre. Le généalogiste est venu pour aider celle qui est sa sœur après tout, même si dans sa famille ce mot n'a pas le sens que lui réservent les autres fratries. Il avait pris connaissance de la lettre en se faufilant dans la boîte professionnelle de maître Thuillier. Gilles s'est mis à surveiller le notaire de Honfleur dès qu'il a découvert que Jacques lui avait confié ses dernières volontés. Il n'a pas été difficile de s'apercevoir que son père et Emma avaient échafaudé un plan d'une simplicité impitoyable. Détruire leurs familles respectives et réparer un tort dont ils s'estimaient les victimes depuis leurs vingt ans. Ils avaient pansé ensemble, en en parlant le moins possible, la blessure de leur séparation et le bannissement de leur enfant.

Gilles porte des bottines noires à languette. Celles qu'on enfile avec un jean serré et un trois-quarts gris surmonté d'un col à revers bordeaux. Il possède une maîtrise instinctive de l'élégance. Il ne se trompe pas. Les vêtements trouvent un sens dès qu'il les enfile. Quand Monique l'a appelé, il est venu aussitôt. La journée s'étire avec lenteur. Il lui reste quelques heures pour éviter le pire. Normalement, cela devrait suffire. Il regarde la commerçante avec tendresse ; il se demande si elle éprouve du chagrin. Rien n'est moins sûr. Il se contente d'en dire le minimum pour l'instant.

« Je ne vais pas vous demander comment vous agiriez à ma place. Cela ne serait pas charitable après tout ce que vous avez fait pour moi », dit Monique.

Gilles hausse les épaules. Son air laisse peu de place au doute : il serait de très mauvais conseil face à un tel dilemme.

« Pour l'instant, la seule chose qui compte, c'est ce que je crois, moi. Le reste n'a pas d'importance, ajoute la commerçante.

— Pour l'instant, votre nom est couché sur un acte certifié dont il est difficile de contester la validité. C'est un début. Le mieux est de commencer par là. »

Gilles est un type méthodique. Il réserve l'improvisation pour les circonstances désespérées. Or, d'après ce qu'il voit, il n'y a rien de désespéré dans cette affaire. Juste un tas d'emmerdes qui se profilent à l'horizon. Monique pose la lettre sur son bureau et l'éloigne d'elle autant qu'elle le peut sans la faire tomber. Elle a beau se raisonner, elle ne parvient pas à retrouver son calme. L'argent a ce pouvoir unique. Même quand on n'en veut pas, il est impossible d'échapper à la question de savoir ce qu'on ferait si on en avait. Elle tapote sur l'écran de son portable. Les premières notes du *Nocturne numéro 20* de Frédéric Chopin se répandent comme une onde au-dessus des meubles de son salon. Monique adore ce morceau. Il lui donne le sentiment d'assister à l'avant-première d'une guerre imminente.

Elle s'imagine assise dans un cabaret surfait des années folles où des artistes manqués assénaient des saynètes à des spectateurs sans le sou. Le violon pleure dans les verres, ce qui est un excellent moyen de les garder pleins. Le patron de l'établissement a eu l'idée de proposer à sa clientèle un accompagnement sonore. Il n'entend rien à la musique et n'a aucune intention de remédier à cette lacune. La seule chose qu'il constate est que le divertissement améliore son chiffre d'affaires en lui coûtant moins cher qu'une danseuse. Monique a la nostalgie de cette époque dont elle ne connaît que des planches dans les livres illustrés qui traînent sur des tables basses et que personne ne lit. Cela la conforte dans l'idée qu'elle n'est pas faite pour ce siècle. Elle aurait été plus heureuse si elle était née ailleurs, dans un autre lieu et dans un autre temps.

Elle ne sait pas où se trouvent ses parents adoptifs, les Fradet. Elle les a quittés avec la même facilité qu'elle était entrée dans leur existence, sans parler et en accueillant leur compassion avec la dureté que lui avaient enseignée les sœurs de l'orphelinat. Elle ignore s'ils sont morts. Elle attend vaguement de leurs nouvelles, le jour où on viendra la prévenir qu'ils en ont terminé avec leur séjour dans ce monde. Cela l'inquiète à petite dose. Les connaissant, ils ont prévu de quoi se payer un caveau confortable. Ce n'étaient pas des gens à se laisser prendre au dépourvu, ses parents adoptifs.

Ils voyaient les choses à long terme. Ils envisageaient leur mort avant de penser à celle des autres, comme si cela ne pouvait arriver qu'à eux et qu'ils voulaient être prêts.

Monique sort une édition du journal local datant de deux ou trois semaines qu'elle conserve dans le tiroir d'un vieux secrétaire acheté aux puces. Elle le tend à Gilles. Le canard, qui en connaît un rayon en matière d'avis de décès, a consacré une double page à la mort d'Emma. C'est le moins qu'il pouvait faire : l'héritière était connue. Le journaliste a cherché à éviter un mouvement de panique : le groupe Saint-Soens pèse quand même dix mille emplois directs entre Dunkerque et Lannion, sans compter les emplois secondaires. Cela fait du monde. Elle a mal choisi son moment pour rendre l'âme. L'article suggère l'idée sans s'y attarder et relègue en fin de compte rendu les chiffres angoissants et pourtant disponibles à peu près partout. Il se contente de répéter ce que le préfet a déclaré lors d'une conférence de presse organisée à l'arrache pour apaiser les inquiétudes. Il s'agissait de montrer que l'État était présent et informé de la situation… donc que tout était sous contrôle. Cela ne voulait pas dire qu'on allait faire quelque chose. L'enjeu était d'allumer un contre-feu. Comme par hasard, quelqu'un dans l'assistance avait eu la bonne idée de se préoccuper de la succession d'Emma Saint-Soens. Le préfet s'était engouffré dans la brèche.

Cela relevait du domaine privé et les pouvoirs publics ne pouvaient intervenir sans outrepasser leurs droits. Mais, que chacun se rassure, Emma avait un fils d'une grande compétence, associé depuis de nombreuses années à la gestion des affaires familiales, et la transition promettait de se dérouler sans heurts. Il convenait de faire confiance à l'initiative privée et au sens des responsabilités dont témoignent les chefs d'entreprise quand il s'agit de l'intérêt général. Le libéralisme est une garantie plus forte que l'intervention de la puissance étatique puisque le patron est lui-même intéressé à la réussite collective.

« Il a vraiment sorti toutes ces conneries ? » demande Gilles. Il pose le journal sur le panneau mobile du secrétaire.

« Apparemment il y avait des témoins sur place, dit Monique d'un ton moqueur. En revanche, aucun d'eux n'a pensé à interroger la police. »

Les flics s'étaient pourtant déplacés, deux types en civil, un petit moustachu avec un pardessus couleur de mastic qui lui léchait les mollets et un tout maigre avec une coupe de cheveux à la Chris Waddle et un nez sorti des années soixante. Pour un peu, ils auraient pu faire partie d'un groupe de rock. Ils n'avaient pas l'air très heureux de cette mission mais ils n'avaient pas pu faire autrement. C'est la beauté de ce genre d'enquête. Quand quelqu'un comme Emma

Saint-Soens décède, des sourcils se froncent et des fonctionnaires dans des bureaux se mettent à balancer des mails. Ils construisent un barrage de messages capable de contenir une avalanche de complications. Puis ils croisent les doigts en fermant les yeux très fort et ils envoient deux pauvres types qui passaient leur temps à remplir une corbeille avec des boules de papier trouver de quoi rédiger un procès-verbal. C'est le minimum syndical. Comme tous les fonctionnaires, les flics fonctionnent en suivant la courbe de Gauss. Leur cœur de cible, c'est le milieu de gamme. Les très pauvres et les très riches, ils préfèrent ne pas s'en approcher. Le parquet avait été alerté mais avait su se montrer discret et prudent, évitant de précipiter la mise en route de la machine. On n'allait pas dilapider des ressources déjà maigres. Le préfet était si content qu'il avait envisagé de faire une deuxième conférence de presse avant de se raviser in extremis par crainte de mettre la puce à l'oreille de ces journalistes obsédés par leur besoin « de remuer la merde ». Ne rien faire constituait une urgence absolue et une stratégie qui avait fait ses preuves.

« On ne mérite pas tous le même degré d'attention, note Monique.

— Le procès-verbal a été rédigé dans les formes », répond Gilles sans préciser comment il a réussi à se procurer une copie pour en vérifier le contenu.

C'était le premier acte de la mise en scène, poursuit le généalogiste d'un ton calme et rassurant. Le légiste a trouvé de quoi étayer une cause naturelle du décès, sans trop s'attarder sur les ecchymoses au niveau des membres inférieurs, résultats des chocs répétés subis par Emma contre le garde-fou du palier quand Pierre-Yves l'a soulevée et l'a fait basculer par-dessus la main courante en s'y reprenant à trois ou quatre fois comme un imbécile, alors même qu'Emma avait renoncé à se débattre et ne résistait qu'avec le poids de son corps. Le permis d'inhumer a été délivré sans un froncement de sourcils, précise Gilles.

« J'espère qu'ils n'ont pas mégoté sur le prix du cercueil. Quoique ce serait bien le genre à se dire que la mort, ça coûte toujours trop cher. »

Monique fait défiler la discographie de son téléphone portable, et Chopin laisse la place à Erik Satie. Toujours du piano, mais cette fois avec cet étrange parfum minimaliste et oriental qui accompagne le rythme lent des *Gnossiennes* trempées dans l'absinthe.

Gilles se demande si Monique connaît J.-B., ce qui lui semble improbable mais pas impossible si l'on tient compte du tempérament incontrôlable de son frère aîné. Le généalogiste prend un intense plaisir à ce tête-à-tête. Il apprécie cette femme corpulente et tatouée qui exprime un aplomb sincère et authentique chaque fois qu'elle ouvre la bouche. Elle a des mots qui reproduisent la forme de son corps, souples et ronds. Quand elle est là, on se sent en confiance et en sécurité. Un truc qui ferait masse avec la maternité si elle avait voulu un enfant.

Mardi 14 h 11

J.-B. ne se souvient pas comment il est rentré à l'étude après qu'Hassen est venu le réveiller. Il a dû croiser des gens qu'il connaissait. Il se triture les méninges en fermant un œil puis l'autre pour remettre ses souvenirs en file indienne. Il tente de refaire dans sa tête le chemin parcouru entre le mur de l'épicerie et le fauteuil de son bureau dans lequel il est affalé, une partie de Sims entamée sur son ordinateur portable. Des morceaux de son trajet ont disparu. La seule chose dont il est à peu près certain est d'être rentré à pied. Sur l'écran devant lui, deux petits personnages, un homme et une femme à la tronche de Playmobil fondus, attendent ses instructions pour savoir quoi faire de leur vie. Jean-Baptiste sent la dépression qui revient comme une attaque de morts-vivants. Il hésite entre les différentes boîtes stockées dans le tiroir de son bureau. Il opte pour deux comprimés, un de Tramadol et un de Benzédrine. Quand Gilles ou Big Five ne peuvent pas le ravitailler à temps, il fait appel à un pote soigneur/chauffeur/mécanicien/garde du corps dans une équipe cycliste professionnelle. Le gars n'a qu'à puiser dans les stocks. Vu les quantités qui circulent pendant la période des courses, c'est open bar pour les amis friqués.

La douleur reflue de manière instantanée, elle emporte avec elle les effets sédatifs de la bière. Le cerveau de J.-B. opère un reboot. Il se met à tourner plus vite, façon disque dur qui redémarre. Son champ de vision s'ajuste à l'espace qui l'entoure. Il a un bon quart d'heure devant lui avant son rendez-vous. Il agite la souris de son ordinateur. À quel moment a-t-il trouvé la concentration suffisante pour commencer une partie de Sims alors qu'il n'avait pas envie de jouer ? Il n'en sait rien. En revanche, pour ce qui est de jouer, maintenant qu'il y réfléchit, il n'est plus aussi catégorique, ce qui a pour effet de lui taper sur les nerfs. Pour se calmer, il modifie les paramètres de tous les personnages : un divorce, un adultère homosexuel et deux déclassements sociaux. En une dizaine de clics, il a créé une quinquagénaire hypocondriaque, un père de famille pédé et deux Gilets jaunes, le monde tel qu'il le déteste. Malgré tout, il est content. Il envoie les deux déclassés sociaux essayer de recruter d'autres Sims dans une base de loisirs. Il se demande si c'est possible de fomenter une révolution dans un jeu vidéo. Peut-être pas : les concepteurs n'ont pas dû prévoir cette option. La ligne téléphonique intérieure se met à sonner. Son rendez-vous de quatorze heures trente est arrivé. J.-B. est pris de court, il était en train de bosser sur un scénario super chanmé. Il fait une sauvegarde pour plus tard.

« Je lui demande d'attendre un peu ? »

J.-B. ne supporte pas la voix de la nouvelle réceptionniste.

« Il vient juste d'arriver, je peux le faire patienter. Je pense que c'est abusé d'arriver trop en avance comme ça. »

La réceptionniste a des expressions à la con qu'elle débite avec l'insistance d'une photocopieuse. En revanche, elle est capable d'évaluer à une canette près le niveau de lucidité de Jean-Baptiste à l'instant où il franchit la porte de l'étude. Il tient le combiné du téléphone un peu à l'écart, comme s'il craignait qu'une langue rose sorte de l'écouteur et se mette à lui lécher l'oreille. Il a vu ça dans un film, il croit. À moins qu'il vienne de l'imaginer tout seul à l'instant. Il continue à regarder les personnages se tortiller sur l'écran de son ordinateur.

« Je vais lui dire d'attendre un peu. Le temps que vous soyez prêt, reprend la réceptionniste, pleine de perspicacité.

— Merci. Je me dépêche. Ça va aller. »

Le temps que la Benzédrine le remette tout à fait d'équerre.

« D'accord, on fait comme ça. Ah ! J'oubliais. Il y a des sushis à la cuisine. J'ai pensé que vous auriez faim. Et aussi, j'ai mis des lingettes fraîcheur dans les toilettes de votre bureau. C'est aux huiles essentielles de camomille contre le mal de tête. Super efficaces. C'est une copine à moi qui en donne à sa fille vu qu'elle a des migraines, genre mortelles. Elle est obligée de passer des journées dans le noir… »

J.-B. raccroche sans lui laisser le temps de terminer sa phrase. Il ne supporte plus de l'entendre parler. Pendant qu'il se mettait minable dans la remise de l'épicerie, il a laissé quatre ou cinq messages sur le portable de son pote soigneur. Le mec n'a pas rappelé, il doit être occupé avec un coureur. J.-B. passe aux toilettes. Vider sa vessie prend des plombes, il ne pensait pas contenir autant de liquide. Quand il a terminé, il se passe de l'eau sur le visage puis il prend une lingette à la camomille et se masse doucement les tempes. La fraîcheur du papier imbibé lui procure un sentiment de calme. Quand il a fini, il observe les lignes de sa main. Une toute petite ligne de vie et pas de ligne de chance. Ça l'a souvent contrarié. Il a essayé de se fabriquer une ligne remontant de la paume vers l'annulaire de sa main gauche. Il plissait la peau et il s'entourait les phalanges de ruban adhésif pour maintenir les doigts dans une position favorable. Il pensait qu'avec le temps, il allait réussir à creuser un sillon et que la chance serait obligée de tourner en sa faveur. Hélas, quand il retirait le ruban adhésif, la peau reprenait sa position initiale. Toujours ce karma pourri. Un temps, il avait envisagé de s'entailler le creux de la main à l'aide d'un cutter. Il avait acheté l'instrument, avant de renoncer. Ce ne serait pas du jeu parce que ce ne serait pas une véritable ligne. Et il avait eu peur de se faire mal. Il se regarde dans la glace. Il a un physique qui tend à se banaliser. Adipeux. Il présente cette base standard customisée aux graisses saturées et désormais majoritaire dans les salles de sport. Son corps pourrait être un truc marrant s'il avait été sculpté par Botero mais ça a une forme un peu répugnante en T-shirt moulant sur un tapis de course.

Il reprend une lingette à la camomille, elles sentent bon et la réceptionniste a peut-être raison, elles font partir le mal de tête. Les amphétamines ont redonné de la cohérence à ses mouvements, tout en y ajoutant de la brutalité. Tout est synchrone mais rien n'est délié, soit trop lent, soit trop rapide. Il compose un numéro sur son portable et tombe directement sur la messageric. *Yo, c'est Big Five, pas sûr que je te rappelle même si tu laisses un message.* J.-B. raccroche. Il passe à la cuisine, pioche une barquette de sushis dans le frigo et l'attaque en restant debout. Il renonce aux baguettes. Trop compliqué et trop dangereux pour son costume. Il plonge les petits pains de riz et de poisson directement dans la sauce soja. Il les gobe presque sans les mâcher. Il bouffe avec les doigts. Il a envie de retourner dans la remise de l'épicerie. S'il habitait là-bas, personne ne viendrait lui taper sur le système.

Un quart d'heure plus tard, son rendez-vous est installé en face de lui. Il s'appelle Marc Séraphin. Il a cinquante-deux ans, un début de tonsure, un complet gris perle et un physique de collabo en reconversion. Des chaussettes rigolotes avec des éléphants qui font une ronde en se tenant par la queue complètent le déguisement. Il pue tranquillement de la gueule et a dû se lever de bonne heure. J.-B. sent son haleine de café tiède mal digéré.

« Je travaille à la Banque publique d'investissement. J'ai commencé il y a juste deux semaines mais c'est un boulot passionnant, la BPI. »

Séraphin prononce le sigle comme si c'était celui d'une officine spécialisée dans la lutte contre le grand banditisme.

« J'aide les petites entreprises à se développer », dit-il. En gros, il aide les gens qui veulent se faire du fric en espérant qu'ensuite ils aideront ceux qui en ont vraiment besoin. Plus macroniste que ça, tu meurs.

« Tout notre monde dépend de l'entreprise. Tout notre avenir dépend de l'entreprise. » Séraphin a rodé son discours. « L'homme est par nature un entrepreneur. Depuis la nuit des temps, déjà à l'époque des cavernes, ceux qui ramenaient de la viande et faisaient vivre le clan, c'étaient ceux qui prenaient le risque d'aller chasser. »

J.-B. hausse les sourcils et le regarde, un peu surpris. Il ne pensait pas qu'il allait faire passer un entretien d'embauche avant d'ouvrir un dossier. Le téléphone portable de Séraphin se met à sonner. Il décroche aussi sec et pointe l'index devant lui comme s'il s'apprêtait à dire un truc décisif pour le sort de l'humanité.

« Excusez-moi, c'est important », chuchote-t-il. Sans envisager d'interrompre sa conversation, il sort dans le couloir et se met à parler en plaçant la main devant la bouche. Ayant récupéré une partie de sa lucidité, Jean-Baptiste voit que tout cela relève de la bouffonnerie répétée des centaines de fois en réunion, une ruse de baltringue pour se donner de l'importance.

J.-B. observe son client. Séraphin fait partie des adultes qui ont réussi à être contents d'eux. L'iPhone qu'il tient au creux de la main mesure son degré d'autosatisfaction. Il change de modèle tous les ans. Il brasse du vent, il mouline des bras, il fait tourner des chiffres comme on lui a appris dans une école de commerce miteuse. Chaque fois qu'il en a l'occasion, il répète que le marché valorisera à terme la particularité de ses compétences. Il a rayé de son vocabulaire toute une flopée de mots imprononçables comme chômage, licenciement, récession, échec, déficit, imprévu ou incompétent. Comme il ne produit aucune richesse, il fabrique du langage, des tas de mots qui ne veulent rien dire. Ce qu'il avoue du bout des lèvres – et qu'il a maquillé sur son *C.-V.* – c'est qu'il a vécu pendant trois ans grâce à la solidarité nationale. Dès son premier entretien à Pôle Emploi, on lui a fait comprendre qu'il était un parasite. La conseillère qui l'a reçu en rendez-vous avait été formée comme si elle surveillait un checkpoint.

Avant la fin de son délai de carence, Séraphin s'était converti à la dérégulation des marchés, il écoutait les sirènes du libéralisme et les enfumeurs qui faisaient des analyses sur BFM Business. Le salut était venu de sa rencontre avec Michel d'Herrouville dont la carrière avait suivi un parcours analogue et chaotique. L'agent immobilier avait vu dans ce jeune homme un fils spirituel. Il lui avait appris les ficelles du métier. Séraphin s'était montré redevable. Il portait sa loyauté en bandoulière avec la fierté d'une blessure de guerre. Il était un brave petit soldat, prêt à donner sa vie, ou pire, à prendre celle de quelqu'un d'autre.

C'est tout cela que J.-B. ne devine pas quand il détaille Séraphin morceau par morceau. Cela n'a rien à voir avec le fait que les sushis peinent à remporter leur combat contre les restes de Guinness dans son estomac. Il lui manque le contexte. Il ignore que son visiteur est la carte que Michel gardait sans sa manche. Séraphin range son iPhone dans la poche de sa verste avec l'air sournois du chef scout qui prend un de ses louveteaux en flagrant délit d'onanisme.

« L'esclavage moderne, dit-il. Mais ça offre tellement de liberté. » Il se cale confortablement dans le fauteuil en face de Jean-Baptiste. « C'est une affaire un peu particulière. Michel d'Herrouville m'a dit que vous étiez l'homme de la situation, dit Séraphin.

— Il ne vous a pas menti », répond J.-B. Le notaire se penche au-dessus de son bureau et tend la main. « Je peux voir votre téléphone portable, s'il vous plaît ? »

Séraphin le regarde sans comprendre.

« Votre téléphone portable, répète-t-il.

— N-non. Non, je ne peux pas vous donner mon téléphone portable. »

J.-B. patiente, la main tendue devant lui. Il agite doucement le poignet de manière incitative. La Benzédrine circule à toute vitesse de son cerveau jusqu'à la pointe de ses doigts. Il est invincible.

« C'cst moins douloureux qu'un accouchement, vous allez voir. »

Séraphin plonge dans la poche intérieure de sa veste, sort l'iPhone et le tend à Jean-Baptiste.

« Pas de code de verrouillage ? »

Séraphin touche le bouton principal avec son

pouce. Les applications apparaissent sur l'écran. J.-B. navigue dans les préférences du système, active le mode Avion et fait disparaître le téléphone dans le tiroir de son bureau.

« Et si vous me parliez de cette affaire un peu particulière que Michel a décidé de me laisser gérer ? »

Séraphin lance un regard inquiet vers le bureau de J.-B. Il se demande s'il va revoir son précieux jouet. Il a envie de protester mais il sait que c'est trop tard. Il a capitulé sans résistance parce qu'il n'avait pas le choix. Jean-Baptiste le dévisage, les yeux injectés de sang. Même à cette distance, Séraphin peut sentir l'odeur de bière éventée qu'il exhale à chaque respiration. Il perçoit une ouverture dans laquelle il va pouvoir se faufiler. Cela va être plus facile qu'il le prévoyait.

« Michel m'a conseillé de venir vous voir car il est occupé à régler un autre dossier qui requiert toute son attention, explique Séraphin. Il m'a dit, et je le mentionne car cela est assez inhabituel chez lui, que je pouvais solliciter votre aide. Il a ajouté que ce serait un bon moyen de vous convaincre d'accéder à ma demande. Ou plutôt à sa demande car je ne fais ici que relayer sa parole. Voilà la raison de ma présence cet après-midi dans votre étude que je trouve, soit dit en passant, très agréable. »

J.-B. secoue la tête comme s'il essayait de chasser une idée en la faisant sortir de force de son crâne.

Il ne comprend pas ce que lui veut ce paroissien au physique de VRP. D'habitude, Michel sait mieux choisir ses prospects et quand un dossier ne l'intéresse pas, il prend la peine de le faire savoir. Après tout, et bien que cela soit insupportable, c'est lui le nouveau patron de l'étude. J.-B. regarde sa montre. Quatorze heures trente-cinq. Séraphin continue à parler mais J.-B. ne l'écoute plus. Sur son ordinateur portable, il lance en douce une recherche pour un lit une place grand confort, une table de nuit et un fauteuil avec des accoudoirs. Tout peut tenir dans la remise, il y a assez de place. Il suffit d'agencer les meubles avec précision. Séraphin est intarissable, en mode gnard hyperactif. J.-B. prend son téléphone portable, rédige un texto aussi vite que le tremblement de ses doigts l'y autorise. Big Five. Quel surnom de racaille ! Le message part, il attend. Il attend une réponse tout de suite. En général, le dealer est réactif. Mais depuis ce matin, il le snobe et refuse de prendre ses appels.

« Vous connaissez Monique Fradet ? »

J.-B. lève les yeux. Il n'a pas entendu.

« Monique Fradet, répète Séraphin. Elle tient un sex-shop dans le centre.

— Oui, non, peut-être. Je ne sais pas. »

Pourquoi le gars lui pose-t-il cette question ? Comme s'il avait le temps pour se taper des délires porno. Pour ça, il faudrait qu'il réussisse encore à…

« Elle a des ennuis, reprend Séraphin. Michel pense que vous pourriez lui apporter une assistance précieuse. Il fréquente son établissement depuis longtemps et si je puis me permettre cette expression, il a noué avec elle une relation de confiance, voire d'affection si j'interprète correctement la manière dont il m'en parle. Il se trouve qu'il ne peut pas intervenir personnellement pour des raisons qu'il serait trop long d'exposer ici.

— Qu'est-ce que j'en ai à foutre des emmerdes d'une commerçante que je n'ai jamais rencontrée de ma vie ? »

J.-B. joue avec la molette de sa souris : les lits et les canapés se mettent à défiler à toute vitesse sur l'écran de l'ordinateur, un carrousel de meubles pour célibataires.

« C'est tout l'objet de ma visite, poursuit Séraphin.

— Mais, en vrai, vous êtes qui ?, demande J.-B.

— Eh bien, avant de travailler à la BPI, j'ai eu l'honneur de collaborer avec le service comptable de la famille Saint-Soens. Des gens tout à fait remarquables. Notamment monsieur Henri Langlois, qui est capable de faire des multiplications à quatre chiffres de tête. Cet homme a le génie des chiffres, vous pouvez me croire.

— Et vous, vous l'aidiez à vérifier que l'argent faisait des petits, c'est ça ? »

Séraphin fait mine d'ignorer le sarcasme de la remarque.

« Entre autres.

— Et depuis la mort de la vieille, ils ont arrêté de faire des comptes ? »

Le protégé de Michel baisse les yeux et se contente de garder le silence.

« Bizarre, reprend J.-B. J'aurais pensé, au contraire, que c'est maintenant qu'ils ont besoin de jouer de la calculette.

— En effet, la disparition tragique de madame Saint-Soens a changé beaucoup de choses, admet Séraphin, toujours du même air faussement gêné.

— Et vous n'avez pas eu envie de rester un peu histoire de compter le magot ? »

Mardi 12 h 57

Avec leurs têtes rondes et leurs cheveux trop fins, ils ont des tronches de diplomates, le genre de missionnaires convaincus que le monde a besoin d'eux. Quand Philomène détaille les trois tocards, elle voit les vestiges d'une d'époque qu'ils refusent de quitter parce qu'elle leur appartenait. La veuve éprouve un léger pincement au cœur. Dans ses rêves les plus fous, ils auraient dû être quatre à racler des pieds et à exsuder de la testostérone dans cette cuisine qui sent la poussière et le lait aigre. Jean-Baptiste avait toute sa place dans cette réunion de ratés. Cela lui a pris du temps mais Philomène est parvenue à la conclusion que son fils adoré était un perdant. Elle ne l'en aime pas moins, au contraire. Admettre que J.-B. est incapable de mener sa vie tout seul a décuplé son instinct maternel. Elle s'est découverte plus patiente qu'un sniper serbe. Elle ne se contente pas de protéger son rejeton, elle abat ceux qui pourraient le menacer.

Michel est affalé sur sa chaise, un bras posé sur le dossier. Il affiche la satisfaction d'un convive en fin de banquet. La bourgeoisie est une paroi verticale. Les doigts plantés dans la réussite, le notaire touche presque au sommet, à cette hauteur où on découvre la peur de tomber. Philomène le sent depuis l'autre côté de la table. Il transpire ce besoin fétide de vivre. Tout en lui dit qu'il ne veut pas s'écraser si près du but. Le vieil associé lui apparaît tout à coup comme le seul gagnant de cette histoire sordide et épuisante.

« Vous avez songé à discuter ? »

Les trois hommes se tournent vers elle comme si elle leur proposait un gang bang improvisé. Dans l'esprit des deux Saint-Soens, négocier avec Monique n'est pas une option envisageable. Ils n'ont jamais rien possédé, ça les rend hermétiques au partage.

« Nous allons contester la validité du testament, dit Pierre-Yves. Ma mère souffrait de troubles neuropsychologiques au moment de la rédaction. Nous avons déjà pris contact avec notre médecin de famille. Il sera facile d'établir qu'elle montrait des signes d'incohérence. Elle aurait dû être placée sous curatelle. »

Comme l'avait fait Michel tout à l'heure, Philomène manifeste une curieuse attraction pour les motifs de la toile cirée. D'un geste rêveur, elle suit les contours du dessin avant d'interrompre son geste. Finalement, elle choisit d'exprimer son impatience autrement. Elle pose un doigt après l'autre en commençant par le pouce jusqu'à l'auriculaire puis elle recommence son petit manège, comme si elle laissait passer un moment et comptait les secondes.

« Et vous croyez un tant soit peu que cela va marcher ?, interroge-t-elle.

— Le médecin est un ami, intervient Michel. C'est une personne très sensée. Il comprend les conséquences de cette succession. Je veux dire, les conséquences que cela aurait pour cette famille, et pour d'autres. On ne peut pas tout sacrifier à un caprice féminin. Les femmes ont conservé ces réactions irrationnelles qui leur donnaient autrefois des vertiges ou des accès d'anxiété remontant de leurs entrailles comme le trop-plein d'un égout. Ce n'est pas à vous que je vais apprendre cela, n'est-ce pas ? Quarante années de mariage avec un homme comme Jacques Lambert vous ont laissé le temps d'expérimenter toutes les insécurités que renferme le tempérament des femmes. »

Les deux Saint-Soens sourient en même temps, une demi-lune qui leur fend le visage pour relier leurs oreilles. Emma ne les tient plus en laisse ; ils n'ont plus à lui obéir comme des clébards craintifs. Ils sont là pour se servir. Le fric, les comptes planqués à l'étranger, les immeubles, les haras, les usines, les sièges aux conseils d'administration et tout ce qu'ils peuvent piller. Leur méthode est simple. Faire ça à l'ancienne. Mettre la main sur la totalité de ce qu'Emma possédait et dédommager Michel avec des honoraires épais.

Le notaire a dû négocier une clause supplémentaire, pense Philomène, *la rétrocession de toutes les parts que les deux Saint-Soens ont achetées à Claire*. Histoire qu'il soit tout à fait le patron de l'étude. Michel a beau être un salopard, ce n'est pas un meurtrier. Faire couler le sang, ça exige autre chose que de la gueule, et il ne l'a pas. Au fond de lui, il continue de croire au système dont il s'est servi toute sa vie. Il sait le contrôler et il anticipe les avantages qu'il va en tirer. Il voit déjà le déroulement de la procédure. Ils vont enterrer Monique sous une montagne de paperasse. Ce sera son tombeau.

« La profiteuse tatouée va se décourager, explique Pierre-Yves. Les mange-merde, ça finit toujours par lâcher l'affaire. Ils s'obstinent un moment en se persuadant que cela ne demande aucun effort. Ils imaginent qu'ils vont devenir riches juste en claquant des doigts. Mais dès qu'on entre dans le dur, ils se mettent à douter, ils n'ont pas l'endurance nécessaire pour supporter des épreuves longues et compliquées. Ça leur prend la tête.

— Ce sont des vautours, intervient Henri. Ils rôdent pendant un moment puis ils se rendent à l'évidence et ils cherchent une autre charogne à dépecer. »

Philomène lève les sourcils. Leur numéro de duettistes est au point. Ils ont dû répéter ça en soufflerie parce que c'est presque aussi drôle qu'un sketch d'Elie Kakou.

« Des prédateurs qui s'en prennent toujours à des proies faciles, reprend Henri, très content de la métaphore animalière qu'il vient de trouver. Mais ils ne sont pas dangereux. Vous savez pourquoi ? Le manque de volonté. La concentration et la patience, c'est ça la clé. Dès que ça résiste, ils passent à autre chose. Des gagne-petit qui ne parviennent pas à sortir de leur mouise. C'est atavique. Si vous voulez mon avis, ça les rassure de constater que le monde est exactement comme on leur a dit qu'il était. C'est une conviction profonde qui remonte au tout début, peut-être même aux premières heures de leur conception. Tout est joué dès ce moment-là. Ils sont condamnés à moisir dans leur classe sociale car la seule chose qu'ils maîtrisent encore mieux que l'instinct de survie, c'est le renoncement. Je vais être tout à fait honnête avec vous : cette résignation, je trouve ça beau et rassurant. On est à l'abri. »

Henri termine sa tirade. Elle lui a redonné de l'énergie. Il déplie ce qui lui sert de corps, comme s'il s'agissait d'un mètre de charpentier. Il s'approche de l'évier en traînant les pieds, une imitation admirable du vieux en bout de course. Il se sert un verre d'eau au robinet et l'avale en tremblotant, des petits bruits de succion accompagnant chaque gorgée. On croit qu'il va s'étrangler, mais non : il repose le verre, il irradie comme un soleil, il est content de son effet. Ça fait quarante ans qu'il court après cet héritage. Le petit numéro qu'il vient d'accomplir est un avertissement. Il joue la partie de sa vie.

Philomène approuve d'un mouvement de tête. Elle a reçu le message. Elle serre ses lèvres minces au point qu'elles blanchissent jusqu'à se confondre avec la peau de son visage et disparaître pendant un instant.

« Vous pensez qu'elle va laisser tomber ?

— C'est une commerçante, elle aime l'argent. Mais en petite quantité. Si elle voyait grand, elle n'aurait pas acheté un magasin. Ouvrir un pas-de-porte, c'est fermer son horizon. »

La voix de Pierre-Yves est étroite et menaçante. Les mots sortent de sa bouche avec la lenteur d'une fuite. *Cela prend du temps pour fabriquer un individu sans avenir*, se dit Philomène. C'est presque un processus géologique. L'atavisme sédimente par couches successives. Il y a d'abord le mensonge – parce que le mensonge est à l'origine de tout, il est inné et aide à la croissance. Puis viennent l'arrogance, le sentiment d'impunité, le refus de la contradiction, la jalousie et sa sœur jumelle la vanité. Avec l'âge se forment les couches supérieures. La condescendance, la brutalité et l'hypocrisie reposent les unes sur les autres, coiffées par la cruauté.

« Elle a grandi dans un orphelinat, rappelle brutalement Philomène.

— Et cela lui donne le droit de venir nous prendre ce qui nous appartient ? »

Henri s'interrompt comme s'il était sur le point d'ajouter quelque chose de déterminant et définitif. Il se ravise.

« Je ne sais pas si ça lui donne un droit. Je remarquais juste un fait qui vous avait échappé. Vu d'où elle vient, je doute qu'elle vous fasse des facilités de paiement.

— Mais on n'a rien à payer à personne, reprend Henri. Ce serait plutôt l'inverse. La bassesse est un investissement. Aujourd'hui, on touche nos bénéfices.

— On verra, intervient Michel. On est prêts et on est confiants. »

Il a l'air d'un centriste avant une élection législative. Il ne veut pas croire qu'il peut perdre même si au fond de lui, il sait que ses électeurs peuvent le lâcher à tout moment. C'est pour cette raison qu'il a envoyé Séraphin rendre visite à Jean-Baptiste. Ceinture et bretelles. Comme il aime le dire, il n'y a pas de bonne stratégie qui ne permette de gagner à tous les coups.

Philomène se dit qu'elle a bien analysé la situation, elle ne s'est pas trompée. Ces trois demeurés ne savent pas quoi faire à part essayer de gagner du temps et espérer que le vent de la justice se mettra à souffler dans le bon sens. En réalité, ils n'ont pas de plan. Ils sont obsédés par les quinze cents briques qu'ils vont devoir lâcher. Le groupe divisé en deux. Les deux tiers pour Monique et le reste pour Pierre-Yves. Autrement dit, rien qui permette au fils de régner sur quelque chose. Riche mais sans pouvoir. Après avoir subi sa femme, Henri va subir son fils. Des trois, c'est lui le maillon faible, il a tout à gagner ou plutôt tout à perdre avant de terminer sa vie comme majordome. Philomène le comprend, c'est pour cette raison qu'elle a pris la peine de faire le trajet jusqu'à Mont-Saint-Aignan. Tous ces intérêts concurrents s'alignent comme des planètes. La veuve irradie d'une confiance qui ne doit rien à la colère. C'est son moment, elle le sent dans l'air autour d'elle, les ondes sont positives ; si elle croyait aux esprits, elle dirait qu'ils la protègent.

« Je suis venue vous proposer quelque chose. Un truc qui va vous simplifier la vie et vous faire gagner beaucoup de temps.

— Du temps ? » Pierre-Yves émet un petit rire nerveux. « On a tout le temps qu'on veut. S'il y avait urgence, lui, là, le notaire, nous aurait prévenus. C'est pour ça qu'on le paie. »

Michel fait comme si ce n'était pas de lui qu'on parlait. Il prend la pose du type décontracté qui sait que tous les patrons sont des salopards égoïstes.

« Erreur, le coupe Philomène. Vous avez juste le temps que cette profiteuse tatouée – je reprends votre expression –, que cette profiteuse tatouée, donc, veut bien vous donner. En fait, vous n'avez pas de temps du tout. »

Elle respire deux fois très vite, puis elle expire en faisant du bruit avec ses narines : elle a vu ça dans un film de Bruce Lee, elle ne se souvient plus lequel. Il y avait une histoire de fabrique de pains de glace. Elle a oublié le titre ; la seule certitude, c'est qu'il s'agissait du meilleur de la série. Avec une lenteur étudiée, elle regarde la cuisine, comme si elle envisageait d'acheter la maison. Les trois imbéciles sont déstabilisés. Ils n'avaient pas envisagé les choses sous cet angle.

« Mon expérience pourrait vous être utile, reprend Philomène. Il y a quelques mois de cela, je me trouvais dans la même situation que vous.

— Et vous en êtes où aujourd'hui ?, interroge Henri d'un ton moqueur.

— Toujours pareil.

— Impressionnant. Et vous voulez nous faire croire que vous pourriez nous aider ?

— Je veux vous faire croire que je suis votre dernier recours », dit-elle.

Maintenant, Philomène a trouvé toute sa place.

« Vous ne parvenez pas encore à l'admettre mais vous avez besoin de moi, et surtout vous avez besoin de Jean-Baptiste. »

Philomène veut qu'on aime son fils. Ce n'est pas beaucoup demander en regard de toute la souffrance qu'il trimballe depuis le jour où elle l'a mis au monde, toute seule dans cette maternité dont Jacques avait refusé de pousser la porte. Il l'avait amenée en voiture, il avait ouvert la portière sous l'auvent en béton marquant l'entrée des urgences et était reparti sans attendre que Philomène soit prise en charge et conduite en salle d'accouchement. Jacques estimait que la connerie relevait du péché capital et s'interdisait la moindre compassion. Il avait décidé que J.-B. était un imbécile avant même sa naissance. La suite lui avait prouvé que son intuition était bonne.

« Si nous avions besoin de lui, il serait ici », intervient Michel.

Philomène laisse filer la remarque. Le notaire a beau faire le malin, elle sait qu'il va écouter ce qu'elle a à dire parce qu'il pense à la même chose qu'elle. Peut-être même qu'il y pense depuis plus longtemps. La différence est qu'il n'ose pas le dire à voix haute : cela pourrait être retenu contre lui, ou alors il a besoin d'un peu d'élan pour franchir l'obstacle qui le sépare du crime. Tout à coup, Philomène sent un frisson désagréable courir le long de ses bras.

« Personne n'est à l'abri d'un accident, dit-elle en détachant chaque mot avec soin. Je sais que vous y avez pensé aussi. Vous en avez discuté entre vous et c'est à cet endroit que vous bloquez. Vous n'arrivez pas à avancer. C'est pour cette raison que je suis venue, pour vous expliquer ce que nous allons faire. »

La veuve se met à parler de sa belle voix, avec la gravité et la précision d'un disque trente-trois tours. Elle ne voit pas la manière dont Michel l'observe, le buste de biais, légèrement penché en arrière, la tête posée sur la fourchette formée par les trois premiers doigts de sa main droite. Au fond de ses yeux brille une lueur ironique et joyeuse, cette lumière qui s'allume quand on sait comment se termine l'histoire et qu'on se contente d'écouter pour le plaisir d'avoir eu raison avant tout le monde. Michel hoche la tête à chaque silence, encourageant Philomène dans son monologue comme s'il mettait une pièce dans une vieille boîte à musique au mécanisme essoufflé. Elle a raison, Philomène, il n'y a pas mille manières de se débarrasser de Monique, il n'y en a qu'une et elle a l'inconvénient d'être radicale et définitive. Une fois ce paramètre de l'équation posé, il convient de définir l'inconnue principale : qui va buter la profiteuse tatouée ? Michel hoche encore la tête : la lueur dans ses yeux atteint une intensité démoniaque, comme si la flamme d'un chalumeau se reflétait dans ses pupilles. Il a la réponse à la question.

Mardi 14 h 06

Monique roule sur le côté. Gilles la regarde en silence, installé dans le même fauteuil. Elle se met à quatre pattes, le temps de reprendre son souffle, les coudes enfoncés dans la mousse spongieuse de son tapis de sol vert émeraude. Elle a choisi la couleur parce qu'elle met en valeur ses cheveux roux. Elle attache de plus en plus d'importance à l'harmonie chromatique de son environnement. Elle se sent vieillir. C'est venu petit à petit, un coup de moins bien après l'autre, des courbatures dans le dos au réveil, des torticolis à répétition et des kilos qui s'accumulent dans les cuisses, les hanches et le ventre. Quand elle se regarde, Monique trouve qu'elle ressemble à une tortue, un de ces machins fripés capables de devenir centenaires. Depuis qu'elle a découvert qui était sa mère biologique, elle est entrée dans un processus de ralentissement. Rien que de penser à l'héritage d'Emma, ça l'épuise plus que de faire la comptabilité de son magasin.

Hakim lui a conseillé le yoga. Il a lu un article dans un magazine. D'habitude, il n'ouvre pas un journal. Mais ce jour-là, il avait passé trois niveaux à Candy Crunch dans la salle d'attente du dentiste et il commençait à s'ennuyer. L'idée du yoga paraissait judicieuse. Le reportage disait que des tas d'assistantes stressées se tapaient une petite séance à l'heure du déjeuner dans des rez-de-chaussée à La Défense. Une fois qu'elles s'étaient fait étirer dans tous les sens par leur coach (genre joueur de football au chômage), elles remontaient toutes détendues dans leur open space. Elles étaient presque contentes de bosser dans une tour de cinquante étages. Elles prenaient de la hauteur par rapport à leur existence de hamsters.

Monique tient le rythme depuis quinze jours à raison d'une séance quotidienne qu'elle regarde sur son iPad installé sur un portant en plastique à l'extrémité de son tapis de sol. Elle se fait l'effet d'une figurante dans un vieux clip des années quatre-vingt. Chaque fois que la coach sur la vidéo la remercie d'avoir accompli les exercices jusqu'au bout, Monique roule sur le côté et pose son front sur le rectangle de mousse vert émeraude, et chaque fois elle se dit qu'elle devrait passer à la méditation. Ça pourrait lui faire du bien la méditation, vu que c'est l'homéopathie du cerveau.

Quand maître Thuillier l'a appelée pour lui proposer un rendez-vous, Monique ne s'attendait pas à faire des additions et encore moins des multiplications. Quand le notaire lui avait posé la question, elle a hésité une seconde avant de répondre. Elle s'en foutait d'être riche. Thuillier s'est retenu de secouer la tête de dépit. Quand, après avoir lu les dispositions testamentaires d'Emma Saint-Soens, le notaire a présenté à Monique la surface de son héritage, le sphinx tatoué dans son dos a frissonné des ailes et de la crinière. Les couleurs du dessin se sont mises en mouvement.

Petit à petit, les implications de sa nouvelle filiation sont descendues en elle comme une pierre dans l'eau. Il a fallu un peu de temps mais une fois qu'elle a touché le fond du problème, tout lui est apparu de manière limpide. Laisser toute cette fortune aux deux Saint-Soens n'était pas envisageable, même en continuant à se débattre avec un petit syndrome de l'imposteur.

Monique roule son tapis de sol pour en faire un tube serré et le glisse dans une housse en tissu wesh-wesh, le modèle Woodstock, qu'Hakim lui a achetée pour la motiver dans sa nouvelle vie. Gilles est resté avec elle pendant toute la séance. Il l'a regardée s'étirer dans tous les sens. Un intermède était nécessaire avant de reprendre le fil de leur conversation. Le généalogiste lui tend la main pour l'aider à se mettre debout. Elle rejette son offre d'un grognement. Le sphinx, encore et toujours. Une fois sur ses pieds, elle redevient elle-même.

« Vous en pensez quoi ?

— Le préfet a ordonné une autopsie. »

Sans se concerter, ils ont glissé de la question de l'héritage à celle des circonstances du décès d'Emma. Question de méthode. Prendre le sujet par l'angle mort.

« C'est bien urbain de sa part. Ce n'est pas ça qui va la ressusciter.

— J'ai lu le rapport. »

Monique le regarde, incrédule.

« Le légiste est un ami. Je n'ai même pas eu besoin de planter son ordinateur. C'est un individu compréhensif, sensible aux malheurs des autres, et un vieux garçon. Il n'aime pas qu'on touche à ses affaires. »

Monique approuve. La plupart de ses clients sont comme ça. Ça ne les gêne pas d'échanger leur partenaire ou leur bonne femme dans une soirée ; en revanche, ils bloquent dès qu'on leur demande si on peut emprunter leur bagnole.

« Elle est morte comment ?

— Officiellement ?

— Non, donnez-moi la version entre les lignes.

— Elle s'est jetée dans le vide depuis le palier du premier étage dans le hall de sa maison. Le choc sur le carrelage de l'entrée a été fatal. Le problème est qu'elle portait toujours des jupes au-dessus du genou et très ajustées.

— Et ?

— Pour enjamber une balustrade d'un mètre de haut, on ne fait rien de mieux qu'un vieux jogging. »

Monique sent le sphinx qui frissonne. Elle aime l'idée que cette bête qui la recouvre du cou jusqu'aux fesses éprouve des sentiments et se manifeste sur sa peau. Sans résister, elle se laisse gagner par la colère. Elle pensait qu'elle était vaccinée contre cette émotion. Elle demande à Gilles de l'excuser quelques instants, elle a besoin de passer son corps au savon. Non qu'elle ait transpiré abondamment pendant cette séance, mais la douche est la façon qu'elle affectionne pour évacuer un moment de stress. La caresse du jet brûlant la calme. Gilles attend, toujours assis dans une bergère poussée sous une lampe en col-de-cygne où d'ordinaire Monique lit et écoute de la musique près de la fenêtre de son salon. Les clapotis de la douche lui parviennent assourdis comme les claques que donnent les enfants à la surface de l'eau pour chasser la peur de s'avancer plus avant dans une piscine dont ils ignorent la profondeur.

Quand Monique revient dans le salon, elle est vêtue d'une salopette bleu roi qui absorbe ses formes sans les faire disparaître tout à fait. Contrairement à ce qu'elle pense, elle possède cette rondeur harmonieuse des femmes qui ne sont pas en guerre avec leur silhouette. Elle lui donne cette ondulation libératrice que les mâles un peu perspicaces perçoivent comme la promesse d'une maîtresse dont ils garderont le souvenir. Chacun de ses gestes trahit un agacement que la douche n'est pas parvenue à dissiper. Gilles est tenté de lui proposer un anxiolytique léger : il va lui trouver un comprimé de Xanax ou de Lexomil dans l'une des poches de sa gabardine dont il tient les pans repliés sur ses jambes croisées. Mais il a besoin que Monique dispose de toute son attention car il n'a pas encore abordé les deux raisons pour lesquelles il a pris la liberté de lui rendre visite, d'assister à sa séance de yoga et retarder l'ouverture de la boutique.

En aussi peu de mots qu'il le peut, le généalogiste expose à la commerçante un aspect de son héritage qu'elle n'a pas envisagé en dépit de son évidence. Monique s'installe dans la seconde bergère du salon, posée de l'autre côté de la fenêtre principale. Ainsi assis, dans le contre-jour couleur de suie, le frère et la sœur découpent les profils de personnages abattus et incertains à l'instant de prendre une décision dont ils perçoivent l'importance et qu'ils n'ont cessé de reporter par crainte des conséquences. Donc, en aussi peu de mots qu'il le peut, Gilles explique à Monique que sa filiation lui impose des obligations à l'égard de tous les gens qui appartiennent à l'empire Saint-Soens. Elle ne peut pas confier leur sort aux deux incapables que sont Henri et Pierre-Yves. Le père conçoit le monde comme un tableau à double entrée, et le fils comme un terrain de jeu expérimental indifférent aux conséquences réelles de ses actes. Depuis la mort d'Emma, tout le monde est tétanisé à l'idée de rompre l'équilibre que l'héritière représentait depuis qu'elle avait pris les rênes à la fin des années quatre-vingt-dix. Elle s'était montrée une stratège redoutable et soucieuse de l'intérêt de ses employés, ce qui justifiait que le fisc fermât un œil, voire les deux, sur sa propension à ignorer ses obligations.

« Rien ne garantit qu'avec le tandem Saint-Soens, la paix sociale soit maintenue, dit Gilles. En revanche, on peut craindre que le capital recommence à alimenter des comptes à l'étranger. Pour l'instant, personne ne veut se résoudre à ce scénario, et une fois encore on mise sur la bonne volonté des futurs dirigeants, comme si l'histoire ne nous avait pas enseigné qu'ils trouvaient toujours une excuse pour ne pas respecter leurs engagements. Ce que je veux vous dire, c'est qu'il y a environ dix mille personnes dans un rayon de trois cents kilomètres qui n'ont aucune envie d'être laissées à la merci de deux pleure-misère conseillés par un margoulin. Je n'entends pas vous forcer la main ou vous obliger à devenir riche contre votre volonté. Je dis juste que ces gens, vous les connaissez : vous savez qui ils sont, même si vous ne les avez pas rencontrés. Et peut-être qu'ils comptent sur vous. »

Monique écarte les ailettes à ressort de sa pince à cheveux et la retire en provoquant une cascade de boucles rouges de ses tempes vers ses épaules. Elle ne voit pas comment elle peut devenir qui elle n'est pas.

« Votre sœur ne m'aime pas beaucoup, dit soudain Monique sans préciser la raison pour laquelle elle convoque Claire dans la conversation.

— Non, peut-être pas. Bien que cela soit difficile à dire. Mais elle est douée, très douée et désœuvrée, très désœuvrée, répond Gilles.

— Je suis allée la voir après la mort de… Jacques, reprend la commerçante. Peut-être que je devrais tenter ma chance une seconde fois. » Elle hausse les épaules. « C'est quoi l'autre chose dont vous vouliez me parler ? »

Gilles secoue la tête avec une moue amusée.

« Autant d'argent est dangereux, c'est ça ? » demande-t-elle.

Gilles s'incline légèrement vers l'avant en signe d'approbation. Il ne cherche pas à être rassurant. La peur est le meilleur système de protection qu'il connaisse.

Mardi 15 h 07

Claire ne parvient pas à savoir si elle est contente ou non de voir Élodie après les désagréments de leur dernière rencontre. La journaliste a la psychologie d'un chariot élévateur. Elle déplace des palettes d'idées toutes faites et les entassent jusqu'à former une montagne de platitudes qu'elle baptise *article de journal.* Elle écrit comme elle joue à Tetris. Elle emboîte des informations les unes avec les autres, motivée par une ardeur qui commanderait un bout d'essai comme chroniqueuse chez Pascal Praud. Elle veut réussir, ça la rend attendrissante et donc un peu pitoyable.

Elles se sont installées dans un Starbucks. Claire la regarde souffler sur le café que le serveur a dilué dans de l'eau bouillante vendue deux fois le prix d'un litre d'essence. On est en début d'après-midi. Élodie est à peu près coiffée et elle a découvert l'existence du rouge à lèvres. Vu les coulures au coin de sa bouche, le maquillage relève encore d'une science approximative. Au moins, elle essaie de se prendre en main. Elle aussi a perdu du poids. Embargo sur les soirées Lays/Kiri/Nutella. Début d'une phase de transition. Peu à peu, elle comprend qu'il existe des choses passionnantes en dehors du spectacle de ses propres souffrances.

Élodie termine son Americano king size et commence à pitcher l'idée de son prochain article. Un portrait de Jacques Lambert en plusieurs parties. Elle voit l'ancien notaire comme le symbole d'une époque révolue et d'une classe sociale en plein désarroi. Les repères de la bourgeoisie disparaissent les uns après les autres, et si cela continue il n'y aura plus personne pour croire en la République. On va se retrouver dans un pays dirigé par une clique de fachos plus accaparés à détourner des fonds qu'à défendre les intérêts de la nation. Il y a urgence à éveiller les consciences et ramener au bercail les brebis égarées.

« Tu crois que les gens s'abstiennent de voter pour des escrocs ?, interroge Claire.

— L'édification des masses populaires, ça te dit quelque chose ou c'est juste que tu as oublié qu'elles existaient ? »

Claire se demande de quoi Élodie est en train de parler. Comme elle pouvait le craindre, la journaliste mélange tout dans une pagaille intellectuelle qu'elle a baptisée esprit critique. Elle n'en est pas encore à voir le mal partout mais à la vitesse où elle évolue cela ne devrait plus tarder. Elle a trop besoin d'exister dans le regard des autres pour être à l'abri de ce genre de dérive. Claire ne dit rien.

« L'indifférence est devenue le ciment de tous les bobos qui refusent de voir les gens qui ne sont pas comme eux. Les mépriser n'est même plus distrayant, enchaîne Élodie. Pour les hommes comme ton père, il y a ceux qui appartiennent à votre monde et il y a ceux qui triment comme des cons incultes, qui ne devraient pas avoir le droit de voter parce qu'ils sont vulnérables aux mensonges des extrémistes. D'un autre côté, on peut admettre que vous êtes des profiteurs égoïstes barricadés dans les étages supérieurs de la société. Tiens, regarde, j'ai commencé à rassembler des infos. »

La journaliste étale sur la table des coupures de presse, des copies d'articles tirés d'obscures revues de sociologie et des photos. La quantité de boulot est incroyable. Il ne manque qu'un tableau en liège, des punaises de couleur et des fils rouges pour relayer les documents entre eux. Elle y a mis plus d'énergie que si elle tentait de reconstituer le financement occulte d'une campagne électorale.

« L'idée, c'est d'exposer les dysfonctionnements et les injustices de cette société et de montrer qu'ils obéissent à une logique – parce que bien sûr il y a une logique. Cela ne doit rien au hasard. »

Dès qu'elle tient une idée, Élodie se met en tension – un problème de métabolisme. Elle fait penser à ces mioches turbulents qu'on doit amener au parc jusqu'à l'heure du bain si on veut profiter de la soirée tranquille.

« Ton père est un symbole, il représente un cas d'école de tous les changements qui sont en train de se produire, tu comprends ? »

Claire ne sait pas comment elle doit prendre cette dernière phrase. Ce qu'elle ne comprend pas, c'est pourquoi la pisse-copie est à ce point obsédée par Jacques.

« Il y a pas mal de choses dans les archives du journal. » Élodie sort quelques photocopies d'une chemise cartonnée. « Ton père était quelqu'un de connu. Bien plus que ne le laisserait croire sa discrétion. Je ne vais pas dire qu'il cherchait à faire la une des pages régionales mais il n'était pas contre l'idée de prendre la pose de temps en temps. J'imagine que cela faisait partie des opérations de PR qui entretenaient la réputation de son étude. »

Putain, elle a osé dire les « *opérations de PR* ». Élodie tente de compenser la dégradation de son statut social en utilisant un langage qu'elle attribue à une sphère imaginaire où seraient rendus les arbitrages de la pertinence collective et de l'intelligence individuelle. En gros, elle essaie de démontrer qu'elle se maintient dans le coup, qu'elle continue à suivre.

« Mon idée, c'est de faire une série de papiers. Cinq ou six, sur une semaine. On n'a pas d'édition le dimanche. Et à travers le portrait, on retrace les évolutions de la ville. Un homme comme emblème d'un lieu, voire d'une classe sociale, tu vois le principe général ?

— Mon père ne supportait pas le changement. » *Sauf celui qu'il décrétait*, songe Claire en silence. « Il n'a pas bougé de son bureau pendant quarante ans.

— Justement : notaire, c'est un point d'observation idéal. »

Dans sa cervelle tourmentée, Élodie a monté le projet de faire exactement l'inverse de ce que Claire propose avec ses podcasts sur les invisibles. Comme elle est tout le temps en boucle, elle réinvente la roue du journalisme.

« Je suis certaine que cela va faire un carton sur le site. Si ça se trouve, je pourrai le vendre à un hebdo ou un mag people. Ils ne parlent pas que de célébrités en cure de désintox ou qui se font poser un anneau gastrique. Le sujet qui marche à mort en ce moment, ce sont les personnalités inspirantes. »

Élodie ne se demande pas ce que Claire peut éprouver à l'idée de voir ainsi étalée la vie du seul homme qu'elle ait aimé. La considération et la subtilité ne font pas encore partie de son cartable psychologique.

« Ne te fais pas de souci, cette fois je ferai hyper-gaffe à ce que je vais dire, je te promets. Il faut que cela se suive comme un feuilleton. Les feuilletons, c'est l'avenir. »

Oui, pense Claire, *entre le récit bancal de la vie rectiligne d'un notaire de Rouen et le massacre de toute une famille par un père psychopathe à Nantes, les lecteurs vont avoir du mal à choisir.* Les villes moyennes se sont vidées de leurs commerces et ont perdu beaucoup de leur potentiel dramatique. Les affaires de cul, de drogue ou de violences ne se trouvent plus sur la place du marché. Pour dégoter du sordide, on est obligé de sillonner les départementales, longer les lotissements ou traîner le long d'une rivière.

Claire soupire. Depuis qu'elle a vendu ses parts aux Saint-Soens, elle n'a plus envie de rien. Elle a largué son petit ami et elle a repris l'aïkido, l'art martial qu'elle pratiquait gamine. C'est la seule activité qui lui procure le calme et la discipline dont elle a besoin. Les gestes sont revenus vite, son corps possède une excellente mémoire. Elle maîtrise sa respiration, elle se fond dans la répétition des exercices, elle disparaît dans l'équilibre qu'elle crée à chaque mouvement. Avec l'argent de ses parts, elle a fait décorer son appartement par un maître feng shui. Elle vit au milieu d'un néant organisé, un cercle sans fin dans lequel tourne son existence. Quand elle observe les teintes sombres, immobiles et féminines de sa chambre à coucher, elle se demande ce que Jacques avait voulu qu'elle fût. Qui souhaitait-il qu'elle devienne quand il a choisi de lui confier la direction de l'étude et d'écarter J.-B. ? Contrairement à Élodie qui tente de surnager, Claire est impatiente de toucher le fond. Cela fait des semaines que cela dure, elle ignore jusqu'où elle peut descendre.

Dans les jours qui ont suivi la vente de l'étude, Claire a glandé en cardigan et pantalon de survêt chez elle. Elle a bingé toutes les saisons des *Soprano* et de *Oz*. Au bout d'un moment, la vie des gangsters et le quotidien de la prison l'ont déprimée. Pour chasser les mauvaises pensées, elle s'est réfugiée dans *Twin Peaks*. La saison 1 l'a à nouveau éblouie. Et puis, elle a laissé tomber la saison 2 qui versait dans le foutage de gueule. Elle a tenté de reprendre *Mad Men* mais là encore, elle a abandonné en cours de route. Au milieu de la saison 4. Après le sublime épisode intitulé *The Suitcase*.

« Ça va ? »

Élodie lui touche le bras. Claire la regarde avec les yeux ronds qui accompagnent la sortie d'un rêve. Elle bredouille une excuse, les mots s'échappent comme un trop-plein. Un portrait de Jacques ? Non, maintenant qu'elle y réfléchit, c'est une super mauvaise idée. Elle n'a pas envie de lire des ragots sur son père, explique Claire. Ça va remuer trop de souvenirs et elle n'a plus rien à regarder pour se changer les idées. Les séries qu'ils diffusent en ce moment, ce n'est même pas la peine d'y songer.

« Ouais, je reconnais. Tu as raison. Netflix a tué le game, dit Élodie. Quand je pense qu'à une époque tu avais *Urgences*, *Lost* et *The Shield* en même temps. Ça te laissait le temps de te remettre de la fin de *X-Files*. »

Pour changer de sujet, Claire se met à parler de Big Five, un rebeu qui se nourrit de tacos et de pizzas. Il pourrait servir de cobaye à la médecine pour un traitement contre le cholestérol ou le cancer du côlon. Quand il ne mange pas, il traîne dans un bar à chicha du centre-ville.

« Et il fait quoi à part fumer du tabac aromatisé ?, demande Élodie.

— Il vend des amphétamines et de la coke à mon frère aîné. Ça peut faire un bon sujet d'article pour ton site. »

Élodie prend un air renfrogné. Derrière les deux traits de crayon qui lui servent de sourcils, Claire devine les neurones de la journaliste convoqués en réunion de crise. Elle se demande si c'est une blague ou si la proposition de la jeune notaire est sérieuse. En quoi la vie d'un petit dealer obèse fumeur de narguilé pourrait inspirer qui que ce soit ? La banlieue, ça n'intéresse personne. On fait déjà assez de social avec les migrants. En revanche, la déchéance d'un quadragénaire toxicomane qui avait tout pour réussir, ça parle aux gens. Ça les aide à se sentir mieux. C'est ça la solution de rechange. Si elle ne peut pas parler de Jacques, elle pourrait parler de J.-B.

« Tu veux faire un sujet sur mon frère ? En plus du portrait de mon père ?

— Non, juste ton frangin. On oublie ton père pour l'instant. Je pense que c'est mieux. Moins lourd psychologiquement pour toi. Tu vois, je ne suis pas sectaire. Je peux changer de sujet en un clin d'œil. »

Claire n'a pas le temps de s'interroger sur le sectarisme d'Élodie qu'un gars et une fille se posent à côté de la petite reporter. Ils ont pris une consommation pour deux, un machin compliqué avec du lait, du sirop, de la crème chantilly et une coulure de chocolat de synthèse. La meuf tient un gobelet transparent qui menace de se renverser à chaque mouvement. Ils ont l'air de militants écologistes qui font durer leurs allocations comme ils terminent leurs clopes au bout d'une pince à épiler.

Le gars a une tête de rongeur et la fille réussit le tour de force de disparaître presque tout entière dans un pull noir dont les mailles bâillent telles de petites bouches laissant apparaître le sigle d'un groupe de hard rock suisse des années quatre-vingt. Les manches sont distendues ; elle a dû faire des ourlets dont elle se sert comme de gants pour cacher le vernis noir écaillé qui recouvre ses ongles irréguliers. Quand on le regarde dans son ensemble, le chandail a la forme d'une motte de terre de laquelle émerge la tête de la fille à la manière de ces petits animaux s'aventurant à l'extérieur d'une galerie souterraine. Elle observe le monde par ses petits yeux, enfoncés loin dans son crâne, brillant d'une lueur qui mélange la colère, la peur et l'envie. Élodie fait les présentations.

« C'est cool que vous soyez là, dit-elle. En vous attendant, on a un peu affiné le sujet de départ. »

La journaliste fait un résumé de la conversation à ses deux potes en essayant de leur vendre le truc du mieux qu'elle peut. Claire la regarde, un peu surprise et un peu agacée.

« Vous aviez déjà parlé de ça entre vous ?, demande la jeune notaire, se rendant compte que l'arrivée de Tête de Fouine et Rage de Meuf n'avait rien de fortuit.

— On avait abordé le truc vaguement mais on voulait attendre de voir avec toi pour savoir ce que tu en pensais avant de se lancer, explique Élodie. On avait pensé à ton père parce que dans cette société de merde, le système patriarcal se maintient grâce à des inégalités héréditaires. Dans toutes les successions, ce sont les fils qui sont privilégiés et les filles qui se font avoir. C'est prouvé. Y a eu des études sur l'organisation des héritages.

— Mais on avait aussi pensé à ton frère. On est au courant pour ses histoires de… On a une source qui nous a rencardés. Élodie préfère le sujet sur ton vieux, nous on est plus chauds pour ton frangin. Du coup, c'est bien que vous ayez validé en faveur de ton frère. Genre, ce sera plus intéressant en fait.

— On veut faire une radiographie de la bourgeoisie de province, intervient Tête de Fouine. C'est la classe sociale la plus attachée à l'inégalité homme-femme. Faut que ça change.

— Ça change. La preuve, intervient Claire en écartant les mains pour se poser en contre-exemple.

— Ouais, ça peut être un bon début », admet Tête de Fouine. Il s'exprime d'un ton calme et vaguement professoral, ce qui ne cadre pas avec son physique malingre, dépourvu de l'emphase qui accompagne parfois la diction vaniteuse de ces enseignants marchant sur la corde raide de l'autorité. Tête de Fouine sait écrire ; il a rédigé plein de papiers pour des journaux dont il évite de mentionner le nom, il a aussi pondu un scénario de série télé qui a trouvé asile dans le tiroir d'un producteur blacklisté par l'ensemble des chaînes de télévision de ce pays. En ce moment, il bosse à fond sur une web fiction financée par un appel à des dons privés de futurs spectateurs dont il est convaincu qu'elle va le guérir de la pathologie de l'anonymat.

« L'exemple de ton frère est intéressant sous l'angle "échec de la reproduction père-fils", tu vois ? La preuve que le système est pourri dans son concept même, juge Tête de Fouine. Je suis certain que ton père voulait un héritier mâle pour lui succéder mais quand il a vu le désastre qu'était ton frangin, il a misé sur toi parce que tu étais le meilleur recours pour sauver ce qu'il avait construit.

— Ou peut-être que j'étais le meilleur choix dès le départ, rectifie Claire.

— Oui. Aussi. Mais ça prouve bien que j'ai raison, reprend Tête de Fouine. Le système est pourri dans son concept même.

— Ou peut-être que mon père était un gros bourge avec des idées libérales, objecte Claire.

— Oui. Aussi. Mais ça prouve bien que j'ai raison, répète Tête de Fouine. C'est l'exception qui confirme la règle et que…

— … le système est pourri dans son concept même, termine Claire.

— Oui. Aussi. Je suis content que tu sois d'accord avec moi. Je dois admettre qu'en venant ici, je n'étais pas sûr de réussir à te convaincre.

— Je comprends. Les filles comme moi ne se rendent pas compte qu'elles protègent les privilèges des hommes. Un peu comme des idiotes utiles, en fait : c'est ça ?

— Un documentaire comme ça, tu peux le vendre à n'importe quelle chaîne de télévision, glisse Élodie pour faire diversion. Il faut battre le fer du patriarcat tant qu'il est chaud. »

Claire effectue un petit mouvement de retrait du buste. La journaliste a le chic pour sortir des formules à la con.

« On a des tas d'idées. On a commencé à faire des repérages, annonce Tête de Fouine.

— Et c'est vraiment swag », ajoute Rage de Meuf qui avait presque réussi à se faire oublier.

Claire arrête de touiller son café, la baguette en bois a pris la couleur d'un lambris écaillé. Elle la tient un instant sans savoir quoi en faire avant de se résoudre à la poser sur la table en formica et de laisser une traînée humide qu'elle finit par essuyer avec son majeur. Les deux retardés en sont déjà à penser au tournage. Claire préfère ne pas savoir où ils sont allés traîner.

« Et comment vous avez pensé à mon frère ? » demande-t-elle.

Tête de Fouine et Rage de Meuf échangent un regard puis se tournent vers Élodie pour indiquer que c'est elle qui a eu l'idée au départ et qu'eux n'y sont pour rien même s'ils adhèrent à cent pour cent au projet.

« Un paumé que j'ai rencontré pour un papier que je devais faire. Il habite dans un petit pavillon en banlieue avec une gonzesse qui a fait de la téléréalité. Au départ je voulais écrire un truc sur la nana elle-même et puis ça a dérivé : le gars m'a paru plus intéressant. Je me demande comment un type comme lui peut se payer une bombasse qui a fait tout une saison des *Picards à Pattaya*. C'est le nom de l'émission. Elle cherche à se recycler comme influenceuse mode et cosmétique sur YouTube. Elle relance sa carrière, en gros.

— Pietri ?, dit Claire.

— Oui, c'est ça, acquiesce Élodie. C'est lui qui m'a parlé de ton père, sur lequel j'avais déjà pas mal de billes, et aussi de ton frère. Une affaire que l'étude avait eu à traiter ou je ne sais pas quoi. Il n'a pas trop précisé. »

Claire se souvient d'un petit homme perdu dans son imperméable avec une moustache qu'il avait fabriquée en prenant des cheveux sur son front. Elle n'avait pas eu affaire à lui. Elle l'avait juste aperçu dans les couloirs de l'étude, glissant comme une ombre. Pietri n'imprimait pas la vie de ceux qu'ils croisaient ; c'était son superpouvoir, s'effacer de la rétine des gens. En fouillant dans sa mémoire, Claire retrouve une image furtive captée à travers la paroi vitrée du bureau. Son visage avait été dessiné à gros traits.

Suivre J.-B. est à peu près aussi compliqué que de jouer à coucou-caché. Ils n'auront aucun mal à le coincer dans des scènes embarrassantes. Les dérapages incessants de son frère aîné ne la gênent pas. On ne se révolte pas contre les aberrations de sa famille, on les intègre comme une normalité de substitution. Claire se fiche qu'il se bourre la gueule dans la remise d'une épicerie de quartier. C'est son problème. Elle se moque que Jean-Baptiste devienne un sujet de dérision sur le prochain réseau social à la mode; non, ce qui la contrarie, c'est que Tête de Fouine et Rage de Meuf soient assis à côté d'elle. Cela veut dire que les conneries de Jean-Baptiste peuvent la concerner, ce dont elle n'a pas besoin en ce moment. Le simple fait qu'ils lui demandent son aide ouvre un trou noir de possibles dans lequel elle risque d'être happée. Claire perçoit le danger de leur démarche et pourtant, elle ne parvient pas à s'en empêcher. Prise d'une jubilation intense, elle commence à leur raconter qui est son frère aîné et comment rendre leur reportage plus vendeur.

Mardi 16 h 31

Pietri se sent bizarre. Un accès de bonté lui court sous la peau. Le sentiment est si inhabituel que buvant un bol de Ricoré lyophilisée accompagné de deux tartines de pain couvertes de beurre demi-sel en guise de goûter – il ne mange que la partie supérieure du pain, la plus moelleuse car elle n'a pas été au contact de la plaque de cuisson –, le petit homme se demande que faire de ces bouffées de bienveillance qui lui gonflent la poitrine. Après quelques instants de réflexion et quelques gorgées de Ricoré avalées avec la précaution d'un moineau, il décide de proposer à Alexia de lire un livre. Bien sûr, il sait que cela relève de l'incantation ésotérique mais la présence de la jeune femme dans son pavillon de banlieue lui a redonné foi dans l'être humain. Cela fait presque six mois qu'elle vit avec lui, sans moufter et sans se plaindre. Pietri a retrouvé un peu de confiance en lui.

Mâchonnant sa seconde tartine, le bol siglé à son prénom dans la main gauche et l'air pensif flottant au-dessus de sa collation, le petit homme réfléchit à un bouquin qu'il pourrait suggérer à sa compagne sans trop charger la barque. Un truc simple. Michel Bussi, par exemple. L'écrivain vend des hangars de livres adaptés sur les chaînes nationales s'adressant aux abonnés de France Loisirs. Alexia est dans le cœur de cible. *Un avion sans elle* ou *Sang famille*, elle devrait être capable de comprendre le jeu de mots dans le titre. Il ne lui demande pas de se taper la *Phénoménologie de l'Esprit*. Pietri est un pervers, pas un idiot. Comme tous les autodidactes, il nourrit un complexe d'infériorité à l'égard de la culture. Il s'interroge sur sa légitimité et cela l'incite à la radicalité. La raideur fait partie de son système immunitaire.

Quand Pietri descend au sous-sol de la maison, Alexia et Natinea sont en train de répéter une nouvelle scène pour leur chaîne YouTube. La starlette est à peine plus vêtue que dans un épisode des *Picards à Pattaya*. Encouragée par Natinea, sa nouvelle BFF (meilleure copine pour toute la vie jusqu'à ce qu'elle en change), Alexia gesticule et fait des moues comme une candidate à un concours de mini Miss. Elle se dandine sur un tabouret de bar face à la caméra que les deux copines ont montée sur un trépied. Elle prend des poses, elle balance une jambe dans l'air, elle pousse les lèvres en avant et elle ponctue ses phrases d'un petit claquement de langue. Ça lui rappelle les après-midi vautrée dans les canapés de la baraque en Thaïlande.

Elle n'avait rien vu du pays puisqu'elle ne s'était pas aventurée au-delà du portail de la propriété gardée par des culturistes portant tous les mêmes costards et les mêmes oreillettes. Après une rafale de shots de vodka avalés en guise de déjeuner, Alexia balançait ses répliques sans la moindre hésitation. La première prise était la bonne, on avait l'impression que ça lui traversait l'esprit avant qu'elle ait eu le temps d'y réfléchir. Les Twittos étaient en fusion. Ça déversait du hashtag #Alexia à tout va. La prod' lui avait affecté un rédacteur attitré. Le petit malin débitait H24 des vannes qu'il consignait dans un cahier à spirales et qu'il testait à voix haute quand tout le monde était parti se coucher, assommé par les engueulades et les mojitos. En une saison, Alexia s'était imposée comme la reine de la repartie qui tue. Elle sortait une punchline… et aussi sec ça devenait une tendance Twitter.

Pietri attend qu'Alexia ait terminé de faire son cinoche devant la caméra. La voir se dandiner comme une môme qui joue à la grande fille, ça fait remonter des souvenirs dans les yeux du petit homme. Il en a parcouru du chemin depuis le jour où, enfilant à la hâte son vilain pardessus sur le perron de sa meulière, il était parti la chercher à l'autre bout du pays et la sauver d'un avenir incertain ! Rouen-Martigues aller-retour, ce n'est pas rien. Il avait traversé la France en diagonale, ne s'arrêtant qu'une seule fois du côté de

Moulins, dans un endroit presque vide, pour pisser dans des latrines autonettoyantes à pièces et s'acheter un sandwich sous vide jambon-emmental, un Twix et une Badoit fines bulles.

Alexia pivote sur le tabouret et se tourne vers son sauveur en pantoufles. Comme elle remarque que ses yeux sont embués de larmes, elle hoche la tête. Elle fait ce qu'il faut pour ne pas montrer qu'elle est agacée par cette interruption. Pietri lui tend *Le Petit Prince*, un exemplaire en demi-format acheté par ses parents à son entrée en CE1. L'institutrice avait attesté qu'il maîtrisait la lecture. Il y a des dessins, il se dit que cela peut aider. Il a choisi le bouquin avec soin et il espère que la jeune femme comprendra l'allusion. Depuis qu'il est tombé amoureux, un soir où il combattait le désœuvrement une télécommande à la main, Pietri voit Alexia comme une naufragée de l'existence. Selon lui, elle vit dans le désert surpeuplé des réseaux sociaux. Elle lit les messages de gens qu'elle connaît à peine et qui tentent de dissimuler leur égoïsme par des éructations épileptiques adressées à d'autres inconnus qui les reçoivent sans pouvoir les esquiver. Ils déchargent des trop-pleins d'âneries attachées les unes aux autres jusqu'à former une longue cordée de bêtise.

Alexia arrête l'enregistrement de la caméra comme si elle avait fini. La prise est merdique, elle va devoir en faire une autre. Autant s'accorder une pause, elle commence à fatiguer. Chercher l'inspiration est plus épuisant qu'une séance de Pilates. Natinea, qui se tenait avachie dans le fauteuil poire rembourré de billes de polystyrène, se lève. Elle vient se placer à côté de sa pote et lui passe gentiment la main dans le dos dans un léger mouvement de va-et-vient destiné à la réconforter.

« C'est quoi, ce livre pour les gosses ?, demande Alexia.

— Un truc que j'ai lu quand j'avais ton âge mental », répond Pietri.

Elle le regarde, vexée. Un début de carrière sur une chaîne de la TNT, cela vaccine contre beaucoup de choses mais pas contre la susceptibilité. Elle dit au petit homme qu'il est chiant, presque aussi chiant que ce postulant, Idriss, un relou avec un nom de blaireau venu des colonies qui passait son temps à la tracer dans la maison des *Anges*. Le genre prédateur sournois et froussard.

Pietri lui tend le livre. Alexia comprend qu'elle n'a pas le choix. Elle n'a nulle part où aller. Elle est en phase de transition, coincée entre un tutoriel de montage vidéo et les conseils de Natinea adressés à des minettes neurasthéniques qui se multiplient comme des amibes. La starlette a besoin d'un peu de temps pour faire le point et relancer une carrière à l'arrêt depuis que son précédent petit ami est en préventive pour détournement de fonds et proxénétisme.

« Pietri. » Elle ne parvient pas à l'appeler autrement. Sans doute à cause de son physique. « Pietri, répète-t-elle. YouTube, c'est un truc sérieux. Je ne peux pas faire ça en amateur. Faut que je sois professionnelle, sinon je ne vais jamais m'en sortir. »

Le petit homme ne répond pas. Il continue de lui tendre le livre. Il pense que YouTube, c'est le Parcoursup de la télévision. Une immense machine dans laquelle des recalés du petit écran font plein de vœux et finissent avec une affection dont ils n'ont rien à foutre.

« J'ai tourné une super scène, tu veux que je te montre ? » C'est de la merde en barre mais elle tient à lui prouver qu'elle ne passe pas son temps à glander dans ce sous-sol transformé en studio de fortune. Elle prend la caméra, elle oriente l'écran amovible pour qu'il puisse voir. Elle fait défiler ce qu'elle a tourné. Une heure de rushes bons pour la poubelle. Pietri regarde les images qui défilent. Il est consterné. Alexia est aussi à l'aise qu'une conseillère Manpower le jour de son reclassement. Elle a juste l'air de ce qu'elle est : une erreur de casting assez envieuse pour être prête à tout mais pas assez ambitieuse pour renoncer à la paresse.

« C'est bien pour un début, non ? » demande-t-elle.

Comme toutes les narcissiques moyennes, elle a besoin d'être approuvée. C'est inclus dans le kit de la vie en société. Genre « Bravo, je suis trop content pour toi » ou « Total respect. Ton clip m'a retourné la tête ».

« La vidéo, cela demande un peu de montage, observe avec malice le petit homme. Mais tu as capté l'essentiel. Avec ce genre de cadrage, on te reconnaît bien. »

Pietri parle comme ces trentenaires convaincus que l'autodérision allusive incarne le comble du cool comique.

« Oui. Bien sûr. Tu penses que c'est totalement naze. »

Le petit homme fait un mouvement de balai d'essuie-glace avec son index pour lui dit que non, ce qu'elle a enregistré n'est pas « totalement naze » *Même si*, pense-t-il au fond de lui-même, *cela s'en approche*. Il souhaite sincèrement qu'elle lise *Le Petit Prince*. Pour rattraper le coup, il s'excuse. La télévision, il n'y connaît rien. Il n'a plus allumé son poste depuis qu'il a rencontré Alexia. Elle l'a guéri de sa dépendance aux images dans laquelle l'avaient plongé les émissions de téléréalité découvertes avec la saison 1 de *Loft Story*. Tenant toujours le bouquin à la main, Pietri pense à cette vidéo qu'Alexia lui a montrée. Un bouffon qui s'appelait Psy et dont la chanson *Gangnam Style* avait été vue un milliard de fois. Tout était possible.

« Bon, après tout tu as raison, admet Alexia un peu calmée. Il faut que je trouve mon identité. Tu vois, genre que j'apprenne à me tenir différemment en écoutant mon ressenti. Toutes les influenceuses qui font des vidéos parlent de la même façon et elles sont posées comme des pots de fleurs. »

À côté d'elle, Natinea approuve d'un air pensif cet éclair de lucidité. Elle commence à être jalouse sans en être consciente. Si elle aide Alexia, c'est pour recevoir en retour une reconnaissance éternelle et l'assurance que la starlette fera preuve d'assez de probité morale pour ne pas lui voler la vedette et tenter d'avoir plus d'abonnées qu'elle.

« Avec les filtres et en jouant un peu sur les contrastes et l'intensité lumineuse, on arrive à faire des trucs déments », explique Alexia.

Pietri ne relève pas. Il se peut qu'il s'en foute. Elle n'arrive pas à savoir. Au bout de six mois de vie commune, le petit homme demeure un rébus qu'elle a renoncé à déchiffrer. Le seul moment où il paraît sincère est quand il a envie de baiser. Il le lui dit et il baisse son pantalon. Elle est partante le plus souvent, elle ne se force pas trop. Elle évite de prendre un air dégoûté. Pietri ignore si elle aime ce petit jeu malsain ou si elle n'a pas envie de s'embarrasser de ce genre de considérations. Il préfère ne pas connaître la réponse.

« Au moins les dix premières pages. C'est plein de poésie et d'imaginaire. Ça se passe sur des planètes étranges, dit-il.

— C'est pas trop chiant ? Tu sais que je ne peux pas blairer les gosses. Ils m'emmerdent. » Elle prend le livre sans se décider à l'ouvrir. « C'est comme dans la chanson avec l'empereur et sa femme qui reviennent tous les jours de la semaine pour lui serrer la pince ?

— Commence par les dix premières pages. Tu vas adorer. Ça va te rappeler plein de choses », dit Pietri.

Alexia est prise au dépourvu. Du coup, elle se sent émue. Elle pense que Pietri la prend pour une princesse. Version périurbaine mais une princesse quand même. Elle ne lui en veut pas, il fait avec les moyens du bord. Tout à coup, elle se sent très loin de Pattaya. Elle comprend qu'il n'y aura pas de retour en arrière. Au moins, le rastaquouère n'essaie pas de l'impressionner. Les pans de sa robe de chambre flottant derrière lui, il remonte les escaliers et retourne s'occuper de sa vie quelque part dans la maison.

« Si tu veux, je peux te le lire le bouquin », propose Natinea.

Alexia se retourne avec la vivacité d'une manivelle de voiture.

« Hé ! Je sais lire, d'accord ? J'ai pas besoin qu'on me traite comme une enfant.

— Nan, c'est pas ça que je voulais dire. C'était si jamais ça te gavait trop et tout ça. Je pouvais te lire des pages et ça faisait comme si on les lisait ensemble et du coup tu connaissais l'histoire. J'adore les histoires avec des enfants, ça me touche. »

Natinea est prête à expliquer pourquoi les jeunes créatures à tête blonde et aux regards innocents la rendent aussi émotive quand elle est interrompue par la sonnerie de son téléphone, un remix de *Shine Bright Like a Diamond* de Rihanna.

« C'est qui ? » demande Alexia en réglant le cadrage de la prise de vue sur l'ordinateur.

Natinea presse très fort le téléphone contre son oreille, empêchant les paroles de son interlocuteur de s'échapper du combiné. Elle se tient en arrêt, la bouche entrouverte, avec la rectitude immobile d'un chien de chasse. La communication dure environ trente secondes. La YouTubeuse raccroche sans avoir prononcé une parole. Les traits de son visage se détendent comme un morceau de caoutchouc retrouvant sa forme originale.

« C'est qui ?, insiste Alexia.

— La copine dont je t'ai parlé tout à l'heure. Celle avec laquelle je traînais vers le KFC. Je lui ai laissé un message et elle me rappelait, répond Natinea. On s'entend bien. On a gardé le contact. On a même habité ensemble pendant un moment. Mais ça a pas trop trop duré. »

À l'époque, la colocation et le compost des déchets alimentaires servaient de remèdes à la mauvaise conscience. Elle vivait près de la gare de Rennes dans une communauté qui abritait des routards vêtus de sacs à dos humides et de chaussures fendues comme des bouches. Elle a survécu quelques mois dans cet immeuble couleur de mauvais temps dont le mobilier allait de la palette de chantier aux fauteuils éventrés. L'amertume et les querelles faisaient office de bois de chauffage. Mais, s'empresse d'ajouter Natinea, c'est une époque de son passé et elle n'y pense plus jamais, ce qui veut dire qu'elle y pense tout le temps, habitée par la hantise de retourner dans cet endroit qu'elle a abandonné avec soulagement et avec une pointe de regret car elle y a découvert une violence à laquelle elle a survécu.

« La paumée qui traîne avec le dingue de *Star Wars* ?

— Elle continue de se chercher. Elle s'est accrochée à ce loser à cause de son scénario en mode canot de sauvetage si tu veux.

— Et elle disait quoi ?

— Ben, là apparemment, ils ont un autre plan que leur film. Et elle dit que ça peut leur rapporter un peu de fric. Mais, juste ça urge vraiment. Ils voudraient faire des images tout de suite.

— Genre maintenant ?

— Oui. Carrément là, dit Natinea d'une voix gênée. L'ennui, c'est que la batterie de leur caméra est morte et qu'ils n'ont pas les moyens d'en acheter une autre. »

Rage de Meuf voulait savoir si Natinea pouvait leur prêter la sienne ou si elle connaissait quelqu'un qui en avait une de libre, juste pour ce soir. Ils vont filmer un notaire qui mène une vie hyperchelou. C'est la sœur du mec qui les a branchés sur ce plan. Sans prononcer une parole, Alexia ôte la caméra de son pied et attaque la volée d'escaliers menant au rez-de-chaussée de la meulière de Pietri. Elle a besoin de prendre l'air. Ça fait cinq heures qu'elles sont enfermées dans ce sous-sol et elle en a ras le bol de parler de produits de beauté.

Mardi 14 h 15

Gilles n'ose pas lui avouer qu'il a déjà lu la lettre d'Emma en fouillant parmi les mails de maître Thuillier. Le généalogiste donne le change et la parcourt rapidement. Quand il a fini, il se frotte le menton en caressant les poils de sa barbe de trois jours. Il hésite sur l'expression la plus adaptée aux circonstances. Dans le cas de Monique, son empathie est spontanée. Alors que Satie termine la troisième *Gnossienne*, la plus triste, celle qui évoque les navires croisant au large de la plage du Havre sous un ciel de Toussaint, il éprouve pour la commerçante un élan d'affection. Ils se ressemblent, et cette similitude, échappant à la rigide indifférence du temps, les unit par-delà leur filiation commune.

« Vous pensez qu'ils l'ont tuée mais personne n'a intérêt à le prouver, n'est-ce pas ? » Monique pose la question parce qu'elle sent que la conversation est moins fluide depuis un moment. Elle n'a pas peur de la réponse. Elle n'a jamais eu peur d'aucune réponse, sa vie a été trop compliquée pour attendre une réalité simple.

« D'aussi loin que je me souvienne... » Le généalogiste s'interrompt. Il fouille dans ses souvenirs, il n'aime pas se tromper. « Je crois que toute sa vie, Jacques a entretenu ma mère dans le désir de le tuer. C'est à cela qu'il l'a dressée, à le haïr chaque jour, patiemment, sans précipitation mais avec toute la détermination dont elle était capable. Il disait que cela l'aidait à se sentir vivant.

— Vous croyez qu'ils y ont toujours pensé ?

— Je crois qu'Emma a modelé son mari et son fils avec un soin dont seules les femmes sont capables. Elle les a aiguisés à la manière de petites pierres jusqu'à ce qu'ils deviennent tranchants et dangereux. Elle ne pouvait pas compter sur leur imagination, elle a misé sur leur ego et leur cupidité. » Gilles s'interrompt à nouveau. « Elle et Jacques se suffisaient à eux-mêmes. Ils s'aimaient trop pour avoir besoin d'une famille.

— Ils ont imaginé tout cela ensemble, n'est-ce pas ?, demande Monique.

— Ils n'ont pas eu le droit de vivre ensemble. Cela ne les a pas empêchés de s'aimer, dit Gilles. Ils ont essayé de ne pas renoncer à ce qu'ils avaient en commun.

— Et pourtant, ils m'ont abandonnée, dit Monique. Mais sans doute n'avaient-ils pas le choix. »

Étrangement, elle ne leur en veut pas. Elle se persuade qu'ils n'ont pas vraiment choisi de vivre dans le mensonge.

« Vous m'aviez mise en garde », ajoute-t-elle en baissant la voix. Les sœurs, aussi, l'avaient mise en garde autrefois. Elles lui avaient dit que les rêves n'étaient pas bons pour la réalité. N'en ayant aucun pour elles-mêmes, les religieuses avaient établi un projet de vie pour les petites ingrates dont on leur avait confié la charge et l'éducation. Rien d'extravagant, rien qui concurrence leur empressement tout entier tourné vers Dieu, mais ça collait avec les convictions de l'époque. Se trouver un bon mari et prier pour qu'il ne leur fasse pas payer trop cher le statut de femme mariée. Monique n'avait pas suivi les conseils des sœurs. Avoir été élevée par de telles femmes l'avait guérie des hommes. Elle s'était choisi un compagnon en rapport avec ses attentes, un jules docile dépourvu d'ego et converti à la non-violence. Ça cadrait avec son goût pour la nourriture végétarienne et les vins blancs haut de gamme dont il était expert. Pour ne rien gâcher, il aimait le sexe et ne s'était pas lassé de son exercice. La commerçante était tranquille à défaut d'être heureuse, mot dont elle avait renoncé à comprendre le sens.

Gilles fait défiler une série de photos sur l'écran de la tablette électronique. Il a bossé avant de venir. Monique ne tient pas à savoir comment il s'est procuré ces images. Il lui passe les détails. Pendant qu'elle se concentre sur la tablette, Gilles reprend le procès-verbal d'audition du père et du fils – quelques paragraphes bâclés, confus, rédigés dans l'ordre chronologique. Les deux flics consacrent la plus grande partie de leur récit à s'interroger sur les raisons d'une telle enquête et à justifier leur décision de ne soupçonner personne. Gilles a l'impression d'être dans un téléfilm de France 3, c'est dire si les limiers ont fait preuve d'originalité. Pierre-Yves déroule son histoire, tranquillement assis dans le grand salon de la maison. Le petit moustachu avec l'imperméable couleur de mastic l'écoute d'un air distrait, un enregistreur audio posé sur la table basse. Des deux, c'est lui qui se tape les rapports et il n'aime pas se creuser la tête pour faire des phrases. Le tout maigre avec la queue de canard se contente d'admirer le mobilier du salon, il compte les livres sur les étagères de la bibliothèque – des rangées d'*in-quarto* avec des couvertures de cuir rouge, vert et brun portant sur la tranche le titre et le nom de l'auteur en lettres dorées. Le genre de bouquins qu'on achète par lots complets et qu'on n'ouvre pas. Tout Maigre essaie de calculer la hauteur du plafond. Six ou sept mères à l'aise, peut-être un peu plus. Il y a de quoi caser une mezzanine et installer des rangées supplémentaires d'ouvrages jusqu'aux moulures. Il aime les bibliothèques à balcon avec des caissons sur mesure en bois d'acajou comme dans *Harry Potter*. Il trouve ça hyperchic. Il adore aussi l'idée de minettes un peu salopes juchées sur une échelle mobile en chaussettes longues et en jupes courtes.

Selon le compte rendu qu'il en fait d'une voix monocorde, dans laquelle ne transparaît aucune tristesse, Pierre-Yves a découvert sa mère inanimée dans le hall de leur demeure alors qu'il revenait de faire une course en ville : il avait besoin de s'acheter une nouvelle paire de chaussures. Et non, il n'avait pas trouvé ce qu'il cherchait, aucun des modèles qu'il avait essayés ne lui plaisait. Oui, il était très exigeant avec ce qu'il portait aux pieds. Quand il avait découvert Emma allongée sans connaissance dans l'entrée, il n'avait pas réfléchi, il s'était empressé de la relever et de la porter dans sa chambre. Il n'avait pas pensé à vérifier si elle était encore en vie, il avait paré au plus pressé. Ce n'est qu'une fois Emma allongée sur le lit que Pierre-Yves avait pris conscience de la gravité de la situation. Il avait posé son index et son majeur – oui, comme ça, les deux doigts bien collés ensemble – sur le cou de sa mère pour vérifier que son cœur battait. Mais bien sûr, c'était trop tard. Un tel accident était injuste. Non, il ne pourrait pas s'en remettre facilement. Emma était tout pour lui, elle incarnait une lumière dans la nuit – il avait lu ça dans un bouquin à grand tirage dont il avait oublié le titre, mais il pouvait le retrouver si cela était nécessaire –, un modèle dans la manière de mener sa vie et un exemple à suivre dans la gestion des affaires familiales. La perte était irréparable. Il allait devoir se consoler avec un patrimoine de deux milliards d'euros, ce qui, espérait-il, suffirait à surmonter sa peine. Bien sûr, il était prêt à affronter l'adversité. Son unique consolation était qu'Emma lui avait tant appris qu'il se sentait prêt à lui succéder à la tête de la famille. Il ne voulait pas y penser pour l'instant. Un peu de temps serait nécessaire mais cela irait grâce à l'aide de son père, Henri.

Petit Moustachu fait une remarque à Tout Maigre qui est en train de se demander si la baraque des Saint-Soens ne pourrait pas être réaménagée en école des sorciers (il fait une fixation sur *Harry Potter*), ce serait dément. Tout Maigre approuve d'un hochement de tête bien qu'il n'ait pas entendu ce que lui demandait son coéquipier. Ils ont l'air contents de l'histoire que Pierre-Yves leur a sortie. Ça coche les cases. Le fils Saint-Soens croise les mains devant lui et il se met à faire tourner ses pouces comme des petites pédales de vélo, signe chez lui de jubilation. Un assassinat est avant tout une question de bon sens. Si le tueur se fait choper, c'est qu'il a mal évalué les paramètres de son entreprise. On adore se répéter qu'il n'existe pas de crime parfait. En réalité, il faut être un gros tocard pour sortir une connerie pareille : il suffit de regarder le nombre d'homicides non élucidés chaque année. Le meurtre parfait, ce n'est pas celui dont le coupable ne peut pas être démasqué, c'est celui dont le coupable n'est pas découvert. Il y a juste une petite différence entre l'hypothèse de travail et l'observation finale.

La lecture du procès-verbal ne laisse pas de place au doute. Pierre-Yves et Henri n'ont pas commis cette erreur. C'est le genre de paranoïaques qui anticipent. Lors de la phase de préparation, le père a rédigé un tableau Excel avec d'un côté les risques et de l'autre les certitudes. Son fils n'a eu qu'à exécuter l'esquisse.

Dans une embarrassante expression de conscience professionnelle, Petit Moustachu fait remarquer à Pierre-Yves que sa mère n'a pas eu de chance. Le légiste a relevé des hématomes au niveau des membres et du dos, ainsi qu'une fracture de la clavicule droite et une autre de l'humérus gauche. Malgré la hauteur de la chute, elle aurait pu s'en tirer avec de simples contusions. Un plâtre et quelques mois de repos. Mais la mort a été provoquée par une rupture des vertèbres cervicales et un choc violent au niveau du lobe frontal qui a entraîné une perte immédiate de connaissance et une hémorragie. Comme si Emma avait plongé tête la première. C'est vraiment pas de chance. Pierre-Yves ne répond pas.

Gilles réfléchit à un angle d'attaque pour avertir Monique des dangers qu'elle court sans lui dresser un tableau trop sombre de la situation afin de ne pas l'affoler. La question ne s'est pas encore posée mais tel qu'il sent les choses, le généalogiste se dit que sa sœur n'est pas aussi sensible qu'il l'aurait cru au besoin qu'avait éprouvé Emma de réparer une injustice. Au-delà d'un certain plafond, les chiffres ne signifient plus grand-chose, l'imagination perd pied, le cerveau se verrouille, on bascule dans le déni et le refus de savoir. Lui avoir dit que des milliers de personnes dépendaient de sa décision n'a pas radicalement modifié sa méfiance. Gilles a tenté de faire appel à la conscience de Monique. Ce n'est pas suffisant. Comme il le craignait, il doit tenter autre chose dont il n'envisageait de parler qu'en dernier recours.

« Le jour où vous êtes allée voir Emma chez elle, elle vous a parlé de Jacques ? »

Gilles appelle son père par son prénom, un reliquat du dressage que fut son enfance. Monique hoche la tête. Elle rouvre le tiroir du secrétaire et fouille parmi une liasse de papiers fourrés pêle-mêle, sans ordre et sans attention, dans le réceptacle de bois. Elle en tire une photo en noir et blanc.

« Elle m'a donné ça. Elle voulait que je l'aie. Elle a dit qu'il ne serait jamais venu me voir. À ce moment-là, il était déjà mort et cela n'avait plus d'importance. De toute façon, vous m'aviez déjà prévenue. Vous m'aviez dit qui était mon père. Elle souhaitait que j'aie un souvenir. Elle semblait y tenir et je n'avais aucune raison de refuser cette photo.

— Oui. Le rencontrer aurait été une erreur. Vous n'avez rien perdu. »

Gilles regarde la photo en noir et blanc, un tirage artistique avec une intensité professionnelle dans les contrastes et dans le cadrage du modèle. Pas du studio Harcourt mais une intention qui s'en approche. Le portrait qu'on se fait tirer quand on est heureux, quand on croit avoir toute la vie devant soi. La naïveté de l'âge empêche de croire que l'adversité peut vous marquer les chairs. Le sphinx que Monique porte dans le dos est la représentation de son existence, une allégorie de cette figure féminine monstrueuse que la mythologie grecque affuble d'un visage de femme, d'un corps de lionne et d'ailes d'oiseau pour poser l'énigme de l'identité de l'homme.

Gilles admire l'élégance du modèle sur la photo. Il garde une rigueur directe et intransigeante dans le regard. Il a l'air heureux et pourtant une anxiété brille derrière ses pupilles sombres. Une agitation insatisfaite qui ne cadre pas avec la froideur calculatrice de Jacques. Gilles observe le cliché avec attention, son père est présent et absent à la fois, comme s'il était quelqu'un d'autre. En vieillissant, le notaire avait suivi la trajectoire qu'empruntent les hommes trop sûrs d'eux. Il avait perdu en arrogance ce qu'il avait gagné en méchanceté. Il obéissait à ce principe, que même dans la nature humaine, rien ne se perd, rien ne se crée, tout se transforme.

« Quand Emma vous a donné cette photo, elle vous a précisé de quand elle datait ?

— Elle m'a dit qu'elle avait été prise juste le jour de ma conception. » Monique fait un petit bruit avec sa gorge. « Après ça, les choses sont allées très vite. »

Elle s'interrompt. Elle se rend compte qu'elle aussi a du mal à désigner son père.

« Il s'est retiré de la vie d'Emma et leur relation… Ils ne se sont plus vus pendant plusieurs années, je crois. Ce n'est pas tout à fait ce qu'elle a dit mais c'est ce qu'on pouvait comprendre. »

Gilles sort son téléphone portable et prend une photo de la photo. Il va l'agrandir et la travailler sur son ordinateur.

« Le père et le fils Saint-Soens, reprend Monique ; ils sont déjà après moi, n'est-ce pas ?

— Difficile de les blâmer. Mais on sait quelles sont leurs intentions. »

Gilles lance l'application de messagerie sur la tablette. Il reprend le catalogue des mails de Michel stockés sur le serveur distant. Il ouvre un message rédigé par le vieux notaire. Gilles éprouve un picotement à la base du crâne. Il s'extrait de la bergère et se lève pour partir. Il a un peu de temps devant lui. De moins en moins, mais encore un peu.

Mardi 15 h 05

De retour à l'étude, Gilles entame une recherche sur Google. Le plus puissant algorithme jamais mis au point possède cette aptitude unique à ne fournir aucune information ayant une quelconque valeur. L'arnaque est tout entière contenue dans notre paresse et notre incapacité à produire un effort dépassant quelques secondes d'attention. En échange d'un siphonage de données personnelles d'une précision totalitaire, on reçoit des réponses à la portée du premier clavier venu. Il n'est même pas besoin de maîtriser l'orthographe, le modèle mathématique s'en charge.

Plusieurs millions d'occurrences s'étalent sur la page des résultats. S'appeler Jacques Lambert, c'est s'exposer à vivre avec beaucoup d'homonymes. Gilles affine les critères à l'aide de mots-clés. Les propositions se réduisent à un millier dont un bon nombre concernent l'ancien notaire, très soucieux du respect de sa vie privée. Jacques faisait partie de ces hommes amoureux des secrets – les siens et ceux des autres – qu'ils conservent avec l'application qu'on réserve à une collection de boules à neige. Depuis son fauteuil directorial, il en remplissait ses tiroirs et les étagères de son bureau. Il n'apprenait rien qu'il ne sût déjà à propos de la médiocrité humaine ; n'empêche que cette accumulation remplissait son quotidien, donnait un sens à sa vie et une particularité à l'homme qu'il était.

Cette incursion quotidienne dans l'intimité des autres avait nourri un besoin de protéger la sienne, y compris à l'égard de sa femme et de ses enfants, à l'exception peut-être de Claire, seul point vulnérable dans cette cuirasse de discrétion qu'il justifiait par les exigences de sa fonction. Jacques ne souhaitait pas qu'on sût qui il était et pour cela il avait choisi le métier idéal. Il se cachait en s'exposant aux regards de tous. Gilles n'avait pas songé à cette ruse éculée mais dont l'efficacité demeurait rarement démentie. En remontant le catalogue des occurrences, il constate que Jacques Lambert avait assemblé des bribes d'existence comme les pièces d'un puzzle représentant la respectabilité. Articles de la presse locale, citations dans des revues juridiques, procès-verbaux de colloques ou allocutions lors de réunions professionnelles.

Toutes ces mentions, posées les unes sous les autres, réussissent à former une vitrine officielle assez riche pour que le premier curieux venu y trouve de quoi satisfaire ses soupçons et n'aille pas chercher plus loin. Jacques percevait la nécessité d'une réputation officielle, capable de le protéger mieux que l'anonymat. En parcourant les entrées fournies par le moteur de recherche, Gilles perçoit leur cohérence et leur absence d'aspérité. Tout y est d'une perfection lisse et uniforme. Derrière les titres et entre les lignes, le généalogiste devine la crainte maladive qui animait son père. Satisfait de cette première découverte, il lance une recherche croisée avec le nom de Jacques et celui de Philomène. Rien. Nada. Zilch. Pas même le début d'une de ces fiches Wikipedia que certains anonymes rédigent en douce à leur propre gloire dans l'espoir de faire un pas en direction d'une célébrité que leur geste suffit à disqualifier. Comme il s'y attendait avec Google, Gilles n'a rien trouvé d'imprévu. Cette vérification faite, il peut se consacrer à une véritable recherche d'informations. Avant de mourir bêtement et méchamment ivre sur la banquette d'une arrière-salle de brasserie, Jacques avait pris soin d'indiquer ce qu'il pensait de chaque membre de sa famille. Le contenu de son testament avait dissipé les illusions de J.-B. et de Philomène, confirmé Claire sans son statut de fille chérie à son papa et Gilles dans celui d'un étranger dont il employait les talents d'enquêteur pour des motifs personnels. La relation que le généalogiste entretenait avec le notaire flirtait avec celle d'un vieux couple dont ni l'un ni l'autre n'avait intérêt à la dissolution. Jacques ne considérait pas Gilles comme son fils mais comme une relation professionnelle fiable dont il ne pouvait se séparer par intérêt mais aussi, et cela était plus surprenant, en raison d'un attachement sentimental maladroit. Il lui faisait confiance. À ses yeux, cela valait toutes les preuves d'amour. Tout comme Emma, le vieux notaire avait anticipé son décès, procédant à un ménage approfondi des documents conservés dans son ordinateur, son bureau, au grenier, à la cave et Dieu sait où encore. Quarante années d'exercice avaient laissé à Jacques le temps d'amasser assez de papiers pour remplir les archives d'un département français.

Quand il était gamin, Gilles vivait tel un sauvageon ignoré de tous. Avant l'âge de dix ans, il avait fouillé les coffres, visité les armoires et ouvert les tiroirs de la grande maison occupée par les Lambert. Parvenu au terme de cette exploration inspirée par Indiana Jones, il connaissait chaque recoin de la demeure. Il avait même soulevé certaines lattes disjointes avec la conviction que des trésors inavouables se trouvaient enfouis sous les planchers. Il avait constitué une collection de reliques, de bouts de papier, de pièces hors d'usage et d'autres babioles dont aucune n'était digne d'intérêt. C'est à l'adolescence qu'il avait découvert où les adultes dissimulaient leurs secrets les plus précieux. Ils les conservaient au plus près, sur eux ou à portée de main. Cette proximité rassurante évitait de s'en remettre à la sécurité hypothétique d'une cachette impossible à surveiller en permanence. Semblables à ces humains dont il pensait tant de mal, Jacques conservait ses mystères à l'intérieur d'un périmètre restreint. La question était de savoir où. Qu'Emma meure quelques semaines après lui ne pouvait être un hasard. Il convenait d'observer cette histoire depuis son point d'arrivée et non depuis son point de départ.

Gilles referme l'écran de son ordinateur portable. Il prend une feuille de papier et un stylo à bille. Il sépare la page en deux. En tête de la colonne de gauche, il écrit IMPOSSIBLE. Il dresse une liste. Une succession de propositions débutant toutes par un tiret. La colonne se remplit plus vite qu'il ne l'imaginait. Il passe à la colonne de droite. En tête, il écrit IMPROBABLE. Et il rédige une seule phrase. Gagné par l'impatience et l'agacement, il rouvre son ordinateur et se remet à éplucher les mails entre Jacques et Michel. En se montrant beaucoup plus attentif cette fois.

Dans les premiers échanges, Michel fait penser à un Rastignac besogneux qui confond transgression et finesse, arrogance et intelligence, mais sait qu'une coterie vaut tous les sauf-conduits pour circuler dans un monde de poseurs et de collabos où la décontraction est la posture dissimulatrice de l'indolence. Michel se sert du culot comme d'un gilet de sauvetage pour maintenir son ambition à flot, conserver l'espoir d'une réussite qui s'obstine à lui glisser entre les doigts. Malgré une évidente rigidité, l'ancien agent immobilier se montre ouvert aux compromissions. Les premiers courriels surjouent la cordialité cauteleuse et la politesse intéressée. Tout y sonne faux dans un mélange de respect impatient et d'attente agressive, Michel laissant entendre posséder les moyens d'obtenir ce qu'il désire. Un échange parmi les plus volumineux et les plus longs de cette correspondance sert à la mise en place du rapport de force entre les deux hommes. Sous les yeux de Gilles, se déploie un jeu dans lequel les règles s'inventent au fur et à mesure que chacun avance ses pions sur le plateau de leur aventure commune. Les réactions de Jacques puent la prudence. Il répond à chaque mail, reprend chaque argument, se montre stoïque et attentif. Il explique et se perd en précisions alors qu'il pourrait clore la correspondance par une formule définitive, du genre Je ne parle pas aux incapables prétentieux, dont il est coutumier. Couper court eût été l'attitude juste et raisonnable tant s'affiche sans filtre l'incompatibilité entre les deux personnalités. Cette face cachée de son père le surprend et le dérange. Il n'a pas examiné cette période de la vie de l'étude avec le soin nécessaire. Il s'est contenté de passer en surface, tout à l'heure. Il a été négligent.

Le généalogiste remonte une seconde fois la chaîne des messages. Tout part d'une prise de contact de Michel. Rien de plus banal, et pourtant dès la première approche, se crée un vide. Le chaînon manquant dans l'évolution de cette relation abâtardie est là. Il ne voit pas encore où il se trouve mais il le sent comme s'il s'agissait d'une vibration. Brusquement, il est traversé par un pressentiment. Gilles referme sa messagerie pirate et démarre son programme d'intrusion. Il commence par le plus simple, l'état civil, pour une vérification de base. De là, il passe aux archives des appelés du contingent. Jacques affirmait avoir accompli son service militaire dans un régiment du Train à Fontainebleau, une caserne de planqués accueillant les fils de bonne famille et quelques paumés de la classe ouvrière quand il restait des places. Ça ne lui prend pas plus d'un quart d'heure.

Gilles abaisse le volet mobile de son ordinateur portable. Il esquisse un rictus de jubilation muette. L'instant de satisfaction passé, une alarme résonne quelque part dans le lointain, à la manière de ces réveils à ressort que l'on remonte à l'aide d'une clé à ailettes et dont le tic-tac rythme les nuits sans sommeil. Gilles ouvre Signal sur son téléphone portable, et il rédige un message avec ses pouces. L'horloge sur l'écran lui rappelle que le milieu de l'après-midi approche. Tout ce temps passé à mener des fouilles qui auraient dû être conduites il y a des années risque d'aboutir à une catastrophe. La réponse à sa demande tombe quasi instantanément. Il n'est pas trop tard. Big Five est en ligne et vu la vitesse de réaction, il n'est ni en phase de digestion, ni en train de glisser sur la pente de son premier pétard de la soirée. Les pouces de Gilles se remettent en action. Big Five répond aussi sec. Il est posé dans un bar sûr, là où on ne vérifie pas s'il termine assez vite son café. Un chouette troquet à l'ancienne, équipé d'un distributeur de cacahuètes sur le comptoir. Une de ces machines dont on tourne la molette en inox après avoir glissé une pièce dans la fente verticale en demi-lune. Il se souvient que dans les fêtes foraines, le réservoir en verre était rempli de bonbons ou de boules de chewing-gum de toutes les couleurs. Là, ce sont des cacahuètes avec la peau qui se détache et qui sont trop salées. En trois messages, Gilles explique à Big Five le problème. Normalement tout devrait bien se passer.

Mardi 17 h 26

Il tire le carré de cachemire qui orne la poche de sa veste. Il souffle sur la plaque en cuivre jusqu'à ce qu'elle soit couverte de buée et se met à l'astiquer avec l'entrain d'une concierge hypocondriaque. Il vérifie son reflet dans le rectangle de métal. D'Herrouville & Lambert, notaires associés. Le bonheur tient parfois juste à l'inversion de deux noms. Michel réfléchit de haut en bas. Son amour-propre obéit aux lois de la gravité. Depuis que les Saint-Soens lui ont confié la direction de l'étude (et en attendant, espère-t-il, qu'ils lui fassent cadeau de leurs parts en remerciement de sa contribution dans cette pénible affaire de succession), depuis donc qu'il dirige la boîte, les ordres lui dégringolent de la bouche et tombent sur ses collaborateurs écrasés par le poids de sa volonté. Sa production quotidienne de mails a été multipliée par trois, et celles de ses SMS par cinq. Paradoxe de sa nouvelle situation, c'est le moment où il est en roue libre qu'il entend gravir le dernier col de sa carrière. Car techniquement, Michel reste le laquais du père et du fils, et cela le contrarie.

Il jette un dernier coup d'œil à la plaque en cuivre et tourne dans la rue du Champ-des-Oiseaux où il cherche une poubelle pour balancer la pochette en soie réduite au rang de chiffon par cette subite pulsion ménagère. Il pourrait la donner au SDF qui se tient sous l'abribus avec un sac Auchan rempli de bouteilles en plastique vides et de journaux collés par la pluie. Mais non. Le gars interpelle l'ancien asssocié de Jacques pour lui demander s'il n'a pas une petite pièce, vu que le Carrefour Contact est ouvert et qu'il a encore le temps d'aller se chercher un truc à manger ou à boire. Il n'a pas choisi s'il avait faim ou soif bien que la canette de bière coûte trois fois moins cher que le sandwich sous vide. Le clodo tente d'y mettre les formes, de s'exprimer sans bafouiller et d'utiliser des mots qu'il suppose qu'un type classe comme Michel emploie dans sa vie de tous les jours. Il cherche à se mettre au niveau, ce qui signifie dans son esprit une forme d'humilité et de respect. Il ajoute une touche d'humour, histoire de montrer qu'il n'est pas dangereux et qu'il mérite un petit coup de pouce pour sortir de cette passe malheureuse et provisoire, expression choisie pour qualifier son infortune avec toute la modération nécessaire. Son meilleur argument est d'affirmer que cet argent va être utile, qu'il constitue un investissement charitable.

Michel écoute le clodo faire son laïus puis il regarde la pochette à peine salie qu'il tient dans sa main droite, à distance de son pantalon en flanelle. Non, il n'a pas de monnaie. Plus personne n'a d'argent liquide aujourd'hui. Il faudrait que les SDF investissent dans des terminaux de cartes bleues s'ils veulent s'en sortir, lui conseille-t-il. Après tout, la mendicité, c'est un business, pas vrai ? La seule chose dont Michel peut se débarrasser est ce morceau de tissu transformé en essuie-tout. Le clodo hésite un instant, ne s'attendant pas à devoir faire un choix. Il se tient, muet, à tirer sur la bride de son sac. Il côtoie trop de salopards pour ne pas les reconnaître quand il voit un. Le sans-abri débite un truc du genre « Merci quand même et belle soirée ». Michel consacre un instant à le détailler, à fouiller du regard les plis luisants de son manteau et les rides suiffeuses de son pantalon. Il en conclut que sa pochette a toutes les chances de terminer dans ce magma de crasse et qu'elle mérite mieux que ça. Le notaire s'éloigne, suivi par le claquement de ses semelles en cuir sur la pierre sèche du trottoir. Il franchit le carrefour et avec soulagement balance le bout d'étoffe dans une poubelle qui lui paraît plus propre que les sacs du clochard. Une bonne action n'allait pas rendre Michel généreux ; en revanche, elle pouvait l'inciter à la faiblesse. Toute cette affaire Saint-Soens est là pour lui rappeler, dans le cas peu probable où il l'oublierait, qu'il doit se protéger.

« Ça ne suffisait pas que la vieille Saint-Soens foute la merde, il a fallu qu'elle choisisse une commerçante comme héritière. Il y avait mille façons de s'arranger, mais non, elle a voulu les baiser. Elle se doutait de quelque chose. Elle a senti le coup venir. Ils n'ont pas dû être discrets, les deux simplets. Sinon elle n'aurait pas engagé cette procédure d'adoption. Je me demande qui est le fumier qui a craché le morceau à Monique, parce que Jacques s'était montré très discret sur ce sujet. Quand je lui en ai parlé, il y a dix ans, il a fait semblant de ne pas comprendre. Pas un signe d'hésitation, comme si cela ne le concernait pas. Il savait que je savais et il savait que son secret allait lui coûter un tiers des parts de son étude. Il n'avait pas tremblé, le contrat était prêt. Je dois reconnaître qu'il m'a impressionné ce jour-là. Très classe et la tête froide. Pas comme ces cons de Saint-Soens. Assassiner la vieille en essayant de faire croire à un accident ! Putain, faut que les flics aient été bien briefés pour qu'ils s'en sortent comme ça. Ça faisait quarante ans qu'ils se morfondaient, qu'est-ce qu'un mois ou deux de plus pouvaient changer ? On aurait trouvé une solution. On aurait tout bordé nickel, avec un beau dossier inattaquable, au lieu de ce bordel dont personne ne va sortir indemne. »

Michel secoue la tête. Il se rend compte qu'il parle tout seul à haute voix depuis qu'il a abandonné le clodo à son abribus. Le vieux notaire se trouve à un pâté de maisons de son prochain rendez-vous lorsque le téléphone portable niché dans la poche de sa veste se met à vibrer. Non, non, non, il est trop tôt. Pas avant une heure ou deux, au moins. Maintenant qu'il a le feu vert des Saint-Soens et le soutien inattendu de Philomène, une petite séance de cadrage s'impose avec Beauvallé. Le président de la Chambre départementale des notaires a encore six mois de mandat devant lui, cela laisse le temps à Michel de peaufiner la prochaine étape de sa revanche sociale. Le téléphone continue de vibrer dans la poche, provoquant une accélération de son rythme cardiaque. Tout à coup, il imagine que les choses sont en train de merder. Il n'a pas vérifié tous les détails, il a improvisé afin de calmer les deux demeurés qui exigeaient une solution immédiatement. Ils avaient déjà trop attendu. La question la plus délicate était de désigner celui qui allait porter le chapeau.

Michel décroche et tient le combiné à distance respectable de son oreille. Des bruits de verres qui s'entrechoquent et se mêlent à des conversations inaudibles débordent du récepteur. Ils sont recouverts par une voix masculine ayant la consistance d'un morceau de carton mouillé. Le gars à l'autre bout du fil fait un gros effort d'élocution pour que Michel comprenne ce qu'il est en train de lui raconter. La prise de tête dure comme ça deux bonnes minutes. Le notaire se contente d'écouter, le bras décollé de son oreille, attendant que son interlocuteur s'épuise tout seul. C'est la seule chose à faire. Quand le bruit de fond commence à se calmer, Michel approche la bouche du téléphone.

« Séraphin, dit-il, provoquant en retour un grognement pour lui signifier qu'il a toute l'attention de son protégé. Vous avez vu l'heure qu'il est ?

— Oui, 'scusez-moi, m'sieur d'Herrouville. Je me suis laissé surprendre. Les furieux comme lui, ils n'attendent pas que le soleil se couche pour lever le coude, vous pouvez me croire. Les choses ont failli déraper mais, soyez tranquille, j'ai repris le contrôle de la situation. Faites-moi confiance, je gère comme autrefois. Vous vous souvenez ? Autrefois, c'était moi le meilleur », conclut Séraphin. Il lâche un rire qui oblige Michel à écarter le combiné de son oreille.

Séraphin s'est construit dans les séminaires et les stages d'entreprise. C'est là qu'il a appris à faire corps avec l'objectif. De cet entraînement intensif, il a développé une fidélité militaire qu'il a mise au service exclusif de Michel. Séraphin a survécu à des réunions de service qui viraient aux assises de la masturbation cérébrale. Il a rempli des questionnaires d'évaluation qui le transformaient en fiche Allô Ciné. Quand il décrochait quatre étoiles, il rentrait chez lui et prenait sa femme sur la table de la salle à manger, aussi motivé qu'au début de leur mariage. Quand il chopait trois étoiles, il se mettait minable avec des potes notés comme lui. Il rentrait au petit matin sans la veste de son costume et sa carte bleue bouffée par un distributeur de billets. Il appelait le bureau, prétextait un refroidissement et se terminait au Jack Daniel's jusqu'au dimanche suivant. Le lundi, il était de nouveau d'attaque, prêt à remonter sur le tourniquet. Sa rencontre avec Michel avait brisé le cercle vicieux – boulot de merde, picole, dépression, divorce. Un matin, il s'est réveillé tout seul, il n'y avait plus de dosettes pour la machine à café et le dressing de son officielle était aussi vide que leur compte joint. Michel s'était tout de suite reconnu en lui : il se revoyait à vingt ans d'écart. Était né entre eux un lignage nocif, une espèce de filiation bancale. Michel est la seule personne que Séraphin ait sincèrement aimée et Séraphin est la seule personne dont Michel ait reçu de l'amour. Leur relation était basée sur la loyauté. Ils avaient continué à se vouvoyer.

« Et vous allez faire quoi maintenant ? » demande Michel.

Séraphin lui détaille sa stratégie pour les deux prochaines heures. Il y met autant de conviction que s'il faisait une présentation PowerPoint. Michel l'écoute sans rien dire, se contentant de l'encourager par des petits grognements d'approbation. Au bout d'un moment, il raccroche, et planté sur le trottoir, il examine les bâtiments autour de lui. Au coin de la rue, il remarque une caméra de vidéosurveillance. Bien qu'il soit réactionnaire comme un pou, le notaire ne se sent pas à l'aise avec cette invasion technologique. Michel est comme tout le monde, il a des choses à se reprocher. Il sait que ces petits yeux inquisiteurs ne protègent personne. Ils sont là pour surveiller les gens sans leur demander leur avis. Certains se sentent rassurés parce qu'on les regarde : ils ne sont pas livrés à eux-mêmes. Au moins, le pouvoir s'intéresse à eux et puis s'il leur arrive un incident malheureux, on pourra choper l'agresseur. Ils pourront être vengés. C'est important de savoir qu'on pourra rendre le mal qu'on nous a fait. Michel tourne les talons et relève le col de son pardessus, non pour se cacher mais par réflexe. En partie rassuré par les explications de Séraphin, il parcourt d'un pas rapide les deux cents mètres qui le séparent de la Chambre départementale.

MARDI 16 H 01

À peine a-t-elle quitté Élodie et ses deux potes chelous que Claire reçoit l'invitation par un message direct sur Twitter. Un de ses abonnés lui propose un accès gratuit pendant deux jours dans un festival de podcasts pas trop loin de chez elle. Le gars la tutoie comme s'ils partageaient un espace de coworking dans un bled paumé des Deux-Sèvres. Le ton est en mode cool friendly détente mais le contenu ne laisse pas de place au doute. Le festival peine à faire le plein et il rameute comme il peut. D'un autre côté, personne n'a envie d'aller se promener à la pointe de la Bretagne en plein hiver. Quand on veut rassembler des gens, le mieux est de consulter un atlas géographique et de cocher les endroits où il y a du soleil. Ça évite de se retrouver avec des salles de réunion qui sentent les Clarks humides, les hormones militantes et le diplôme sous-évalué. En d'autres temps, cet éternel antagonisme entre les modernes et les anciens empestait le patchouli. Le cycle naturel de l'évolution. Les uns freinent et les autres poussent.

Cela finit par aboutir à des changements. Les choses avancent sans qu'il y ait de vainqueur définitif ou de vaincu éternel. Tout est une question de partage des privilèges.

Le gars qui envoie le message pratique l'écriture inclusive. Cela semble lui être aussi indispensable que de respirer. Il mène un combat inspirant contre l'orthographe et la grammaire, petites-filles indignes du patriarcat. Il ajoute des « e » et des « · » à peu près dans chaque mot comme ses ancêtres écrivaient sur les murs Plus jamais ça. Outre que cela lui procure le genre de bonne conscience qu'on pourrait trouver dans un rayon de hard discount, son engagement présente au moins deux conséquences. Il est certain de finir dans la friend zone à chaque soirée et de voir la moitié de ses mails en réponse à des offres d'emploi terminer à la poubelle sans avoir été lus.

Claire ne supporte pas l'écriture inclusive parce qu'elle ne supporte aucune injonction. Il suffit qu'on lui dise de servir une cause au nom de la morale, ou de tout autre principe supérieur, pour qu'elle décide de faire le contraire. Pendant une seconde, elle hésite. Elle s'arrête de lire au milieu de la première phrase. L'auteur du message est un adepte du masochisme verbal normatif. UN ÉVÉNEMENT RÉUNISSANT DES CRÉATRICE·TEUR·S ET DES PRODUCTRICE·TEUR·S D'ŒUVRES AUDIODIGITALES… Il a dû bien se faire chier à torturer une orthographe coupable de sexisme dans l'espoir qu'on l'écoute et qu'on lise son message. Apparemment, il ne lui est pas venu à l'esprit qu'il pouvait écrire deux mots, l'un féminin et l'autre masculin, genre « créatrices et créateurs ». Non, comme tous les connards déterminés à redresser des torts, il éprouve le besoin de croire qu'il fait partie d'une espèce d'avant-garde, une minorité s'alimentant du mirage de sa propre importance. Pas sûr qu'il ait une idée très précise de la vie des gens habitant la ville dans laquelle il organise son festival. Mais cela n'a pas d'importance, l'essentiel est l'intégration par mimétisme. Il y a une bière tiède pour lui à chaque contre-soirée dans la cuisine.

Face à un tel niveau de conformisme, la première réaction de Claire est la sidération ; puis, prise de compassion, elle se sent gagnée par la pitié. Entre les lignes, elle perçoit la culpabilité. S'il le pouvait, le pauvre type féminiserait tout ce qui lui passe sous le clavier. Il surcompense, il est pris dans l'urgence de l'indistinction tout en défendant la différence et l'unicité. À l'époque des expériences individuelles et du micromanagement, il lutte pour une société globale assignant à la totalité de l'humanité la manière dont elle doit parler d'elle-même. Claire se dit qu'il faut salement se détester pour s'atteler à un tel niveau de déconstruction. Il n'y a même pas le plaisir sadique d'obliger les gens à lire sa prose en déchiffrant chaque mot avec la pointe du doigt. Il n'y a que le chagrin d'imposer une nouvelle norme en refusant à l'Autre le droit d'être juste ce qu'il veut être. Une culture de l'annulation légitimée par une culture annihilatrice.

Claire reprend la lecture. Elle fait un effort d'empathie. En réalité, elle fait des tas d'efforts pour devenir une nouvelle femme. Elle s'exerce à des sentiments que Jacques lui avait appris à enfermer au fond d'elle-même avec la cohorte de ses faiblesses personnelles. Le twittos mentionne son podcast, *Les Invisibles*. Elle éprouve un peu de fierté, ce qui lui fait dresser les poils sur les bras. Elle ne doutait pas d'avoir des auditeurs, elle ignorait qu'ils pouvaient apprécier son travail. Depuis qu'elle a eu l'idée de ce podcast, elle ne parvient pas à dépasser une certaine gêne. Elle trouve le titre prétentieux et racoleur. Il lui est venu spontanément, sans y réfléchir. Un matin elle était arrivée de bonne heure à l'étude, faisant sursauter la femme de ménage, Samira. D'habitude, personne ne se pointait au cabinet avant que Samira ait fini de vider les poubelles, passer l'aspirateur et donner un coup de chiffon sur les meubles. Elle avait pensé : *Cette femme se cache, elle ne veut pas qu'on la voie, elle a perdu l'habitude du regard de ceux qu'elle considère au-dessus d'elle. Elle est fatiguée de s'expliquer, de dire qui elle est et de ne pas dire qui elle veut être.* Claire avait choisi le titre parce que

Samira lui était apparue comme dans un jeu de miroirs, son ombre flottait à la périphérie du regard mais son image ne parvenait pas à se figer dans la mémoire. Tout simplement, on ne la voyait pas parce qu'on n'en avait pas envie.

Le festival doit se dérouler à deux cents kilomètres de chez elle. C'est l'occasion de prendre l'air. Deux heures et demie de bagnole, à tout casser. Elle pourrait y aller avec Gilles dans la Mustang que Jacques lui a léguée. Ça fait plusieurs jours qu'elle n'a pas eu de nouvelles de son frère cadet. Par principe, il ne répond pas au téléphone et il n'appelle personne. Il communique via Signal, pas de traçabilité. Elle lui a laissé plusieurs messages, il n'a pas répondu. Il doit être en train de fouiller dans la vie de quelqu'un ou de faire un truc encore plus important. Il devait voir Monique. Claire pense qu'ils se connaissaient avant la mort de Jacques même si Gilles ne veut rien dire à ce sujet. C'est probablement lui qui l'a informée de leur parenté. Elle refuse de l'admettre mais une pointe de jalousie lui pique la nuque. Sans être possessive, elle considère Gilles comme son frère, l'allié sur lequel elle comptait chaque fois qu'une dispute l'opposait à J.-B. et à leur mère.

Monique était venue voir Claire un jour après la mort d'Emma Saint-Soens. Elle voulait fraterniser, ou tenter un rapprochement du même genre – découvrir cette famille dont elle découvrait peu à peu l'existence.

Le deuil est un moyen opportun de faire connaissance. Claire avait refusé la proposition de Monique d'aller toutes les deux dans un salon pour se faire un tatouage, genre film de gosse où on se coupe le gras du pouce avec un couteau pour devenir frères de sang. La commerçante avait dit comprendre son refus, elle s'était montrée coulante. Elle n'envisageait pas de bouger dans les vingt prochaines années et si Claire changeait d'avis, elle savait où la trouver. La jeune notaire n'avait pas répondu, elle avait besoin de temps pour guérir son désarroi. Comment son père avait-il pu l'abandonner de la sorte, sans la prévenir, sans lui laisser le moindre message ? Cela était absurde mais elle lui en voulait d'être mort. Ce festival de podcasts serait un bon moyen de se changer les idées.

Elle commence à rédiger un texto et l'efface aussi sec. Elle ne sait pas quoi répondre à l'invitation. Elle a écouté les rushes de Big Five, c'est décevant. Le lascar s'enfonce dans un mélange d'agressivité forcée et de victimisation mal assumée. Il est aussi maniéré qu'une pizza hawaïenne. Il joue un rôle qu'il maîtrise mal. Il lui fait penser à un gros animal maladroit et un peu lent qui essaie d'attraper sa queue.

Claire consulte les horaires des trains. Elle va sur le site du festival. Elle s'inscrit par désœuvrement et finit par envoyer un texto au mec pour lui annoncer qu'il peut compter sur elle. L'après-midi s'étire sans fin. Elle se demande où Tête de Fouine et Rage de Meuf sont partis et ce qu'ils sont en train de fiche à cette heure. Peut-être qu'elle aurait dû aller avec eux. Elle se prépare à une soirée de déprime quand Gilles frappe à sa porte.

Gilles est assis dans le canapé de Claire, occupé à siroter un maté. Les herbes amères infusées dans une petite calebasse en bois améliorent sa concentration. Il a deux ou trois heures devant lui avant que ça se mette à bouger. Big Five et ses deux potes sont prévenus. Gilles est le quadragénaire le plus classe que Claire connaisse, plus classe encore que Jacques dont la garde-robe constituait un cas d'école du bon goût et de la sobriété. Trois couleurs, marron, noir et gris, comme horizon vestimentaire. Le généalogiste revendique sa filiation avec le notaire. Il possède une tondeuse à barbe équipée de sept têtes de coupe différentes. Il pourrait se sculpter des personnages sur la mâchoire, c'est le Rodin du poil récalcitrant. Gilles pose la calebasse. Il n'a plus envie de cette amertume végétale au goût de cailloux.

« Le CAPM. » Gilles dit ça comme s'il parlait d'un organisme de protection sociale. « Le centre des archives du personnel militaire. Un truc qui se trouve à Pau. Cela recense toutes les personnes qui ont servi dans l'armée. »

Claire ne voit pas trop en quoi cela la concerne, ni en quoi cela concerne son frère, vu qu'il a échappé à la conscription en faisant jouer tous les reports imaginables avant d'obtenir un joli cinq sur cinq aux tests psychologiques du SIGYCOP. Il s'est épargné le plaisir de se raser la tête, de cirer des godasses, de glander dans les odeurs de chaussettes, de faire des tours de garde la nuit de Noël aux Invalides ou de dormir dans la boue en forêt. Tout ce qui forge une mentalité virile, qui dresse des citoyens prêts à défendre leur patrie et les dispose au respect d'un ordre dont nous sommes incapables de nous défaire car la liberté est un instrument trop délicat à manier pour qu'on le confie à ceux qui pourraient en bénéficier. La contrainte et l'interdit sont des notions plus faciles à comprendre et à observer. Il n'y a aucune raison de croire que la connaissance et le savoir sont les outils d'une émancipation universelle dans la mesure où ils sont rejetés comme des entraves et des critères discriminants. Au mieux, cela profite à quelques-uns, mais peu de gouvernants choisissent de croire qu'un peuple éduqué est le but à atteindre s'ils veulent se maintenir en place.

« Sir, Yes Sir. »

En riant, Claire pioche une poignée de chips goût truffe qui traînaient depuis la veille dans un saladier et les avale d'une seule bouchée. Des pétales tombent de ses lèvres sur son chandail en coton gris. Elle mâche comme une forcenée et se retient de rire pour ne pas cracher un geyser de miettes canari et de salive amidonnée. Elle fait passer les biscuits apéro avec une gorgée d'IPA. Elle tète la bière à la bouteille, le verre est orné d'une chouette étiquette qui joue avec les codes du vintage. C'est la nouvelle boisson à la mode.

« C'est l'état civil des troufions. Tu as des fiches sur tous les conscrits. Tu as même les citations de soldats depuis le début de la Première Guerre mondiale. Tout n'est pas à jour et pas mal de documents ont été mis à l'abri des regards, mais cela représente une telle masse d'archives que tu as de quoi t'amuser. »

Claire sait que Gilles est entré dans la base de données du CAPM ou Dieu sait comme il l'appelle. Elle sait qu'il s'y est promené en prenant son temps, en épluchant certains dossiers pour ne rien laisser au hasard. Il a peut-être fait cela juste pour le plaisir… ou peut-être qu'il l'a fait pour une autre raison.

« Jacques ne nous en a jamais parlé. Tu sais combien il était discret sur cette période de sa vie, mais je crois qu'il n'a pas fait son service militaire, dit-il.

— C'est une bonne chose, dit Claire. Toi non plus. Je connais plein de gens bien n'ont pas fait leur service militaire.

— Je me suis débrouillé pour y échapper. Ça n'a pas tenu à grand-chose, tu peux me croire. Ils m'avaient convoqué pour les trois jours. Je n'ai pas compris cette insistance à vouloir m'offrir le gîte et le couvert pendant un an. »

Claire se remplit la bouche de chips. Elle s'enfonce dans le canapé, elle balaie les morceaux effrités tombés sur son chandail qui finissent en une pluie couleur poussin sur le tapis à motifs afghans devant la table basse.

« Tu as dû en chier comme jamais.

— Non. En réalité, ça ne dure qu'une journée. Ça passe vite. Ils te soumettent à des tests physiques et psychologiques pour s'assurer que tu es en mesure de mourir en tenant un fusil. Rien de méchant. De toute façon, j'étais mentalement inapte.

— À la guerre ?

— À la vie en collectivité. Troubles comportementaux de la sociabilité. En gros, je ne suis pas capable d'avoir une relation normale avec mes semblables, ce qui représente un danger pour les autres. Mais ce n'est pas ça l'essentiel. »

Gilles écarte le bol de chips et le pose assez loin pour que Claire ne puisse pas y accéder en tendant le bras. Il fouille dans son sac à dos. Sa tablette est configurée sous système open source. Il sait que cela ne le met pas à l'abri de tout mais il sait aussi que cela le met l'abri de beaucoup de choses. Il lance un logiciel de retouche d'images.

« Je les ai retrouvées… »

Le généalogiste hésite, soudain rattrapé par la banalité de sa découverte qui évoque un de ces romans policiers qu'on lisait avant qu'ils deviennent une mode littéraire. L'explication de toute chose se trouve dans le passé, cachée au fond d'une malle, dans un album aux pages rêches comme de la vieille peau ou sous une pile de draps sentant le bois, la poussière et l'oubli. Tout se trouve à proximité de regard : il suffit de soulever un couvercle, tourner une page ou ouvrir la porte d'une armoire. L'artifice a été si souvent employé que Gilles éprouve de la déception face à ce manque d'imagination de la réalité.

« Peu importe, en fait, où je les ai trouvées », reprend-il.

Claire allume la télé et synchronise l'écran plat et la tablette de Gilles. Les photos défilent sur la dalle brillante. Il a numérisé des dizaines de clichés, certains en noir et blanc, d'autres en couleurs. La plupart sont délavés et recourbés aux quatre coins comme s'ils tentaient de s'enrouler sur eux-mêmes. Claire a la même intuition que son frère. L'absence de Jacques.

« Celui qui tient l'appareil ne peut pas se trouver sur la photo, dit Gilles en désignant l'écran de la télévision.

— Les selfies ? Tu as entendu parler des selfies ? »

Le généalogiste approuve. Il aime sa sœur. Il ne veut pas lui briser le cœur mais il ne voit pas comment faire autrement. Le carrousel se met à tourner devant Claire comme quand elle avait dix ans. Gilles arrête le défilement.

« C'est la seule photo de Jacques Lambert que j'ai retrouvée. »

Le visage est flou. Le photographe n'a pas effectué la mise au point. On devine un jeune homme en train de sourire, le genre de réflexe qui exige d'avoir l'air heureux quand on vous fixe à travers un objectif. Le gars se tient à la sortie de son adolescence. Il doit avoir dix-huit ou dix-neuf ans. Il porte un calot sur la tête, le truc est de traviole et lui donne une allure désinvolte. Ça le fait chier de jouer à la guerre et il ne s'en cache pas. Il n'a pas envie d'être là. L'homme est tout seul, debout devant un petit monticule de terre ; la lumière du soleil est aveuglante, on pense à une région quelque part dans le Sud, un endroit où l'ombre est aussi précieuse que l'eau et plus rare que les jours de pluie. Mais c'est sans certitude.

Gilles appuie de nouveau sur la flèche d'avancement. Le cliché suivant est une copie de carnet militaire. Il est établi au nom de Jacques Lambert, accompagné par une signature alambiquée et prétentieuse. La photo d'identité a été en partie déchirée. Le visage est coupé en deux : il est impossible de dire si le type ainsi balafré est le même que celui figé dans un garde-à-vous désinvolte sur le portrait précédent.

« Tu viens juste de me dire que Jacques n'avait pas été appelé sous les drapeaux et pourtant il possède un livret militaire », s'étonne Claire.

Gilles secoue la tête. Il n'y a plus de chips dans le saladier et la bouteille d'IPA est vide.

« L'homme sur le livret pourrait être n'importe qui, c'est ça ?, suggère-t-elle.

— Le nombre de Jacques Lambert au kilomètre carré se situe dans le Top 20 de ce pays. Ils sont des centaines, voire des milliers, approuve Gilles.

— La carte est authentique ?

— A priori oui. Le problème est que le nombre de Jacques Lambert nés le 8 août 1951 à Elbeuf comme notre père tombe à un, et un seul. J'ai vérifié auprès de l'état civil. »

Gilles ajuste la loupe de l'application pour grossir le cliché de la carte militaire sur l'écran. Il souligne les mots avec la pointe de la souris. La calligraphie est nerveuse et incertaine. En revanche, il n'y a aucun doute sur le contenu. Claire soulève le bol vide. Elle se lève, ouvre le placard au-dessus de l'évier et en tire un paquet de Tyrrell's taille familiale. Quatre cents grammes d'aliments issus du cracking pour condenser du gras, du salé et du sucré dans des sphères alvéolées et craquantes. Imparable. C'est tellement bon qu'il faut la volonté d'un moine bouddhiste pour refuser de bouffer ces pétales de crack. Elle chope une deuxième IPA dans le frigo. Gilles ne veut rien boire.

« Ce gars n'est pas Jacques Lambert ? Ce n'est pas celui qui a été chassé de cette ville par Alexandre Saint-Soens ? »

Claire se laisse tomber dans le canapé. Elle se sent comme Lilly Rush dans un épisode de *Cold Case* quand elle repense à sa mère abusive. Elle rétrécit. Elle reprend la taille d'une gamine qu'on a empêchée de grandir.

« Si, cet homme est bien Jacques Lambert, né à Elbeuf il y a soixante-dix ans, dit Gilles. C'est ce qu'affirment ces papiers et c'est comme ça que toi et moi nous l'appelons.

— Et il est où maintenant, l'autre, celui de la photo floue ?, interroge Claire avec une soudaine inquiétude.

— Je n'en ai aucune idée, admet Gilles.

— Il est mort ?

— Peut-être. Je n'ai rien trouvé le confirmant dans les registres des inhumations mais je n'ai cherché que dans les archives de la Région. De toute façon, cela ne change pas grand-chose. »

Gilles fait défiler d'autres photos à toute vitesse. La dernière est un portrait des Lambert réunis en une pose officielle destinée à trôner sur la desserte du salon, la démonstration par l'absurde du bonheur conjugal et paternel. Du mensonge encadré en seize par vingt-quatre. Le genre de cliché qu'on ne regarde plus une fois qu'on a rempli le vide qu'il sert à combler. Jacques et Philomène se tiennent côte à côte, prenant soin de ne pas se toucher. Les deux garçons sont plantés droits comme des piquets de chaque côté, Claire est pelotonnée contre la poitrine de l'homme.

« Je me demande bien qui est l'inconnu qui te tient dans ses bras, lâche Gilles.

— C'est notre père, glisse Claire.

— Oui. C'est la seule chose dont on soit sûrs », admet le généalogiste.

À cet instant, Claire a envie de se remplir de Tyrrell's et d'IPA et de se vider de toutes les larmes de son corps. Depuis quelques semaines, elle a pris conscience de l'effet apaisant de la nourriture sur son système nerveux. Big Five lui a confirmé cette impression. Rien de tel qu'une stimulation du circuit de la récompense pour supporter la dépression. Elle se met à pleurer sans bruit. Gilles est surpris par la facilité avec laquelle elle a accepté sa suggestion – comme si, depuis toutes ces années et encore plus depuis la mort de Jacques, elle vivait enveloppée dans ce doute protecteur qui lui était devenu indispensable. De manière inconsciente, elle est parvenue à une conclusion qu'elle n'était pas prête à affronter.

Comme J.-B., comme Jacques et comme tous les autres, elle ne peut vivre sans ce mensonge qu'on dissimule juste sous la peau. Claire récupère des miettes dans le bol de chips et lève ses yeux remplis de larmes vers son frère.

« Mais, dit-elle, il y a une chose que je ne comprends pas.

— Emma ?

— Elle a forcément dû s'en rendre compte. On ne change pas autant en quelques années. »

Gilles hoche la tête. Il fait défiler les copies des deux portraits que lui a montrés Monique. Ceux réalisés le jour de sa conception dans un studio photo classieux de la ville.

« Il existait une ressemblance au départ. Elle était suffisante, explique le généalogiste.

— Tu veux dire qu'elle a toujours su et qu'elle n'a rien dit.

— Elle n'est plus là pour témoigner. Mon hypothèse est qu'Emma a vu dans le retour de ce faux Jacques Lambert l'occasion qu'elle cherchait pour se venger de l'existence quc son père avait choisie pour elle. Il est possible qu'ils se soient plu, qu'ils se soient sincèrement aimés, comme il est possible qu'ils n'aient fait qu'observer un pacte secret, chacun y trouvant son intérêt. Personnellement, je préfère la version romantique.

— Donc, ils ont tout manigancé dès le départ ? »

La voix de Claire se brise comme un verre. Elle a besoin d'un moment afin de retrouver son calme.

« Nous n'en aurons pas la preuve, mais on peut le supposer. C'est ce que j'ai envie de croire, dit Gilles. L'idée me plaît. Cela donne du panache à leur entreprise qui, sans cela, est assez crapoteuse, tu ne trouves pas ?

— Mais… Pendant presque quarante ans. Pour se venger de nous.

— Pas de nous, glisse le généalogiste. De leurs vies respectives et de ceux avec lesquelles ils devaient les partager. Mais, ni toi ni moi n'étions l'objet de leur rancune. »

Claire veut rejoindre le seul endroit sûr qu'elle connaisse, le sommeil. Le généalogiste l'enlace de ses bras et lui caresse affectueusement le dos. Il lui promet que cela va aller et que cette découverte ne change rien entre eux. Il lui dit que le passé n'a que la valeur qu'on lui accorde. Mais que là, maintenant, tout de suite, il a un rendez-vous important. Gilles accompagne Claire dans sa chambre feng shui, il l'aide à se glisser sous la couette. La lumière commence à décliner. Claire dit qu'elle va dormir. Ensuite, elle tentera de se réparer.

Mardi 15 h 17

Ce n'est pas comme si J.-B. avait besoin qu'on le pousse pour prendre son élan. Il a passé moins d'une heure à l'étude mais il se trouve à ce moment de la journée où il n'a plus envie d'être là. Il n'a pas tout à fait compris pourquoi Séraphin était venu le trouver. Une embrouille à propos de Michel. Il n'a pas écouté, il se triturait les méninges pour se souvenir s'il restait une plaquette d'amphétamines dans sa réserve secrète. A priori, J.-B. n'aime pas trop Séraphin. Ses manières sentent les soirées étapes et les menus à volonté dans des salles carrelées remplies de tables en formica recouvertes de nappes en papier sur lesquelles sont posés des pichets de vin, des salades surimi-coquillettes et des tartes au citron surgelées. Peut-être qu'il se trompe ; n'empêche, le pote de Michel lui fait l'effet d'un commercial qui ne parvient pas à se dépouiller de son ancien boulot. Tandis que son client achève d'expliquer les raisons de sa visite, J.-B. ajuste l'inclinaison de l'écran de son ordinateur portable, histoire de garder un œil discret sur la partie de Sims.

« Vous ne voulez pas qu'on aille boire un coup pour fêter ça ? »

J.-B. sursaute comme si quelqu'un venait de lui taper dans le dos, genre on scelle une amitié toute neuve. Séraphin lui a posé une question et attend la réponse, les yeux écarquillés et un cintre en guise de sourire. Sur l'écran, deux Sims sont en train de se pourrir la vie pour une histoire de vaisselle pas faite qui déborde de l'évier.

« Vous voulez qu'on aille fêter ça ? » répète Séraphin.

J.-B. hoche la tête sans savoir de quoi il s'agit. Il n'a rien de mieux à faire, et puis il a assez bossé pour aujourd'hui. Le notaire explique qu'il doit régler un ou deux trucs en vitesse, ensuite il aura l'esprit tranquille et ils pourront profiter de l'après-midi. Séraphin peut l'attendre au bistrot du coin en buvant une bière ? Ça lui permettra de rattraper son retard parce que J.-B. reconnaît qu'il a pris un peu d'avance. Rien de bien méchant, une matinée un peu compliquée. Jean-Baptiste fait un clin d'œil à son client. À ce niveau de déprime, il ne peut pas faire l'impasse sur un possible compagnon de beuverie.

J.-B. ouvre son placard. Il en sort une chemise propre que la secrétaire a rapportée du pressing. Il l'embarque et se rend à la salle d'eau. Jacques a eu la bonne idée de faire installer une douche en plus des chiottes. Question d'hygiène, mais aussi de présentation. Les collaborateurs de l'étude doivent être nickel en rendez-vous. Le petit placard sous l'évier abrite un stock de déodorants et de savons liquides pour les périodes de crise. L'eau brûlante de la douche lui coule sur la figure, il sent les canettes vidées ce matin refluer dans un coin sombre au fond de lui. Il va se remettre à neuf pour la soirée. J.-B. est chiant quand il boit, il discute tout, il contredit les gens. Il veut avoir raison en accusant les autres d'avoir tort puisqu'ils pensent tous la même chose. Il barbote dans sa bêtise dès le troisième verre.

Il enfile la chemise et se renifle les aisselles. Ça schlingue la sueur éthylique et la peau rance malgré le savon. Il ramasse son slip et se fout le nez dedans. Il ne peut décemment pas le porter. Il enfile son pantalon, ça le gratte un peu. Il se penche sous le lavabo et fouille dans le petit placard contenant les sticks de déodorant et les bouteilles de gel douche. Il récupère une petite boîte de pastilles La Vosgienne fixée avec un morceau de sparadrap derrière la bonde de l'évier. Son kit de secours. Il prend un cachet d'Oxy qu'il fait passer avec une gorgée d'eau. La tension redescend. Il glisse la boîte dans la poche de son pantalon. La soirée risque de durer un peu : Séraphin paraît en forme et vu sa tronche de coach en développement personnel, il a l'air d'avoir de l'entraînement. Mieux vaut être prêt.

Quand il arrive au Bon Accueil, le troquet qui fait l'angle de la rue, Séraphin sirote un demi-panaché. La mission que lui a confiée Michel est un marathon et il est un peu plus de quinze heures. Jean-Baptiste saute sur un tabouret et jette un regard au verre encore à moitié plein de son copain du jour. Il commande deux pintes, histoire de desserrer le frein à main, et c'est reparti. Après le Bon Ac', J.-B. propose un détour par un bar d'étudiants qui fait de l'happy hour à toute heure. Il est tôt, les cours à la fac ne sont pas terminés, il y a peu de monde et ils peuvent s'installer dans un coin avec banquette. J.-B. et Séraphin ne sont pas encore potes mais ils n'en sont plus à se renifler le cul. Les premiers verres font coulisser les associations d'idées. En peu de temps, ils entament le récit de leurs vies respectives en commençant par les exploits de jeunesse, les bimbos qu'ils ont chopées par la chatte et celles qui leur ont cassé les couilles. De là, ils dérivent vers les sujets qui les mettent en colère. La discussion est cordiale mais virile. Pas le genre de virée où on se laisse aller à pleurnicher sur son sort comme une petite fiotte. Ils se sont mis en mode hargneux, genre victimes du grand complot fomenté par les bobos collapsologues qui ont retourné la tête de tout le pays. À ce stade, J.-B. et Séraphin découvrent qu'ils se ressemblent plus qu'ils ne l'imaginaient.

« C'est dingue comme on a des préjugés en regardant quelqu'un et alors qu'en fait on risque de passer à côté d'une super rencontre, de découvrir une belle personne, juste parce qu'on est trop formaté par cette société qui au bout d'un moment t'empêche de voir ce qui est essentiel. C'est ce système qui te bouffe le cerveau et qui te met dans des cases dont tu ne peux plus sortir. Heureusement que le hasard fait bien les choses. »

Le niveau de la conversation atteint celui d'un forum de célibataires contrariés. Ayant balisé le périmètre de leur connivence, J.-B. et Séraphin accomplissent un bond en arrière et ressuscitent leurs jeunes années. Ils ont l'air de ces puceaux 18-25 convaincus que toutes les gonzesses doivent être traitées comme des chiennes parce qu'elles n'ont pas envie de baiser avec des boutonneux qui turbinent des hormones acnéiques et suintent du sébum capillaire. Parmi les conneries qu'ils débitent à ce stade de leur virée, les nouveaux copains ont raison sur une chose, ils se ressemblent. Ils font partie de la même tribu dont ils ne soupçonnent ni la taille, ni l'état mental des autres membres.

J.-B. propose d'accélérer un peu les choses. Le troquet dans lequel ils sont installés depuis une heure propose une formule spécial étudiant à cinq euros, bière plus le shot d'alcool fort. La biture express pour quinze balles. Astucieux pour faire tourner le petit commerce. Séraphin essaie de temporiser, il jette un coup d'œil discret à sa montre. Michel l'avait prévenu que J.-B. était un sauvage mais là, les choses vont un peu vite pour lui. Il passe en revue toutes les excuses bidon pour refuser la proposition de Jean-Baptiste.

« On pourrait se becqueter une assiette de frites ? Ils servent à toute heure et j'ai un petit creux, propose-t-il. Je vais pisser et je passe la commande. »

Il se lève quand une bande de vingtenaires entre dans le bar en faisant autant de bruit que s'ils allaient à un concert d'Ariana Grande. L'endroit se transforme en studio de production de vidéos TikTok. Séraphin saute sur l'occasion : il est temps de changer de crémerie. J.-B. hésite une seconde – les minots beuglent comme des veaux dans un abattoir –, puis accepte de se lever.

« Tu devais pas aller pisser ?, demande le notaire.

— C'est bon. Ils font tellement de bruit qu'ils m'ont coupé l'envie. J'y arrive pas si je suis pas au calme ou si quelqu'un me regarde. »

J.-B. éclate de rire et pose une énorme claque sur le dos de l'ex-commercial qui encaisse le coup en toussant. Dehors, l'air est étonnamment doux. Séraphin comptait sur un peu de fraîcheur pour se remettre les idées en place, pas de chance.

« Je connais un super endroit, suggère-t-il. Un truc cosy. Au calme pour discuter. »

Son plan est de traverser la moitié de la ville dans un sens puis de la traverser dans l'autre, histoire d'évacuer ce qu'ils ont éclusé. Séraphin mène la marche, J.-B. en remorque, continuant à raconter les malheurs de son enfance. Tout y passe, les fêtes de Noël où il avait le plus petit cadeau, les études qu'on l'a obligé à faire pour prendre la succession de Jacques, les prétendantes pas assez bien qu'il présentait à ses parents et le mépris de sa sœur et de son frère qui le prennent pour un bon à rien. Le notaire sème ses reproches comme des petits cailloux tandis que Séraphin le balade dans le labyrinthe des rues du centre-ville, allongeant autant qu'il peut la longueur du trajet. La promenade dure comme ça une bonne demi-heure sans que J.-B. ne la ferme une seule seconde. Il s'est mis en pilotage automatique et tant qu'il parle, il ne se rend pas compte qu'il marche. Le truc cosy de Séraphin est une espèce de club fermé par une porte pleine équipée d'une trappe grillagée par laquelle le videur vérifie la mine des clients. Le genre d'endroit qu'on trouvait branché avant qu'on se mette à transformer les débits de boissons en salles d'attente premium. Séraphin adresse un clin d'œil à la serveuse qui se trouve derrière le comptoir, absorbée par l'alignement des bouteilles comme s'il s'agissait d'un jeu de quilles.

L'ex-commercial annonce qu'il passe au cocktail, même si c'est encore un peu tôt. Il encaisse mieux l'alcool quand il est mixé avec du jus de fruits. J.-B. décide de poursuivre à la bière, on ne change pas une boisson qui gagne. Ils sont seuls dans le club. La serveuse lance de la musique pour tamiser l'ambiance, du jazz forcément. John Coltrane met en marche son *Blue Train*. Ce n'est pas le genre de sons que J.-B. affectionne, pourtant il doit reconnaître que ça détend les synapses. Il se sent bien et sourit d'un air béat. Rassuré, Séraphin finit par aller pisser. J.-B. profite de l'intermède pour récupérer un cachet d'amphétamine qu'il s'enfile avec une gorgée de sa pression. Tout à l'heure, il ira se faire une petite ligne. Pour l'instant, il préfère ne pas charger la mule. Quand Séraphin revient, J.-B. lui annonce qu'il doit lui confier un secret dont il n'a jamais parlé à personne.

« T'es sûr ? T'es pas obligé. On peut juste continuer comme ça à discuter de choses et d'autres, si tu préfères.

— Non, c'est important. On se doit la vérité entre amis. Et comme je vois les choses, on est quand même en train de devenir bons potes, non ? »

Séraphin approuve d'un petit bruit de gorge.

« C'est un truc dingue que je trimballe depuis je sais plus combien de siècles. Personne n'est au courant. Ni ma mère, ni mon frère, ni ma sœur. C'est tellement énorme que je me rends compte que je peux plus porter ça tout seul sur ma conscience. Tu vois ce que je veux dire ? Je suis sûr que t'as des secrets, toi aussi. »

Séraphin lui confirme qu'il a des secrets dont il aimerait se débarrasser mais que c'est le problème avec un secret : dès qu'on en parle, ce n'est plus un secret.

« C'est pas faux, admet J.-B. comme s'il était frappé par un éclair métaphysique. C'est pour ça qu'on a besoin de se mettre en paix avec soi-même de temps en temps. Les secrets, c'est un poison qui te ronge de l'intérieur. Y a pas de remède. C'est une malédiction. Vrai ou pas ? »

Séraphin lui confirme l'exactitude de sa remarque. Tout est une question de timing, de choix du moment où on décide de révéler son secret. Là, par exemple, il est trop tôt pour annoncer à J.-B. que Michel lui a proposé de rejoindre l'étude et de l'aider à accomplir son destin. De devenir officiellement son fils spirituel en quelque sorte.

« Donc tu veux que je te le dise ce truc que je n'ai jamais dit à personne ? » répète J.-B., agacé par le manque d'enthousiasme de Séraphin, perdu dans ses arrière-pensées professionnelles. L'ancien représentant de commerce lève les deux pouces en signe d'approbation et lâche un « Ouiiiii », façon petite minette qui décroche son bac avec dix de moyenne. J.-B. se motive en avalant une énorme gorgée de bière qui lui coule sur le menton. Il s'essuie d'une main et la frotte sur la cuisse de son pantalon pour se débarrasser du liquide.

« Jacques Lambert n'est pas mon père, dit-il.

— Quoi ? Tu déconnes. »

Séraphin refait la petite minette bachelière.

« Enfin, Jacques Lambert est mon père, bien sûr, mais Jacques Lambert n'est pas mon père. Tu me suis ?

— De loin.

— Oui, c'est parce que je m'exprime mal. Mon père n'est pas Jacques Lambert. En fait, Jacques Lambert, c'est quelqu'un d'autre, et mon père est devenu Jacques Lambert un jour.

— Un imposteur ?

— Non. Un imposteur, c'est quand tu prends la place de quelqu'un. Mon père, c'est mon père. Il a pris la place de personne. En fait, c'est l'inverse, il a mis quelqu'un d'autre à sa place à lui. »

J.-B. termine sa pinte d'une traite, il fait claquer son verre sur le bois de la table et appelle la serveuse qui a eu le temps de changer de disque. Elle est passée à Curtis Mayfield. Pas le style de musique qu'il s'attendait à trouver dans un endroit pareil mais le chanteur de Chicago envoie des ondes positives. Mayfield, c'est le genre de compositeur qui berce l'atmosphère dans ses bras, il lui transmet une vibration qu'il peut ensuite reproduire sans effort à l'infini. Ce gars-là pourrait faire léviter des cailloux. Avant que J.-B. ait le temps de penser à Marvin Gaye par association d'idées, la serveuse pose devant lui un verre plein. Il la complimente sur sa playlist. Elle repart en lui balançant une petite grimace en coin.

« Ce que je veux dire, reprend-il en se tournant vers Séraphin, c'est que Jacques Lambert était quelqu'un d'autre et qu'un jour mon père est devenu Jacques Lambert. Tu captes ?

— Tu sais ça comment ?, demande Séraphin qui pousse son cocktail sur un coin de la table.

— Il me l'a dit. Enfin, il ne me l'a pas dit comme ça. Il est parti de l'idée que n'importe qui pouvait s'appeler Jacques Lambert. C'est ça qui l'a convaincu. Plus facile à retenir, et surtout plus discret. Personne ne se méfie des gens qui portent le nom de tout le monde, il a dit. Et c'est là que j'ai compris que ce n'était pas son vrai nom.

— Mais il s'appelait comment en vrai ?, demande Séraphin.

— Aucune idée. J'ai pas posé la question. D'après lui, ça ne changeait rien comment il s'appelait. "Je suis le même homme, c'est juste que personne ne le sait", qu'il a dit. Et je dois bien reconnaître qu'il n'a pas tort. Au fond, on s'en fout comment on s'appelle, non ? L'essentiel, c'est ce qu'on devient. Ce jour-là, il m'a promis que c'était moi qui deviendrais le patron de l'étude quand il serait plus là. Les détails, j'en avais rien à cirer. Mais ce salopard n'a pas tenu sa parole.

— On ne peut pas faire confiance à un mythomane qui veut pas donner son nom.

— D'un point de vue légal, ça change rien comment il s'appelle. Ça demeure mon père. C'est lui qui a créé cette étude. C'était lui le patron et je pouvais pas y faire grand-chose. Au fond, je suis trop gentil, j'aime trop les gens et quand tu aimes trop les gens, tu sais quoi ? Eh ben, ils profitent de ta faiblesse. Y a toujours eu des enculés. C'était comme ça aux temps des cavernes. D'ailleurs, tous ces dessins qu'ils ont fait dans les grottes, c'était pour dire ça. »

L'horlogerie mentale de J.-B. est bloquée comme la trotteuse d'une pendule qui, prise d'un hoquet, bute sur un chiffre sans réussir à passer au suivant. Elle continue d'indiquer l'heure correctement mais elle ne fournit plus les secondes. L'air de rien, Séraphin revient à ce qui l'intéresse.

« Et le vrai Jacques Lambert qui n'était pas ton père, c'est qui alors ?

— Qu'est-ce que j'en sais ? J'en ai rien à cirer. Sûrement un connard que sa mère a dû abandonner à la naissance. Faut être un gros paumé pour se faire abandonner à la naissance. »

J.-B. fait à nouveau claquer son verre vide sur le bois de la table. Séraphin sursaute. Il lance un regard incrédule en direction du notaire. Comment a-t-il pu vider sa pinte sans qu'il s'en aperçoive ? Lui n'a pas touché à son cocktail. La serveuse change de playlist, sans raison elle balance *Holiday* de Madonna et ça plombe l'ambiance, direct.

« Faut que je passe un coup de fil », dit Séraphin.

J.-B. le dévisage puis marque un temps d'arrêt comme s'il tentait de rassembler les mots que vient de prononcer son nouveau meilleur ami et de les remettre dans le bon ordre pour en découvrir le sens caché.

« Quoi ? »

Séraphin montre son téléphone portable et l'agite de la main, précisant qu'il va faire au plus vite. J.-B. hoche la tête et claque une deuxième fois son verre sur la table. Avant qu'il ait réussi à établir la mise au point sur l'endroit où en théorie se trouve la serveuse, elle place devant lui une bière toute fraîche. Il l'attaque aussi sec, la repose à moitié bue et se lève en se cognant le genou au rebord de la table. Un truc le chiffonne. Il rejoint Séraphin qui chuchote dans son portable.

« Vous étiez au courant ? Et vous ne m'avez rien dit ?

— À qui c'est que tu fais des messes basses comme ça ? Je croyais qu'on était potes et qu'on se racontait nos secrets. C'est pas super honnête ton truc, là. »

Séraphin sursaute, pose la main sur le micro de son portable et dit à J.-B. qu'il a presque terminé sa communication.

« C'est à qui que tu parles ?

— À personne.

— Hé, me prends pas pour un con. Je connais personne qui parle dans son téléphone allumé sans s'adresser à quelqu'un. Je parie que c'est ce baltringue de Michel. Hé, Michel, c'est toi, Michel ? »

Jean-Baptiste se met à beugler, réussissant à couvrir la voix de poussin de Madonna. Séraphin enferme le combiné dans la paume de sa main pour atténuer les cris.

« Oui, je suis sûr que c'est toi, espèce de voleur de patrimoine. Usurpateur. C'est bien ton genre à parler dans mon dos.

— Je vous rappelle, chuchote Séraphin en pressant ses lèvres contre l'écran du téléphone.

— Pas la peine. Faites ce que je vous ai demandé, répond Michel avant de couper la communication.

— Alors ?, reprend J.-B. en écartant les bras tel un Christ prêt à accepter son sort avec une joie mauvaise. C'est quoi le plan foireux avec ce tocard ? Il t'a embauché ? Il t'a payé pour une après-midi de baby-sitting ? Il voulait que tu me gardes à l'œil pendant qu'il montait une de ses magouilles en douce ? Il veut me piquer les parts qui m'appartiennent ? Il veut tout le gâteau. Ce qu'il a ne lui suffit pas ? »

Séraphin secoue la tête pour dire que non, ce n'est pas du tout ça. Malgré tout, il est impressionné. J.-B. est un phénomène. Il l'a sous-estimé. Comme tous les imbéciles, le notaire fait preuve, par brèves séquences, d'une éblouissante perspicacité qui le guide dans le tunnel de son existence. C'est ce talent que Jacques avait perçu en lui et qui, un temps, l'avait convaincu de lui promettre la direction de l'étude. Son fils aîné manquait de la plupart des compétences nécessaires pour faire un bon officier ministériel ; il possède en revanche cette qualité unique commune à tous les damnés, il ne renonce pas, il obéit à une pulsion vitale qui compense son besoin de se suicider à petit feu.

J.-B. regarde Séraphin de travers, il se méfie. Ils se recalent à leur table sans rien dire. L'ex-commercial commence à craindre que la situation ne lui échappe. Il consulte sa montre. Après une hésitation, il se résout à commander un deuxième cocktail. Celui qu'il a laissé sur la table est tiède, la condensation a dessiné une auréole humide sur le bois. Ils reprennent leur conversation mais le charme est rompu. La serveuse s'est ressaisie, elle a laissé tomber la guimauve musicale pour revenir aux fondamentaux. Aretha Franklin chante *Respect*. Une heure s'étire comme ça. Ils traînent dans ce rade où personne n'est entré depuis leur arrivée. J.-B. fait une pause dans la boisson. Il boude. Finalement, Séraphin lui propose de changer de crémerie et de se dégourdir un peu les jambes. Le notaire approuve l'idée. Il fouille dans sa boîte de bonbons et récupère un comprimé d'amphétamine. Il est prêt à l'avaler à sec avant de se raviser.

« Désolé, je t'en aurais filé mais je suis presque à court. »

Séraphin lui dit qu'il est OK. De toute façon, les substances chimiques, ce n'est pas son truc. Il préfère le bio et le naturel. Sans trop savoir comment, J.-B. se retrouve dehors. La porte du club claque derrière lui et il se retourne. Par la trappe grillagée, la serveuse lui fait un signe de la main puis lui adresse un majeur dressé avant de refermer le panneau mobile.

Mardi 18 h 07

Comme lors de sa dernière visite, juste après le décès de Jacques à l'automne, Michel entre sans frapper dans le bureau du président Beauvallé. La porte s'ouvre en grand dans un courant d'air qui entraîne à sa suite une secrétaire décoiffée par l'émotion et bredouillant des excuses. L'intrus a forcé le barrage qu'elle dressait à l'aide de son bureau, son ordinateur, son chemisier ajusté et son chignon attaché sur le sommet de son crâne. Beauvallé la rassure d'une voix calme et posée ; il va s'occuper de maître d'Herrouville, une vieille connaissance qui pense être original en martyrisant les bonnes manières. Michel se plante au milieu de la pièce, les poings posés sur les hanches, les pans de son manteau ouverts comme les ailes d'un oiseau, le sourcil satisfait et ses mocassins à gland écrasant le tapis iranien que le président de la Chambre départementale vénère plus qu'un objet de prière. À peine rassurée et lançant encore des regards apeurés, la secrétaire se retire à reculons, la main tremblante sur la poignée de la porte qu'elle referme avec une lenteur étudiée pour signifier qu'elle est prête à intervenir, voire à appeler les secours, si nécessaire. Debout, près de la bibliothèque dans laquelle il cherchait un roman pour occuper sa soirée, Beauvallé lui adresse un signe de tête : tout va bien se passer. Il maîtrise la situation. La porte fermée, Michel se laisse tomber dans un des fauteuils installés face au bureau présidentiel. Il baragouine un truc. Il n'a pas eu le temps de prendre rendez-vous.

« Installez-vous, dit Beauvallé. Faites comme chez vous. »

L'ancien agent immobilier décroise les jambes, histoire d'occuper un maximum d'espace, tentative désespérée de trouver sa place dans cette pièce dont la taille l'impressionne à chaque visite.

« Merci, mon cher Beauvallé. Vous possédez un talent remarquable, celui d'en venir immédiatement au fait, de ne pas tourner autour du pot et de ne pas vous perdre dans ces conversations insignifiantes exigées par les usages et la politesse. Je déteste ce besoin de se préparer à l'inévitable, de s'habituer à une idée dont on sait qu'elle va s'imposer à nous. »

Toujours debout devant la bibliothèque, Beauvallé lui adresse un geste de la main pour l'inciter à continuer, anticipant avec délectation ce qui va suivre.

« Concernant le fait d'être ici chez moi, dit Michel – il écarte les bras comme s'il voulait l'agripper et les serrer contre lui –, c'est de cela dont je voulais vous parler. En fait, je dois avouer que ce magnifique bureau, si vaste, si brillamment éclairé, me fait très envie. C'est quoi l'exposition ? Est-sud-est ? Oui, c'est ce qu'il y a de mieux. On a la lumière du matin et on évite de cuire l'après-midi. Je ne supporte pas les pièces exposées à l'ouest. Pour être tout à fait franc avec vous, mon cher Beauvallé, cet endroit est idéal pour y couler des jours paisibles en envisageant sa retraite, n'est-ce pas ? Je suis sûr que c'est ce que vous vous êtes dit quand vous vous y êtes installé. Dans un endroit tel que celui-ci, on sent le temps défiler au ralenti. »

Michel inspire plusieurs fois profondément, humant l'air autour de lui avec autant d'insistance que s'il effectuait une promenade en forêt. L'endroit a sur lui un effet revigorant parce qu'il abrite la prochaine étape de sa procession vers le sommet du notariat.

« À un moment de notre vie, on prétend tous à la tranquillité et au confort. Après avoir couru derrière la réussite, on souhaite une position assise. Et dans notre secteur, je dois admettre que vous occupez la plus confortable de toutes. C'est pour cette raison qu'elle m'intéresse autant, et pour être franc avec vous, je la veux. Qu'est-ce que vous en pensez ? Vous seriez prêt à me la céder et nous pourrions de la sorte continuer à être bons amis ? Nous n'avons aucune raison de nous fâcher. Au fond, il s'agit de gérer de manière harmonieuse et équitable les avantages et les pouvoirs attachés à cette profession. Il n'y a là rien de personnel. »

Beauvallé adopte à son tour un air détaché. D'un pas mesuré, il remonte le tapis iranien en prenant soin de longer les bords sans marcher sur les franges et il s'assoit derrière son bureau. Il en frotte la surface en bois précieux dont il ne se lasse pas d'éprouver la finesse. Le meuble est magistral, d'une finition incomparable, qui témoigne de sa qualité unique.

« Mon cher confrère d'Herrouville, commence le président, je suis ravi que vous soyez venu me trouver pour me faire part de votre envie, et d'une certaine manière de votre détresse, car je perçois une crainte qui me semble capricieuse à discipliner. Pour retourner la franchise dont vous m'honorez, je dois dire que j'attendais cette nouvelle visite. Je pensais qu'elle serait intervenue plus tôt mais sans doute avez-vous été très occupé ces dernières semaines. J'imagine que l'association avec les Saint-Soens a apporté ce petit supplément de confiance qui avait desservi votre dernière irruption dans cette pièce. Si ma mémoire est bonne, vous étiez alors dévoré par l'ambition. Non que l'ambition soit un défaut : c'est quand elle est dévorante qu'elle devient hasardeuse. Dans mon souvenir, vous mouriez alors d'impatience de chasser Claire de la direction de l'étude. Ah !

Je reconnais bien là la rigueur, la méthode et cette capacité sans pareille à prendre les problèmes les uns après les autres et à les traiter avec la résolution d'une machine. Je dois avouer, cher confrère d'Herrouville, que Jacques m'avait prévenu que ce moment, celui que nous partageons là, tous les deux, viendrait et qu'il fallait m'y préparer.

— C'est ce que je vous dis, il est des choses inévitables. On les entend s'approcher de loin et l'on se sent désarmés. On ne peut que les attendre et quand elles sont là, on est malgré tout surpris. Sommes-nous mal faits ?

— Et donc comme vous pouvez le constater, c'est ce à quoi je me suis appliqué, reprend Beauvallé comme s'il n'avait pas été interrompu et que la remarque de Michel n'avait aucune valeur. Me préparer, je veux dire. Je l'avoue, je suis flatté de l'intérêt que vous manifestez pour cet endroit, ce bureau, ce fauteuil que j'occupe et qui attise tant de convoitises. Tout cela est admirable et l'envie que vous exprimez sans retenue, avec la grossièreté qui vous caractérise, fait plaisir à voir. Elle me conforte dans l'idée que Jacques Lambert avait raison. Un jour, il est venu me trouver dans le seul but de se plaindre de son associé. Vous le faisiez chanter, m'a-t-il alors confié. Il s'est montré discret sur le contenu de ce chantage mais je lui ai promis de ne pas céder aux pressions que vous pourriez exercer sur moi, ou sur certains de mes amis. Voyez-vous, Jacques était un homme perspicace, et vous êtes un homme facile à deviner. Le plus surprenant, cher confrère, est que vous pensiez être imprévisible. Vous vous appliquez à simuler l'irrationnel dans l'unique but de dissimuler vos intentions. C'est là une impardonnable faiblesse. En agissant de la sorte, vous vous résumez à vos envies. Elles vous consument et vous épuisent. Pour dire cela dans un langage accessible, il y a longtemps que vous rêvez de devenir calife à la place du calife, cher Michel, non par intérêt pour la fonction – et je dirais même en m'avançant un peu, non pour le pouvoir qui y est attaché –, mais par besoin de réparer ce que vous considérez comme une injustice, celle de votre origine, celle de ne pas être un héritier, celle d'avoir dû apprendre les codes et de ne les avoir jamais maîtrisés, par incapacité et par refus. Il n'existe pas de bonne manière de présenter le terrible constat que fait l'ensemble de notre corporation dans ce département. Vous êtes un parvenu dont l'unique talent est de croire que cela n'est pas un handicap dans le petit monde sur lequel vous brûlez de régner.

— Mon cher Beauvallé, vous êtes tout à fait unique, intervient Michel. Peut-être cela a-t-il échappé à votre attention mais je règne déjà. Je n'ai pas attendu votre permission pour étendre mon influence, pour rallier des soutiens fidèles et consolider ma position.

Bientôt, l'étude Lambert sera à moi et elle ne s'appellera plus Lambert. Le nom disparaîtra, effacé d'un coup de chiffon, et ne demeurera que le souvenir d'une faillite inévitable, précipitée par l'arrogance d'un homme incapable d'estimer les autres à leur juste valeur. Jacques Lambert ne savait pas lire les gens comme moi parce que nous parlons un langage qu'il ne comprenait pas. Ma visite, ce soir, est de simple courtoisie. Elle ne vise qu'à une chose, vous prévenir que bientôt, vous et moi nous aurons échangé nos sièges. » Michel fait le tour de la pièce du regard avec l'attention d'un brocanteur évaluant le mobilier. « Bien sûr, je procéderai à certains changements dans la décoration. J'ai un talent particulier pour l'aménagement intérieur, je sais marier les choses, les couleurs, les tissus, les meubles, les lampes et même les plantes vertes. J'aime les plantes vertes. Je parie que la prochaine fois que vous viendrez ici, vous ne reconnaîtrez plus rien. Je vais faire du super boulot. Je vais tout changer et moderniser ce cadre désuet et vieillot. Cela fait longtemps que des gens comme vous occupent des endroits comme celui-là. Si longtemps que vous vivez avec la certitude qu'ils vous appartiennent. Vous voulez que je vous dise un secret ? » Et, sans attendre la réponse : « Oui, je vais vous dire un secret. Vous savez qu'on juge un homme à la qualité des secrets qu'il détient ?

— Mon cher confrère d'Herrouville… » dit Beauvallé. Le président de la Chambre départementale se penche en avant et joint les doigts en les faisant se toucher par la pointe, formant un triangle. « Tout l'argent des Saint-Soens ne vous sera d'aucune utilité. Au mieux, ils vous céderont à titre de dédommagement les parts de l'étude Lambert qu'ils ont rachetées à Claire. Vous serez alors le patron d'un petit duché dont l'influence ira déclinant car c'est ainsi que nous en avons décidé. Et quand je dis "nous", je ne parle pas seulement de moi ou avant cela de Jacques Lambert. Non, je parle de "nous" qui siégeons dans cette institution depuis une éternité, comme vous le déplorez. Nous qui nous connaissons, nous cooptons, mangeons aux mêmes tables, fréquentons les mêmes clubs de sport et sommes membres des mêmes cercles sociaux, nous qui nous serrons les coudes pour préserver ces avantages acquis et ces privilèges défendus depuis des générations. Vous avez raison sur un point. Nous vivons avec la certitude que tout ceci – Beauvallé fait à son tour un geste embrassant la pièce – nous appartient parce que tel est le cas et parce que nous prenons soin de nous en assurer régulièrement. Voyez-vous, cher confrère d'Herrouville, votre entreprise est louable et vous n'êtes pas le premier, ni le dernier dois-je le dire, qui entend changer les choses à son profit. Les personnages de votre engeance ont rempli la littérature sans parvenir à contrarier la réalité. On peut le déplorer ou s'en féliciter, au choix. Et cela n'a d'ailleurs aucune importance. Avant de vous rendre à votre occupation favorite, je vais vous faire une confidence que mon père m'avait faite avant de lui succéder. Même chez les putes sociales et les intrigantes, il existe une hiérarchie, et cette hiérarchie, c'est nous qui la fixons. Tant que vous ne serez pas en mesure d'imposer une hiérarchie, rien ne sera assez solide pour soutenir la charge du pouvoir que vous entendez asseoir dessus.

— Celui qui a le pouvoir est celui qui fixe les règles, grogne Michel.

— Faux. Et vous savez pourquoi ? Parce que cette hiérarchie est la colonne vertébrale de l'intérêt commun. Grâce à elle, chacun peut se tenir debout et chacun y consent en raison de sa solidité éprouvée. Tout est basé sur le respect et l'appréciation juste d'une protection réciproque. Personne ne se sent à l'abri sous la coupe d'un parrain.

— Ha ! Ha ! Ha ! Mais vous pensez vraiment que je vais vous demander votre avis ? Je vais acheter cette présidence. Je vais m'offrir votre fauteuil, Beauvallé. Et il n'y a rien que vous puissiez y faire.

— Oui, vous allez essayer, et c'est cela le plus triste, concède le président de la Chambre. À votre place, je vérifierais que les deux Saint-Soens sont prêts à satisfaire votre caprice. La dernière fois que j'ai dîné avec eux, un de ces dîners dont la qualité des mets cimente une classe sociale, ils m'ont semblé hésitants, pour ne pas dire hostiles.

— Ils ont besoin de moi.

— Vous avez raison. J'ai moi-même besoin d'une femme de ménage car je répugne à m'astreindre aux tâches quotidiennes. La mienne est une perle : en dix ans de service, je n'ai pas eu à lui faire un reproche et je ne voudrais m'en séparer pour rien au monde. Pourtant, si j'y étais contraint pour une raison ou une autre, je la remplacerais sans la moindre hésitation. Une telle décision s'appelle un apanage et c'est cette compétence exclusive que les Saint-Soens ou votre serviteur entendent préserver.

— Vous ne comprenez pas, mon cher président. Ils n'ont pas le choix. C'est marrant, cette obsession des gens de votre milieu à se persuader qu'ils sont maîtres de leur destin. Depuis le temps, on aurait pu penser qu'ils avaient appris de leurs erreurs. Mais non, ils s'entêtent à croire qu'ils ne me doivent rien. Je vais leur montrer qu'ils se trompent. La leçon que je compte leur donner sera encore plus délicieuse que le pouvoir. »

Michel a le dernier mot. Maigre consolation pour conclure cet échange dont il sort vaincu même s'il ne parvient pas à l'admettre. Il est si vexé qu'il en oublie d'offrir à Beauvallé le secret qu'il était venu lui livrer.

Mardi 18 h 17

Tête de Fouine mouline comme une éolienne en mer du Nord. Il ne comprend pas que ce soit Alexia qui tienne la caméra alors que ce documentaire, c'est son idée à lui. D'accord, le matos appartient à la copine de l'ancienne starlette et elle est sympa de le leur prêter, à lui et à Rage de Meuf, mais quand même, quoi ! Depuis qu'ils ont quitté le pavillon de Pietri, elle n'a pas été foutue de tourner un plan correct. Elle filme tout et n'importe quoi, au hasard. Comme ces bourrins qui se paient une semaine dans un club au soleil. Ils occupent leur journée à picoler, un verre dans une main et le portable dans l'autre. Ils enregistrent tout ce qui leur arrive, dans les moindres détails, pour ne rien oublier, et quand ils rentrent chez eux encore à moitié bourrés, ils regardent leurs vacances en replay. Tête de Fouine ne comprend pas non plus ce que Pietri fait avec eux. Quand Alexia lui a annoncé qu'elle allait faire un tour avec les copains de sa copine Natinea, le petit homme a bondi de son canapé. Un diable à ressorts, nez rouge et bras écartés. Il a enfilé un pardessus douteux sur un marcel maculé de taches de Ricoré et un caleçon lui léchant les genoux. Il a ajouté un chapeau mou et des godasses à scratch taillées pour l'aventure. Tout le monde s'est retrouvé devant le portail de la meulière, Alexia menant la troupe avec l'assurance d'une cheffe majorette.

Tête de Fouine essaie de lui expliquer qu'ils n'ont pas besoin d'avoir des heures de rushes pour son documentaire. Si elle veut bien, ce serait cool d'économiser les batteries pour le moment où on va vraiment avoir besoin de faire des images.

« Hé, Élise Lucet, faut te détendre. On est là pour s'amuser, aussi. Pas juste pour filer le train à une espèce de notaire histoire de vérifier que la crise de la quarantaine n'est pas une invention des Illuminatis, dit Alexia. Ça fait des semaines que je ne suis pas sortie de cette baraque. Comme quand j'étais à Pattaya. Sauf que là, je suis dans une banlieue où on range les grands-mères.

— Non mais c'est pas ce que je voulais dire, couine Tête de Fouine. C'est juste qu'on doit penser aussi au montage. Pour qu'on s'y retrouve facilement, tu vois ?

— Tu sais pourquoi ça marchait quand on tournait les épisodes des *Picards* ? Parce qu'on faisait ça à la cool. De toute façon, tout le monde était déchiré. Par moments, c'était de l'impro totale. Les cameramen engrangeaient un max de trucs. Tout ce qu'ils pouvaient.

C'était du grand n'importe quoi. Après ça passait aux monteurs. Les techniciens avaient des doigts de fée. Ils te gardaient juste ce dont ils avaient besoin pour ficeler une bonne histoire et le tour était joué. Tu veux que je te dise : si t'as pas d'images, t'as rien. Donc, relax. Tu vas voir. On va ramener des trucs de dingo. »

Rage de Meuf a envie d'intervenir pour défendre son pote. Elle veut prouver qu'elle mérite de figurer au générique du docu. Ce n'est pas parce qu'Alexia a fait deux saisons sur des chaînes pourries de la TNT qu'elle peut donner des leçons aux autres. La téléréalité, c'est le baromètre de la dépression collective. Plus on en regarde et plus on sait qu'on va tous mal. Après tout, Alexia n'a pas été foutue de faire le job correctement, elle n'est même pas devenue une pro de ce genre d'émissions. Elle passait ses journées à s'engueuler assise sur un transat et habillée comme une pute. Si ce n'est pas trahir la cause féministe ! Rage de Meuf, elle au moins, respecte les principes et l'uniforme de base. Pas de maquillage, des DocMartens montantes, un jean pattes d'éph' dans laquelle elle peut loger un pachyderme et des pulls toile de tente qui la couvrent du menton à la taille, sans laisser apparaître un centimètre carré de chair. Pendant qu'ils remontent tous ensemble la rue en direction du centre-ville, Rage de Meuf prend le temps de se calmer. Elle s'approche quand même d'Alexia.

« Tu devrais pas parler aux gens comme ça, dit-elle. Surtout quand tu les connais à peine. Faut ménager la susceptibilité des autres, tu comprends ? »

Alexia éteint la caméra et replie le volet mobile de visée.

« Tu sais ce que c'est le plus important ?, demande-t-elle tout à coup. C'est que des minettes comme toi évitent de dire à des minettes comme moi ce qu'elles doivent faire. Genre, comment je dois m'habiller, ce que je dois penser des mecs et de leurs obsessions, et la manière dont je devrais mener ma vie.

— Hé ! Mais tu ne peux pas dire ça. Tu ne te rends pas compte. On doit se serrer les coudes sinon l'oppression masculine va encore durer des siècles.

— "*Hé ! Mais tu ne peux pas dire ça*", répète Alexia en singeant Rage de Meuf. On se connaît à peine et déjà tu veux qu'on soit les meilleures copines du monde. Bon, moi, je suis d'accord mais il faut que tu me promettes un truc d'abord. Cherche pas à faire mon bonheur, OK ? »

Alexia s'éloigne. Elle rallume la caméra et se remet à filmer tout et n'importe quoi autour d'elle. Rage de Meuf est plantée sur le trottoir. Ses pattes d'éph' recouvrent ses chaussures. Elle a l'impression qu'elle s'enfonce dans le sol. Pietri, qui était un peu à la traîne, s'arrête à côté d'elle.

« Quand elle est comme ça, je crois que je pourrais lui léguer tout ce que je possède, dit-il d'une voix menue. Si je peux vous donner un conseil, ne lui donnez jamais un conseil. Voyez-vous, passer quelques semaines enfermée dans une villa de rêve, entourée de caméras, sans avoir rien d'autre à faire que de s'ennuyer, cela aide à comprendre une chose : le monde est plein d'enculés qui essaient de vous convaincre qu'ils agissent pour votre bien en agissant pour le leur.

— Vous voulez dire que c'est une grosse égoïste qui n'en a rien à foutre des autres ?

— Je veux dire qu'elle a grandi dans un monde individualiste et qu'elle en a tiré tout ce qu'elle pouvait. Elle est parvenue à ce stade où elle ne veut rien devoir à personne. Alors maintenant que vous le dites, il s'agit d'une forme d'égoïsme, c'est vrai. Comme il est vrai que vouloir rallier quelqu'un à son point de vue n'est pas altruiste. Vous poursuivez votre intérêt et elle poursuit le sien. Parfois, ces intérêts sont compatibles et c'est la raison de notre présence à tous, ici, ce soir. Et parfois, ils ne le sont pas. Chercher, comme vous venez de le faire, à profiter de l'occasion est de bonne guerre, et on ne peut pas vous en vouloir. En revanche, et j'espère que cela vous servira de leçon à l'avenir, sachez que vous vous exposez à des déconvenues. Je suis toujours étonné de la manière dont les militantes de votre espèce adoptent des stratégies de missionnaire et tentent de convertir les esprits comme on inculque un catéchisme. Il me semble, mais étant un homme je risque d'être d'emblée disqualifié, qu'une résistance à cette entreprise est un gage d'indépendance et de bonne santé mentale.

— De bonne santé mentale ? » Rage de Meuf émet un piaulement de souris. « Accepter de subir la domination des hommes vous semble être un gage de bonne santé mentale ? Mais vous êtes complètement malade.

— Vous vous emballez et je vais mettre cela sur le compte de votre jeune âge », reprend Pietri. Il a un don pour la condescendance placide, pour cette suffisance qui le fait parler avec la rigidité vertébrale d'un personnage de Dickens. « Ce que je voulais vous dire est de laisser les gens se faire leur propre opinion. Je sais, c'est compliqué. On ne peut s'empêcher de leur révéler ce qu'on perçoit comme une vérité. Mais nous sommes ainsi faits, nous n'acceptons que ce dont nous sommes déjà convaincus. Penser contre soi-même est douloureux et chronophage. Nous passons notre temps à chercher un moyen d'avoir l'esprit libre. Il ne faut pas s'étonner que nous finissions par avoir l'esprit vide. »

Le vieux nabot se racle la gorge, tout content de sa formule. Puis il reprend : « Vous avez remarqué à quel point ce vide occupe désormais de la place ? Tout cet espace de cerveau disponible qu'on peut remplir d'erreurs, de mensonges, d'illusions, de complots et de peurs, n'est-ce pas merveilleux ? Il fallait bien que quelques petits malins sans scrupule se décident à s'emparer de cet espace. Vendre une bagnole est devenu affreusement difficile et coûteux. Il est plus rentable de distribuer gratuitement des fantasmes. Tout un univers alternatif à conquérir et à peupler. Quelle aventure passionnante ! Allez, venez, je crois qu'ils nous attendent. »

Au coin de la rue, Alexia et Tête de Fouine font le pied de grue sans se parler. Natinea tire la tronche sans bruit. Alexia a choisi de n'en faire qu'à sa tête et le pigiste en galère trépigne littéralement. Il pensait avoir été clair. C'était lui qui devait tenir la barre, et les autres qui devaient suivre ses instructions. De toute évidence, le message est mal passé. Il hésite entre l'envie de se montrer désagréable pour dorloter sa frustration et la crainte que la starlette rentre chez elle avec sa caméra. Il choisit de miser sur son langage corporel pour faire passer le message. Il se tient les poings enfoncés dans les poches de son pantalon, ce qui fait remonter ses épaules osseuses comme deux accents circonflexes. Il fredonne une mélodie que lui seul connaît. Quand Pietri les rejoint au coin de la rue, il agite les pans de son pardessus d'un air joyeux. Il ressemble à un héron miniature prêt à prendre son envol.

« On y va ? » demande-t-il.

Tête de Fouine explique qu'ils se rendent dans la rue voisine. Il a l'adresse. Une sorte de club, pas vraiment privé, mais où il faut se présenter devant une petite grille à l'entrée. Il a eu le tuyau par un informateur fiable. Autrement dit par quelqu'un qui voulait qu'il se trouve à cet endroit à l'heure convenue sans lui en préciser les raisons. Un cas classique de manipulation qu'il interprète comme une démonstration de son talent journalistique.

« Qu'est-ce qu'on fout ici ?, interroge Rage de Meuf vaguement incrédule.

— T'inquiète. Notre sujet est à l'intérieur. Ma source est en béton.

— Ta source t'a dit que le notaire traînait dans ce rade ?

— Ma source m'a dit d'être là et je lui fais confiance », répond Tête de Fouine.

Encore excité par la petite leçon de psychologie facile qu'il vient de donner à la militante féministe, Pietri se dirige d'un pas rapide vers l'entrée du club. Il s'apprête à frapper à la porte quand Tête de Fouine lui empoigne le bras pour l'en empêcher.

« Putain, on va se faire repérer, piaule le pigiste. Tu ne comprends pas ? Faut être discret. On est undercover sur ce coup. Tu ne regardes jamais de séries policières ? »

Pietri ne pensait pas que de tels programmes télévisés pouvaient présenter un intérêt. Dans son souvenir, Navarro ne s'embarrassait pas de précautions inutiles. Il débarquait dans un endroit, faisait la morale à tout le monde et repartait avec le coupable soulagé de s'être fait choper. Tête de Fouine ramène la bande au coin de la rue, sous le porche d'une porte cochère assez grande pour accueillir un campement de migrants. Il leur explique comment on fait une enquête. Cela exige de la patience et une vessie avec beaucoup d'autonomie. Tout d'un coup, Pietri sent qu'il a perdu le mojo de cette aventure. Il voulait savoir ce qu'il y avait dans ce club, il commençait à fantasmer. Alexia étant là avec sa caméra, cela lui donnait des idées. Le petit homme trace des ronds avec la pointe de sa chaussure, provoquant un raclement qui met à vif les nerfs de Tête de Fouine, obsédé par la peur de se faire repérer. Une demi-heure se passe sans que personne ne trouve quelque chose à dire quand, enfin, la porte du club s'ouvre. Le pigiste tente de prendre la caméra des mains d'Alexia mais la starlette lui file un coup d'épaule qui l'envoie trébucher au milieu de la rue. Faut qu'il se fasse à l'idée. C'est elle qui s'occupe des images.

La première silhouette qui apparaît dans l'écran de visée lui rappelle celle des gros lourds qui la draguaient sur son stand de produits de beauté quand elle tentait de se reconvertir en supermarché. Ça schlingue le concessionnaire de matériel agricole ou le vendeur de photocopieurs. La starlette peut le sentir d'ici. Elle a un flair infaillible pour repérer ce genre de parpaing qui plombe l'ambiance des soirées d'entreprise. Eux, c'est la bagnole et la baraque, le duo gagnant des marchands de rêve. Le bonheur avec quatre roues et un toit.

Alexia le cadre dans son viseur puis elle zoome pour choper son visage. Même à cette distance, elle voit qu'il n'est pas bien. Ses yeux ont des reflets de flaques d'eau. *Des cocktails et peut-être d'autres choses*, pense-t-elle. Il est sur la pente descendante mais ce n'est rien en comparaison du type qui franchit la porte derrière lui et vient le percuter dans le dos pour éviter de s'étaler sur le trottoir. Le second est différent, plus élégant, bien qu'il soit beaucoup plus massif et déjà au fond du trou vers lequel il entraîne son pote. Alexia connaît aussi ce genre-là. Il lui est arrivé de le croiser dans des fêtes bling-bling, le fils de famille qui maîtrise. Cette aptitude à faire bonne figure quand on est minable. Une fois qu'il a retrouvé son équilibre, le gars redresse les épaules, tire sur les revers de sa veste et fléchit les jambes pour affermir sa station debout. Il a besoin de quelques secondes pour reprendre contenance, et, chose étrange note Alexia, il n'oscille pas d'avant en arrière comme elle s'y attendait. Plus résistant que prévu, le garçon. Elle continue à filmer. Le concessionnaire de tracteurs cherche son téléphone dans sa poche et compose un numéro. Le fils de famille lui demande qui il appelle et lui ordonne de couper la communication. Le concessionnaire explique qu'il en a pour une minute. Depuis le porche, le micro capte les voix. Pietri s'approche pour jeter un coup d'œil dans l'écran mobile.

« Mais c'est le fils Lambert ! Tu ne te souviens pas, poussin ? »

Alexia lui dit que non. Elle ne le reconnaît pas. Elle en a vu trop des comme lui, elle les confond tous. Dans le rectangle de visée, J.-B. beugle de plus en plus fort. Séraphin tente de le calmer. J.-B. objecte que c'est la deuxième fois qu'il téléphone à quelqu'un et que la première fois, c'était louche, et que là, c'est carrément suspect. Soit il se fait chier et il n'a pas envie de continuer la soirée avec lui, soit il a une idée derrière la tête et J.-B. veut savoir de quoi il s'agit. Mettant ses paroles en actes, le notaire attrape la tête de Séraphin, la tourne telle un bloc de glaise et examine l'arrière de son crâne. J.-B. se met à rire tandis que Séraphin, se tordant de douleur, lâche son portable dont le bord du trottoir confirme la fragilité dans un bruit de verre fêlé. Derrière Alexia, Tête de Fouine se penche en avant pour s'assurer que la starlette a capté la scène. « Ça va faire de la bonne télé, ça », murmure-t-il. Des gloussements hystériques montent de sa gorge dans un gargouillement de tuyau d'arrosage.

Séraphin se met à beugler à son tour. Il ramasse son portable, le dernier modèle qu'il s'est offert en vertu d'un contrat moral avec la modernité. Le progrès n'a qu'un sens, celui qui permet de profiter de l'inutile. Il inspecte les dégâts subis par l'appareil et, vexé, le range sans sa poche. Avec ce qu'il va gagner ce soir, il pourra s'en payer un autre, mais quand même. « La suite de la soirée, c'est par là », proclame-t-il d'un bras martial de sémaphore. J.-B. prend deux ou trois secondes pour vérifier son équilibre puis il se lance, il met un pied devant l'autre. Au bout de cinq pas, il a trouvé le rythme. Il marche sans à-coups.

Alexia sort la première de l'abri de la porte cochère, caméra en proue, fendant l'obscurité et suivie comme son ombre par Tête de Fouine. Surpris par ce brusque démarrage, Pietri marque un temps d'arrêt avant d'actionner ses petites jambes qui tournent comme les pales d'un ventilateur sous son buste cylindrique. Rage de Meuf et Natinea attendent un moment rencognées sous le porche. Elles en ont marre de ces histoires pourries dans lesquelles elles s'embarquent et qui se terminent toujours de la même façon. Une soirée merdique où il ne se passe rien, où elles ne croisent même pas le regard d'un pygmée qui ait envie de les baiser. Tous ces espoirs gâchés pour en arriver à la conclusion consternante. Pourquoi l'amour et le succès s'acharnent-ils à les fuir ? Elles n'ont rien fait de mal.

Elles ont juste envie d'être les voix de leur génération. C'est trop demander ? La réponse est oui.

Séraphin rejoue la même comédie et, histoire de gagner du temps, il se remet à déambuler dans le labyrinthe des rues du centre-ville. J.-B. le suit avec une facilité singulière bien qu'il fasse tout à fait nuit maintenant. Rage de Meuf bougonne. Ce *Pékin Express* embarrassant va se terminer par une centaine de vues sur Twitch et un gif bancal. Putain, elle ne va jamais s'en sortir. Sans prévenir, Alexia s'arrête, un doigt sur la bouche pour que la troupe ne fasse pas de bruit. Elle ne comprend pas ce que les deux poivrots font devant la devanture d'un sex-shop.

Mardi 18 h 24

Big Five termine son kebab sauce blanche. Sans frites. Il a été pris d'une brutale envie de changement. Il ne voulait pas que son snack de l'après-midi perturbe son transit intestinal. Il doit rester concentré sur l'objectif. Parfois, il a du mal à digérer les tacos que confectionne son pote Sandip dans sa boutique, près de l'école d'arts appliqués. Le kebab lui a semblé une bonne option, vu que la fin de journée s'annonce longue et qu'il n'est pas près d'aller se pieuter. Un peu de graisse de viande lui coule sur le menton. Il se tient les pieds écartés pour éviter de salir ses Nike d'un blanc immaculé. Ses deux potes grignotent des sandwichs brochettes. Ils n'avaient pas faim mais en signe de solidarité, Bob a décidé de se remplir l'estomac. Quand Big Five mange seul, cela lui donne mauvaise conscience. En sortant du bar à chicha, ils ont terminé un pétard qui traînait dans le cendrier de la voiture. Ils sont un peu stoned. Juste ce qu'il faut pour chasser la tension dans les muscles du dos. Ils sont passés voir ce type auquel Big Five rend service de temps en temps, le genre classe qui porte des manteaux trois-quarts et des bottines anglaises astiquées comme des casseroles en cuivre. Le gars fait des enquêtes ou quelque chose comme ça, d'après ce que Bob a compris. Il fouille dans des greniers ou dans des vieux cartons pour retrouver des gens qui ont disparu. D'après Big Five, c'est aussi un hacker. Il se faufile dans n'importe quel ordinateur vu que la plupart ne sont pas protégés correctement. Il opère en mode furtif, façon Neo dans *Matrix*. Quand il a fini, personne ne sait qu'il a piraté des trucs, comme s'il n'avait jamais été là. À sa place, Bob aurait envie de foutre le bordel, de tout mettre en vrac et de laisser une grosse signature bien fumante. À quoi ça sert, si tu ne montres pas que tu es le plus fort ? Mais bon, il préfère ne pas chercher à comprendre. Le gars leur prend parfois des bennies et des pops en plus de la beuh. C'est pour son frangin. Lui est plus propre qu'un premier communiant.

La seule chose qu'ils savent est que le hacker leur a demandé d'être là à dix-huit heures trente et qu'ils sont à l'heure, nickel. Même en avance, le temps de terminer leurs sandwichs. Big Five leur indique une poubelle de l'autre côté de la rue : ils se débarrassent des emballages en polystyrène qui poussent un couinement quand ils frottent contre la paroi rigide du conteneur. Big Five ouvre la porte du magasin. Un *Quatuor à cordes* de Schubert l'accueille en même temps que des effluves de parfum qui lui rappellent les odeurs qu'il avait senties la seule fois où il était allé dans un hammam. C'était pour un anniversaire, il y a longtemps. Il n'y est pas retourné. Les serviettes étaient trop petites autour de sa taille. Il avait gardé un peignoir et son slip. Un truc mal assumé sur l'homosexualité et le corps des garçons dont la vue le gênait.

Monique leur adresse un regard étonné. Elle ne s'attendait pas à voir entrer dans sa boutique trois lascars au moment où elle s'apprêtait à fermer. De l'autre bout du magasin, elle sent l'odeur de graillon collée à leurs vêtements et le déodorant bon marché dont ils se sont aspergés. Elle est prête à parier que l'un d'eux trimballe un vaporisateur dans l'une des petites sacoches qu'ils portent en bandoulière. Peut-être même un spray coiffant si elle en juge par la complexité de leurs coupes de cheveux, proches d'un exercice de jardinage. Rien dans la façon dont ils naviguent entre les tables d'exposition n'exprime l'agressivité. Au contraire, c'est de la surprise et de l'hésitation qu'elle lit dans leur attitude. Ils doivent passer pas mal de temps sur des sites de cul mais une fois confrontés à la réalité, la timidité qu'ils s'acharnent à combattre les rattrape et interrompt leurs gestes à mi-course. Le plus petit des trois lascars tend la main vers un énorme gode nervuré puis la retire aussi vite que s'il avait touché un bocal rempli de serpents. Monique a envie de lui dire qu'il peut y aller, cela ne mord pas. Elle le laisse se débattre avec ses doutes. Quand ils ont terminé ce qui ressemble à une inspection, ils se plantent devant la caisse. Ils ne vont rien acheter. Ils préfèrent éviter les sujets de comparaison.

Big Five lui explique la raison de leur visite. Monique l'écoute en silence, se contentant de hocher la tête de temps à autre pour signifier qu'elle comprend et qu'elle apprécie la démarche. Pourquoi n'est-elle pas étonnée que Gilles lui ait envoyé cette escorte improvisée ? Le généalogiste était préoccupé tout à l'heure quand il est passé la voir. Elle n'a pas écouté son conseil et a ouvert la boutique pour quelques heures, histoire de se changer les idées. Rachid et ses deux potes n'ont pas tout à fait le profil de casseurs de gueule – trop de pétards, trop de bouffe, trop d'internet et trop de jeux vidéo. Malgré tout, l'attention la touche. Elle est émue. C'est marrant comment ils se sont tout de suite captés. Ils se sont accrochés l'un à l'autre. Le généalogiste ne lui a pas raconté grand-chose de sa vie mais elle imagine que grandir invisible dans une famille riche est à peine mieux que de pousser sous les reproches de religieuses aigries.

Pendant que Big Five continue de parler et de lui expliquer la raison de sa présence, elle est gagnée par le soulagement. Quand il a fini son laïus, il se tourne vers les tables d'exposition.

« Il y a des demeurés qui passent leurs journées à réfléchir pour fabriquer tout ça ?, demande-t-il.

— Il y a des demeurés qui passent leurs journées à fabriquer des cachets pour ne rien éprouver, dit Monique. Moi, je vends des objets qui aident à ressentir quelque chose. Question de choix. »

La remarque de la commerçante le fait marrer.

« Il paraît que votre mari, il fait de la cuisine végétarienne ou quelque chose comme ça, et qu'il vend du vin bio. C'est possible un truc comme ça ?

— Ce n'est pas mon mari, répond-elle. On fait moderne. On est des sexfriends. Des potes, avec plus si affinités.

— OK. Et pour la bouffe, il propose que des légumes, pas vrai ?

— Vous avez mangé avant de venir ? » interroge Monique.

Les trois copains hésitent, se sentant vaguement honteux sans savoir pourquoi, comme si la commerçante venait de les prendre en flagrant délit de romantisme. Ils échangent des mimiques sans qu'aucun ne se décide à répondre à la question.

« C'est ce que je pensais », reprend Monique, les tirant de leur embarras avec un large sourire. Elle ne les juge pas. « Nous, on ne bouffe pas de viande mais on picole du bon vin. Vous, vous fumez des gros joints et vous vous gavez de bidoche trop grasse.

— Avec salade tomate oignon. Ça fait déjà trois légumes par jour. On n'est pas loin du compte », dit Bob.

Monique laisse échapper un petit rire.

« Vous avez raison. Excusez ma remarque. Dès qu'on parle de bouffe, on se croit obligé de donner des leçons aux autres.

— Y a pas de mal, intervient Big Five. C'est partout pareil. Quand mon cousin a ouvert sa pizzeria, j'arrêtais pas de dire à mes potes qu'ils étaient à la traîne avec leurs McDo et leurs sandwichs en plastique. Avant de venir, on s'est fait un kebab. Enfin, moi. Eux, ils se sont pris une brochette. On était un peu tendus, on avait besoin de se taper un petit délire régressif. »

Il ouvre la fermeture Éclair de son blouson. La chaleur du magasin, la musique, les effluves des bougies parfumées. Il se sent aussi bien que dans son fauteuil préféré du bar à chicha. Il n'est plus pressé, il ne ressent plus le stress qui l'a poussé à dévorer sa galette à la viande en marchant à grands pas. La conversation dérive sur un mode détente. La commerçante lui plaît bien, elle ne correspond pas à l'idée qu'il se faisait quand Gilles lui avait parlé d'elle. Le sexe, c'est un bon business. Aussi bien que la frappe, en fait. Et légal. C'est ce que lui dit son cousin qui s'est rangé des emmerdes. L'âge a joué plus que la prison. « La taule, cela fait partie du parcours, lui a expliqué son tonton.

L'âge aussi, bien sûr. C'est juste que la prison, j'avais anticipé. Vieillir, j'ai pas vu venir. »

Big Five et Monique parlent encore comme ça, de tout et de rien. Un moment s'écoule. Le petit dealer consulte son portable. Il s'excuse d'avoir été aussi bavard. Il ne voulait pas s'incruster, juste il préférait être prudent. Monique peut fermer la boutique, personne ne viendra plus ce soir. Sans doute qu'ils se sont gourés. Ils ont imaginé des choses qui n'existaient pas. Bob a envie de balancer une vanne en guise d'au revoir, style détente, mais rien de satisfaisant ne lui vient à l'esprit. Il laisse tomber plutôt que de sortir une connerie.

Big Five peut encore entendre le *Quatuor* de Schubert lorsqu'un homme habillé comme un vendeur de machines agricoles le bouscule, s'excuse et essaie de se faufiler par la porte entrebâillée de la boutique. « Un achat impulsif de dernière minute avant un rendez-vous », annonce-t-il, une odeur de bidet dans la bouche. Derrière lui, un type en costume se tient à la gouttière qui descend du toit. Il cherche sa respiration comme s'il venait d'arriver en courant, le buste penché en avant, à moins qu'il ne se prépare à gerber tout ce qu'il a bu. Big Five se tourne vers ses potes et les interroge du regard, puis il écarte le marchand de tracteurs et s'approche du poivrot en costume qui, entre-temps, s'est mis à cracher par terre.

« C'est bon, je gère », dit l'ivrogne. Il agite la main devant lui. Le mieux est de ne pas l'approcher. « Juste un truc coincé dans la gorge. Ça va passer.

— Monsieur Lambert ? »

J.-B. relève péniblement la tête puis se redresse en tirant d'un coup sec sur la gouttière. Se remettre à l'horizontale lui demande un effort si intense que sa poitrine part en arrière et qu'il menace de tomber à la renverse sans l'intervention de Big Five qui stoppe le mouvement de balancier en l'agrippant par les épaules. J.-B. vacille tel un de ces mannequins d'exposition dans les vitrines de Noël avant qu'on leur fixe les pieds au sol. Il prend quelques secondes pour effectuer la mise au point et ajuster les détails du visage qui l'observe. Qu'est-ce que son dépanneur en Oxy fout ici ? Il lui a laissé des tas de messages pour un ravitaillement mais le dealer n'a jamais répondu. Ou alors il ne s'en souvient plus. J.-B. veut consulter son téléphone afin de vérifier. Il fouille dans ses poches ; l'appareil a disparu. Ça le met en rogne. Il cherche encore un moment le portable, sans résultat. De toute manière, il a de quoi tenir la soirée. Il peut le prouver. Au bas mot quatre ou cinq lignes et assez de Démérol pour se faire amputer d'un bras. J.-B. plonge dans la poche arrière de son pantalon et sort un cachet – il conserve toujours ses opioïdes dans la poche arrière – et d'un geste mécanique, sans y penser, l'avale à sec. Puis, l'air ravi, il ouvre grand la bouche, tire la langue et laisse à Big Five le soin de vérifier qu'il a englouti le comprimé.

« Ah ! Bam ! C'est la preuve qu'en fait j'aurais pas dû vous appeler. C'était une erreur de ma part. De toute manière, mon frère est au courant. »

Big Five secoue la tête d'un air interrogateur.

« J'y ai laissé un message ce matin », explique J.-B. Il s'interrompt, frappé par une idée soudaine. « C'est lui qui vous envoie ? »

Big Five hoche la tête.

« Putain, mais trop fort. Il a fait vite ». J.-B. se met à glousser. « OK. J'ai encore de la réserve mais c'est pas grave. C'est mieux d'avoir un peu de stock. Vous m'avez apporté quoi ? »

Big Five secoue la tête d'un air interrogateur.

« Vous n'avez rien ? »

Big Five hoche la tête. Si, il a toujours des trucs. Sinon ça sert à quoi ? Mais lui et ses potes ne sont pas venus pour lui. Ils sont là pour Monique. Et d'ailleurs, qu'est-ce que J.-B. fout à ce rendez-vous ?

« Quel rendez-vous ? Avec monsieur Séraphin, ici présent, ex-agent immobilier de son état ou un truc du même genre, nous avons entamé une tournée d'adieu à cette journée à laquelle nous offrons depuis quelques heures un enterrement de première classe. Et vous pouvez me croire, celle-ci a été suffisamment merdique pour qu'on lui rende les hommages qu'elle mérite. Je crois que je n'ai pas passé une après-midi comme celle-ci depuis que ma sœur m'a volé la direction de l'étude. Vous la connaissez, ma sœur ? »

Big Five fait non de la tête. Il ne savait pas que J.-B. avait une sœur. J.-B. passe au tutoiement.

« Tu perds rien. Elle n'est plus notaire. Elle fait des podcasts. Enfin, elle enregistre des gens qu'elle rencontre au hasard. Un peu des belles personnes comme toi, en fait. »

Big Five hausse les sourcils. Il évacue le ton ironique de son client. Il n'avait pas établi le rapprochement avec la petite meuf de ce matin. Elle ne lui a rien dit. Putain, il y a donc des familles plus merdiques que la sienne. Il se sent souvent à l'étroit chez lui mais ce n'est pas pire qu'ailleurs. Personne n'échappe à cette toile d'araignée tant il faut de courage pour admettre qu'il est impossible de vivre avec les gens dont on partage le patrimoine génétique et dont on imagine qu'ils nous ressemblent.

Big Five est là, perdu dans ses réflexions, incapable de comprendre comment J.-B. a pu se trouver embarqué dans cette histoire foireuse, lorsqu'il entend Monique hurler et claquer la porte de sa boutique, envoyant rouler sur le dos le pseudo-vendeur de machines agricoles. Big Five a envie de se marrer. Toutes les virées de ce genre se terminent de la même façon, allongé dans un caniveau histoire de vérifier qu'on ne peut pas tomber plus bas. Les trois lascars se tiennent à l'écart tout en restant sur leurs gardes. Ils ne vont pas aider ce baltringue. C'est là qu'ils aperçoivent le pistolet dans la main du marchand de tracteurs. Qu'est-ce que ce nain fait avec un gun ? Puis tout s'éclaire d'un seul coup.

Michel récupéra Séraphin quelque temps après que sa femme l'eut largué dans les poubelles de leur histoire de couple. Le séminaire de trop, la mauvaise note de trop qui avaient conduit à la virée de trop conclue par la scène de ménage de trop en rentrant à l'aube. Avant qu'il émerge l'après-midi suivant, la cervelle flottant dans les excès de la veille, elle était partie avec sa valise, la machine à café et les dosettes. Séraphin traîna quelques jours en pantalon de jogging dans son salon. Il se fit livrer un carton de sandwichs sous vide, trois bouteilles de vodka et deux packs de Red Bull pour amortir cette brutale transition conjugale. Quand il eut épuisé le catalogue Netflix, puis celui de Disney, il consentit à sortir de chez lui. Exposer sa misère sentimentale aux yeux d'inconnus croisés dans des restaurants de quartier rendit sa disgrâce supportable. Séraphin trouva des âmes compatissantes pour le plaindre. Il dîna à l'extérieur. Il ne cuisinait pas. Il ignorait comment on faisait cuire des pâtes et semblait s'en trouver fort satisfait. Michel le récupéra un jour assis dans une pizzeria à peine mieux notée que celle du tonton de Big Five. Entre les rognures d'une margarita king size et le reste d'un chianti éventé, l'ancien agent immobilier s'invita à la table de Séraphin. Il connaissait le VRP. Ils avaient échangé des banalités lors d'une ou deux soirées brumeuses, celles où l'on refait son bilan de compétence… et celui de ses collègues. Quelques questions suffirent à Michel pour comprendre que Séraphin était mûr. Il ne demandait qu'à être cueilli. Le commercial accepterait à peu près n'importe quelle compromission si le notaire lui rendait la conviction d'être un homme et non plus ce mari humilié se lamentant chaque matin devant la penderie vidée par sa femme.

Michel prit ce nouvel ami sous son aile. Il lui dressa à grands traits le projet qu'il poursuivait. Une entreprise de longue haleine où la patience, jura-t-il, serait récompensée. Le notaire associé possédait un dicton pioché dans une de ses lectures. *Tout vient à point à qui sait attendre.* Il introduisit Séraphin auprès des Saint-Soens en se portant garant de sa loyauté et de son dévouement. Si le plan de Michel réussissait comme il l'espérait, le VRP en reconversion pourrait briguer un poste au sein de l'étude Lambert, une fois celle-ci passée sous la coupe de son bienfaiteur. En attendant, ce dernier lui proposa diverses missions, plus ou moins confidentielles, afin de tester ses aptitudes professionnelles et le faire patienter dans l'antichambre de sa manipulation. Le poste à la BPI était, cela va sans dire, provisoire, dans la perspective d'un avenir radieux. C'est lorsque Pierre-Yves Saint-Soens décida d'assassiner sa mère que les choses se mirent à déraper. Alors qu'il touchait presque au but, l'héritier céda à son exaspération. Cet accès de rage menaçait sa place à la tête de l'empire Saint-Soens tout autant que le plan de Michel. Le notaire para au plus pressé. Séraphin fut promu du rang de subordonné docile à celui d'exécuteur des basses œuvres. En gros, il ne s'agissait plus de magouiller dans son coin pour quelques avantages minables mais de mettre les mains dans le cambouis. Devant les inquiétudes formulées par le VRP, Michel se voulut rassurant. Ce qu'il lui demandait était énorme mais ce serait cette seule fois. Ensuite, tout le monde pourrait reprendre le cours paisible de sa vie.

Même s'il le nia par la suite, et bien que les interrogatoires de police ne conduisirent pas à l'établissement d'une culpabilité certaine du notaire non plus qu'à celle de son âme damnée, Michel exigea de Séraphin qu'il participât au meurtre de Monique Fradet. Contraint d'improviser après la mort d'Emma, le notaire proposa à son homme de main d'espionner les agissements de Jean-Baptiste, de se familiariser avec son mode de fonctionnement erratique, puis le moment venu, de prendre contact avec lui sous un prétexte quelconque. L'aîné de la fratrie est si déprimé qu'il a renoncé à toute forme de soupçons, jugea-t-il bon de préciser. Le cahier des charges fixé par Michel se résumait en quelques lignes : sociabiliser avec J.-B., provoquer la mort de la commerçante, faire passer ça pour un accident dont l'aîné des Lambert serait responsable. L'indigence de la machination était évidente mais Michel n'avait pas trouvé mieux, en si peu de temps, pour ménager ses intérêts et échapper aux soupçons. À ses yeux, l'essentiel était de placer autant de suspects que possible entre lui et les événements qui allaient se produire au cours de cette soirée tragique. Dans l'esprit de Michel, cette lutte de pouvoir ne pouvait livrer qu'un seul gagnant, et cela ne devait être ni les Saint-Soens, ni les Lambert.

Malheureusement, Séraphin se révéla bien moins efficace que le notaire avait voulu le croire dans la précipitation. D'abord parce que le comportement incontrôlable de J.-B. tout au long de l'après-midi lui compliqua sérieusement la tâche. Ensuite parce qu'il ignorait comment se servir d'une arme à feu. Le pistolet de petit calibre que lui procura Michel le terrifiait. Il n'osait pas le toucher dans sa poche, rangé avec son téléphone portable. Il ne parvenait pas à le tenir dans la main. Il redoutait à chaque instant qu'un coup parte par accident et le blesse à la jambe ou ailleurs.

Comme souvent en pareilles circonstances, c'est le hasard qui vint dénouer le drame. L'irruption de Big Five et de ses deux potes dans la boutique de Monique changea la donne. Face aux trois lascars, Séraphin paniqua. Il se sentit menacé sans raison, ou plutôt il fut rattrapé par ses préjugés. Les trois racailles se trouvaient là pour s'en prendre à lui, cela ne faisait pas de doute dans son esprit encombré par les vapeurs d'alcool. Il réagit pour sauver sa peau, du moins c'est ce dont il se persuada en une fraction de seconde, sans plus réfléchir à la situation. Craignant d'être agressé, il voulut pendre son portable pour filmer la scène comme cela se fait aujourd'hui. Mais sa main s'agrippa à la poignée du pistolet et l'arme fit son apparition au milieu d'une scène pleine de confusion. Un coup partit. *Par chance, personne n'a été touché*, se dit-il aussitôt. Et pourtant J.-B. s'écroula au milieu de la rue, se tenant la poitrine à deux mains. Suspendu au fil de ses addictions, son cœur avait lâché sans autre avertissement. À défaut d'être un coupable idéal, Jean-Baptiste faisait une victime acceptable. Les plans de Michel se trouvaient vaguement contrariés mais pas remis en cause. Des ajustements s'avéraient nécessaires mais il anticipa la nouvelle configuration. Au risque de se répéter, il ne pouvait y avoir qu'un seul vainqueur, et cette fois, ce fut lui.

Dans l'écran de visée, c'est un bordel indescriptible. Alexia peine à comprendre ce qu'il se passe. Il y a trop de monde, ça s'agite dans tous les sens. Le pseudo marchand de machines agricoles s'est étalé au milieu de la rue. Il est en train de se relever. Les trois racailles qui se trouvaient tout à l'heure dans le sex-shop s'écartent, reculant les mains devant eux pour se protéger. Ils n'ont rien fait mais d'instinct ils savent que c'est eux qu'on va accuser en premier. Ce n'est pas une détonation qu'Alexia capte dans le micro périphérique de la caméra, plutôt un claquement sec qui résonne contre les murs en pierre de la rue étroite. Le son se met à courir, elle le sent passer à côté d'elle en la frôlant avant de disparaître dans l'obscurité dont elle perçoit soudain la fraîcheur sur ses joues brûlantes. Dans son dos, elle devine Tête de Fouine en train d'applaudir à tout rompre. Il est ravi de ce qu'il voit. Rage de Meuf émet un petit cri, quelque chose du style « Oh mon Dieu » et s'étonne elle-même d'utiliser cette expression. Pietri se précipite en avant et essaie de s'emparer de la caméra. Alexia l'en empêche, l'image se trouble quelques secondes dans l'écran de visée. La starlette se dégage de l'emprise du petit homme et l'objectif s'ajuste grâce à la mise au point automatique. Le marchand de tracteurs est debout, haletant, une main posée sur un genou. Les lascars le regardent. Il lâche un grognement, pivote en jurant « Putain de merde » et il se met à courir. L'écho de ses pas claque comme des cymbales puis diminue peu à peu pour se réduire à un léger roulement de tambour avant qu'il disparaisse dans un battement indistinct. D'un mouvement de balayage digne de *Projet Blair Witch*, Alexia revient sur les lascars. Ils sont penchés au-dessus du notaire bourré, allongé en travers de la rue. La patronne du sex-shop sort de sa boutique en furie et s'arrête sur le bord du trottoir, la bouche ouverte : ses cheveux rouges dégoulinent en boucles désordonnées le long de ses joues et dans son cou quand elle se penche en avant. Big Five se tourne vers elle, hésitant. Le silence recouvre la rue. Alexia peut entendre les gargouillements qui s'échappent de la bouche du notaire, son ventre étonnamment gonflé se soulevant au rythme de sa respiration. Puis le micro périphérique ne capte plus rien. La peur et la consternation ne font pas de bruit, en général.

Avant de la rencontrer, J.-B. n'imaginait pas que la mort pouvait être aussi silencieuse. Il est allongé au milieu de la rue, les bras en croix. Son énorme ventre menace de faire sauter les boutons de sa chemise. On aperçoit des croissants de peau blanche et un nombril poilu par les bâillements du tissu. Au-dessus de sa tête, un néon couleur robe d'évêque lui adresse des clins d'œil épileptiques, une sorte de message codé dont il tente de déchiffrer la signification dans le grésillement du faux contact qui affecte la lettre « X » de l'enseigne. Claire lui a parlé de ce quartier et de cette rue dans laquelle il n'est jamais venu avant ce soir, mais il ne se souvient pas de ce qu'elle lui a raconté à ce sujet. À cet instant, il goûte enfin au plaisir d'être en phase avec son destin. Il se ferait bien une petite ligne avant de vider une autre bière, mais seul cette fois. Séraphin commençait à l'ennuyer. Les incultes dans son genre n'ont pas les codes. Ils kiffent les boules à facettes, les cocktails colorés et les vernis à ongles nacrés. Leurs gonzesses se font des coupes déstructurées avec des mèches blondes qui tombent sur leurs lunettes à montures alambiquées. Eux se trouvent élégants dans des pantalons à pinces gris clair avec braguette et revers sur la chaussure. Ils ont la chemise à liseré, le caleçon Calvin Klein et les ceintures en simili cuir. Pourquoi pense-t-il à tout ça ? Parce que tout à coup, il sent qu'il déteste les types comme Séraphin, leur médiocrité anxieuse et leur familiarité satisfaite. D'ailleurs, il est passé où, ce con ? Et pourquoi ne parvient-il pas à se relever ? Il ne se souvient pas d'être tombé. Il cligne des yeux plusieurs fois, très vite. Ses battements de paupières font apparaître le visage énorme d'un type obèse. Il le connaît, il l'a aperçu une seconde avant de s'écrouler par terre. Comment s'appelle-t-il déjà ? Et qu'est-ce qu'il fout ici ? Sa mémoire l'abandonne, elle s'enfuit, chassée par le froid qui s'est emparé de son corps, juste sous la peau. Une douleur remonte le long de son bras gauche et se répand dans sa poitrine. Une seconde avant que son cœur lâche, il comprend qu'à peu de chose près, ce qui lui arrive aujourd'hui était prévisible.

« Putain, je le savais, je le savais. J'en étais sûr. On va tout casser avec ces images », glousse Tête de Fouine, se parlant à lui-même.

Mercredi 13 h 23

Alexia a raccordé la caméra à son ordinateur portable. Natinea est assise sur le bord du canapé, une main devant sa bouche ouverte ; ses faux ongles grimpent le long de ses joues comme des limaces multicolores. Elle est choquée et surexcitée à la fois. Elle n'a pas encore décidé si elle était plus choquée que surexcitée. Trop d'émotions d'un seul coup, son cerveau ne parvient pas à faire un choix.

« Sérieux, tu as trop bien filmé, dit-elle sans être sûre que c'est la remarque qui convient. Tu as fait des progrès de ouf avec la caméra. Je suis trop impressionnée, c'est cadré comme dans un vrai film et l'image est super nette. Je suis trop contente d'avoir été avec vous hier. Au début, je voulais pas venir mais franchement, si j'avais raté ça, j'aurais été dégoûtée. »

L'influenceuse pianote sur le clavier, procède à un retour rapide. J.-B. se relève comme par magie et retrouve sa place, une main tenant la gouttière pendant qu'il reprend son équilibre, et sa respiration. Natinea stoppe le défilement accéléré. Elle se repasse la séquence avec la délectation qu'on met à terminer une pâtisserie. Elle savoure chaque seconde. C'est encore mieux que ses tutos beauté. Les yeux écarquillés, elle découvre un nouveau monde. Le potentiel viral est incalculable.

« Si tu mets ça en ligne, tu vas avoir des millions de vues, je te jure, reprend-elle. Une crise cardiaque sans filtre, personne a vu ça avant. Ça va tellement tourner que si ça se trouve ils vont le passer à la télé. Tu sais pas. Des reporters de BFM vont venir t'interviewer et tout ça. Ce truc-là, je te promets, c'est *Fast and Furious* direction le succès. »

Alexia ne dit rien. Elle jette un coup d'œil à Pietri vautré dans le canapé du sous-sol. Le nabot ne manifeste aucun intérêt pour les séquences qu'il a déjà visionnées. Il est plongé dans une intense réflexion. Il n'apprécie pas l'idée que la starlette puisse se servir de ces images pour quitter la petite meulière et le renvoyer à sa solitude. Toute cette histoire risque de lui redonner des envies auxquelles elle n'a pas renoncé. Pas besoin d'avoir lu Freud pour comprendre que traîner dans une baraque à la déco répugnante n'est guère mieux que de trimer sur un stand pourri dans un supermarché. Parfois, même, ça va ensemble. Pietri sait que pour Alexia, tout cela n'est qu'une transition. Il le sait depuis le début mais il n'a pas envie de tout reprendre à zéro. Il n'a pas envie de s'acheter un chien pour lui tenir compagnie pendant les dix prochaines années. Tout bien réfléchi, Alexia est l'animal de compagnie dont il a besoin. Il lui laisse faire à peu près ce qu'elle veut et en échange elle le distrait chaque fois qu'il en éprouve le besoin. Il connaît des mariages moins harmonieux qui ont tenu jusqu'à la tombe.

« Si tu veux, je peux te bricoler un peu de montage », propose Natinea. Plus elle se repasse les rushes, plus elle fait de nœuds dans son cerveau. « Faut pimper le truc. Pas beaucoup parce que les images sont hyper bien mais leur donner du peps, tu vois ? Genre suspense et tout ça. Que les gens y soient scotchés comme s'ils ne comprenaient pas ce qui passe et même qu'ils pensent que c'est du fake alors qu'en vrai c'est du pur réel. Tu vois ? Je peux te monter une version super cut et une version plus longue, façon reportage en caméra cachée. »

Alexia lui dit qu'elle n'est pas sûre. Elle a besoin de réfléchir. Sans compter que Tête de Fouine n'arrête pas de la harceler. Il lui envoie des textos en rafales. Il veut passer à la maison et regarder ce qu'elle a tourné.

« Renaud et sa fan féministe ? »

Alexia hoche la tête. Il veut faire la réalisation ou quelque chose du même style. Il a des plans pour vendre le projet à une émission de télévision. Genre, il a activé son réseau de contacts et il affirme que ça va faire un carton. Alexia fouille dans son téléphone portable et le tend à Natinea. Tête de Fouine lui a déjà envoyé un pitch et une note d'intention. Il a rédigé ça dans la nuit, à chaud, pour garder l'inspiration du moment. Il a balancé le tout dès qu'il a eu fini, vers les quatre heures du matin. Il a foutu son nom en premier sur le synopsis, façon idée originale et réalisation. Il se voit déjà piger chez TF1, genre.

« En plus, ajoute Alexia, il veut passer ici pour que je lui montre les images et qu'on commence à bosser tout de suite. Il a peur de se faire piquer le sujet par ta copine qui bosse pour le journal du coin.

— Élodie ? De *la Gazette de Seine-Maritime* ? »

Alexia approuve d'un soupir.

« D'un autre côté, ça m'étonne carrément pas. Renaud peut pas l'encadrer. Il est jaloux, tu vois ? Mais surtout il flippe parce qu'elle est copine avec les flics. Elle les connaît pas mal, rapport à des comptes rendus qu'elle fait sur les accidents de la route ou des trucs de ce genre. Tu peux être sûre qu'elle va appeler ces connards pour savoir ce qui s'est passé. »

La voix de Natinea part dans les aigus sans qu'elle puisse l'arrêter.

« Lui, il est trop relou avec son besoin de devenir célèbre. Y a que ça qui compte. Réussir, réussir, réussir. Alors que c'est un putain de loser. Il a plus de trente ans et il enchaîne les Mac jobs, ce baltringue. Franchement, je te dis, j'aurais jamais dû être pote avec lui ou avec sa copine. J'ai trop le seum de te les avoir présentés. C'est des boulets ces deux-là. Mais je te jure, je pensais qu'ils avaient changé. Je croyais que maintenant ils étaient plus dans le respect et tout ça. Je suis choquée qu'ils soient restés dans l'ambition de profiteurs comme ça. Que nous, on est dans l'ambition aussi mais sérieux, on fait ça bien. On n'essaie pas de voler le talent des autres. C'est toi qui as tourné ces images, c'est pas lui. Lui, il était juste là derrière toi à se cacher comme une fouine. Tu lui dois rien. Si c'était moi, je lui donnerais rien. En plus, il a pas été honnête parce qu'au départ tout ça, c'est l'idée d'Élodie. Normalement, c'est avec elle qu'il aurait dû le faire et en fait il lui a fait à l'envers parce qu'il est venu nous trouver nous pour qu'on l'aide avec la caméra. Et maintenant, il a peur qu'Élodie elle se venge et qu'elle lui pique le sujet parce que c'est un sujet de malade. C'est pas vrai ce que je dis ? »

Pietri, qui s'est contenté d'écouter cette tirade en regardant pousser les ongles de sa main gauche et en se lisant la moustache de la main droite, émet un raclement de gorge pour signifier qu'il commence à perdre patience. Le moment est venu de passer à autre chose et d'enterrer cette histoire qui ne peut qu'apporter des ennuis à tout le monde.

« Alexia, ma chérie, vous êtes toutes les deux charmantes et je comprends que cet événement tragique vous ait bouleversées. C'est normal, votre sensibilité féminine a été mise à rude éprouve. On ne sort pas indemne de ce genre d'expérience même si je dois admettre que les hommes sont un peu mieux armés pour affronter de telles fatalités. Croyez-moi, il est préférable que vous oubliiez tout cela et que vous recommenciez à faire vos clips vidéo.

— C'est des tutos beauté. »

La voix de Natinea repart dans les aigus.

« C'est ça. C'est le mot que je cherchais. Vos tutos beauté. Continuez à diffuser de la joie et du bonheur à toutes ces femmes qui, comme vous, nourrissent une passion bien légitime pour le maquillage, les poudres, les vernis et les mises en plis. C'est cela votre mission dans ce monde et vous l'accomplissez avec tout le talent dont vous êtes capables et toute la passion qui vous anime. Cela est admirable, je vous le dis, vous êtes faites pour cela. Pourquoi vouloir devenir qui l'on n'est pas ? N'est-il pas plus simple de suivre la route que l'on s'est tracée, de vivre en harmonie avec ses envies et avec ses aptitudes ? Regardez, moi par exemple, il ne vous viendrait pas à l'esprit que je puisse vivre ailleurs que dans une maison comme celle-là ? Un endroit paisible, à l'écart du bruit de l'existence, où je profite de ce confort anonyme d'une résidence construite à des milliers d'exemplaires. Un parmi une multitude d'autres, c'est mon destin. Le milieu de gamme, la médiocrité paisible, à mi-chemin entre l'échec et la réussite. Une sorte de compromis auquel on se résout en l'assaisonnant de petits plaisirs chaque fois qu'on le peut. Il y a quelque chose de réconfortant dans cet état qui vous épargne les grandes joies et vous protège des grands malheurs. Cela laisse le temps d'évaluer sa vie sur une échelle de un à dix, vous savez, comme sur cette frise chez le médecin avec ces petits personnages confrontés à la douleur. Entre quatre et six, je dirais, selon les périodes. Je n'ai sans doute jamais atteint sept et je ne suis pas descendu à trois. On peut dire qu'il s'agit en soi d'un accomplissement. Je n'ai pas l'habitude d'exhiber ma fierté, c'est un sentiment que j'utilise avec modération : mais quand je vous vois toutes les deux ainsi égarées et hésitantes, j'ai envie de vous faire partager mon expérience. Ne grattez pas une plaie qui ne vous démange pas. »

Natinea et Alexia le regardent, incrédules, sans comprendre tout à fait ce que le petit homme entend par là.

« Avec toutes les crèmes qu'on se passe sur le corps, on n'a pas la peau qui gratte. Ça, y a pas de risque. Je vous le jure sur ma tête, dit Natinea avant d'ajouter : C'est une vraie expression ça, ou c'est juste une formule que vous venez d'inventer pour l'occasion ? »

Pietri ne répond pas. Il se contente de rester impassible un moment avant de reprendre la parole.

« Pour l'occasion, dit-il en insistant sur la formule. J'ai appelé quelqu'un pour vous aider.

— Nous aider ? À quoi faire ?, interroge Alexia.

— Ma chérie, tout va bien se passer. Ce qui serait judicieux maintenant, c'est que tu envoies à ce Tête de Fouine un message pour lui demander de ne plus te harceler. Je t'ai déjà dit que je le trouvais envahissant et pénible ? Non, j'ai omis de mentionner ce détail sinon je m'en souviendrais. En général, je n'oublie pas ce que je dis. Vas-y ma chérie, écris le message et ensuite on passera à la deuxième phase de cette affaire. »

Alexia est un peu décontenancée par le ton du petit homme. Il lui parle avec douceur et pourtant elle perçoit l'écho menaçant dans ses paroles. Il ne lui laisse pas le choix. Mais peut-être que Pietri a raison. Le mieux est de se débarrasser de ce bouffon égocentrique et de ses envies de réussite. Elle ne lui doit rien. Il n'a qu'à se débrouiller tout seul pour devenir célèbre. La starlette commence à pianoter sur son portable, elle s'y reprend à plusieurs fois parce que l'écriture automatique lui propose des mots bizarres. Elle ne sait pas comment présenter les choses ; elle ne veut pas passer pour une grosse profiteuse égoïste. Elle fait plusieurs tentatives mais aucune ne lui convient. Sentant son désarroi, Pietri lui dit : « Dans un cas comme celui-là, ma chérie, il faut aller au plus simple. Ne cherche pas la complication. Tu lui dis d'aller se faire foutre. Sans lui fournir d'explications. Les formules les plus directes sont les meilleures car tout le monde les comprend. »

Le petit homme se lève du canapé dans lequel il était enfoncé jusqu'aux épaules. Il a gardé son peignoir et, les mains dans les poches, le tient serré contre son ventre creux. La sonnette de la porte d'entrée retentit d'un écho métallique. Alexia et Natinea sursautent et se consultent du regard. Pietri accueille leur interrogation muette d'un air rassurant.

« J'ai demandé à une de mes connaissances de passer nous voir. Il ne s'agit pas d'une relation amicale, je n'ai plus l'âge de me laisser aller à ce genre d'occupation. D'ailleurs, je n'ai pas de véritables amis. Trop contraignant. »

Le petit homme va se placer au pied de l'escalier menant au sous-sol et les paumes en porte-voix se met à crier : « Entrez, c'est ouvert. On est en bas. »

L'homme qui descend les marches porte des bottines de cuir noir à languette, et un trois-quarts couleur de tempête à la coupe épurée. La silhouette est mince sans être maigre, pleine d'allure et d'assurance. Il a le visage de ces mâles épargnés par le doute. Il passe en revue le sous-sol converti en studio d'enregistrement improvisé. Il y a un demi-siècle, des ados énervés faisaient du rock dans ce genre d'endroit. Pourquoi des jeunes femmes inquiètes n'y feraient pas des clips aguicheurs ? Sans parler, l'homme traverse la pièce, débranche la caméra reliée à l'ordinateur et en retire la carte mémoire qu'il glisse dans sa poche. Se penchant en avant, il effectue une recherche de fichiers dans le disque dur du portable. Les filles n'ont pas transféré les images, elles se sont contentées de se les passer en circuit fermé.

« Monsieur Gilles est le frère de ce pauvre gars qui a été trahi par son cœur hier soir. Un événement désolant dont nous avons été les témoins involontaires, explique Pietri. En tant que parent proche, il a été prévenu, bien sûr. Il semble, ma chérie, que tu n'aies pas été aussi discrète que tu le pensais en filmant la scène et en suivant ce malheureux notaire alcoolique et toxicomane. Les trois individus qui ont tenté de lui porter secours étaient des associés – je ne sais pas si c'est le terme qui convient – de monsieur Gilles et ils ont estimé de leur devoir de l'informer de la situation. Comme tu ne t'en doutais pas, les associés t'ont repérée mieux qu'un épouvantail au milieu d'un jardin et ont pris quelques photos, ce dont tu ne t'es pas rendu compte en raison de la confusion qui régnait à cet instant. Il ne leur a pas fallu chercher beaucoup pour t'identifier. Tout comme moi, ce sont des spectateurs assidus des *Picards à Pattaya*, détail qui les rend plus sympathiques que leur apparence physique menaçante.

Quoi qu'il en soit, ces trois jeunes hommes ont fait un récit exhaustif des événements à notre invité qui a pris contact avec moi ce matin. Après discussion, nous sommes parvenus à la même conclusion de bon sens et de nature à nous éviter un maximum d'emmerdes. Monsieur Gilles récupère cette vidéo et nous n'en entendrons plus parler. Nous retournerons tous à notre paisible existence. Ce dénouement est le plus profitable pour chacun d'entre nous. Vous allez pouvoir enregistrer tout plein d'épisodes de vos leçons de beauté. Personne n'a besoin de savoir que nous nous trouvions au mauvais endroit au mauvais moment. Nous n'avons commis aucune infraction, et n'avons de ce fait rien à nous reprocher. Pourquoi vouloir s'attirer des ennuis inutilement alors que monsieur propose d'effacer les traces que nous avons laissées ?

— Vous allez emporter la carte mémoire ?, demande Alexia. Mais c'est pas possible. Ce truc-là peut intéresser des gens.

— Oui, et même des chaînes de télévision, intervient Natinea. Notre réalisateur, Tête de Fouine, va péter un câble. Il va raconter partout que c'est de la censure et tout ça.

— Non. Il ne va rien raconter parce qu'il ne connaît personne et que personne ne le connaît. Il vous a juste bourré le mou parce qu'il n'en peut plus de ramer comme un malade pour se faire un nom dans une profession dont il devrait avoir compris qu'elle ne veut pas de lui. La célébrité est une chose cruelle parfois. Mais rassurez-vous, votre copain a l'habitude, il mange de la frustration à tous les repas. Tout va rentrer dans l'ordre et chaque chose va reprendre sa place. Comme s'il ne s'était rien passé », dit Gilles.

Se tournant vers Pietri, il ajoute : « Je sais où vous joindre. »

JEUDI 10 H 06

Elle ne sait pas ce qu'elle fait là. Claire nage à contre-courant de ses envies et cela l'épuise autant qu'enregistrer des paroles d'anonymes. Peu à peu elle prend conscience qu'elle ne partage rien avec ces gens. Comme le lui a rappelé Big Five, elle ne peut pas combler le fossé qui les sépare. Ils se croisent, pendant quelques heures ils occupent un milieu commun avant que chacun retourne à son biotope. Maintenant qu'elle y pense, ce podcast se réduit à une passade, une crise de la trentaine, à moins que ce soit une attirance mal gérée pour la génération conscientisée qui suit la sienne dans l'accession à l'âge adulte. Pendant un temps, ça l'a fait tripper d'être woke, de se jeter dans la bagarre de la cancel culture. C'est ce que font les jeunes quand ils s'ennuient. Et Claire s'emmerdait à plein tube dans la vie que Jacques avait imaginée pour elle. Elle avait accepté son choix à la fois comme une bénédiction paternelle et une malédiction personnelle. La confiance de son papounet la remplissait d'orgueil mais la gestion des héritages la vidait de son énergie. La seule chose qu'elle avait retenue était de posséder une conscience. C'est la raison de sa présence dans ce couloir blanc meublé de bancs en bois et de chaises en plastique dépareillées, décolorées par le frottement de milliers de culs. À cette heure de l'après-midi, il n'y a personne mais Claire en est convaincue, il doit en passer des gens dans ce couloir ! On vit dans un monde de dingues, pas étonnant qu'ils soient de plus en plus nombreux. Son frère aurait dû s'offrir un séjour dans un endroit comme celui-ci au lieu de s'enfermer dans la remise d'Hassen. Cela n'aurait pas été très différent mais il aurait eu de la bonne came. En général, ils sont généreux sur les médocs dans les hôpitaux psychiatriques. Ils ont un accès direct à la pharmacie. Cela lui aurait évité de finir comme un imbécile dans une petite rue du centre-ville. D'un autre côté, J.-B. était tellement défoncé qu'il ne s'est pas rendu compte que son cœur abdiquait sous les mauvais traitements. Dans son malheur, il a eu de la chance. Il est mort sans s'en rendre compte.

Une infirmière d'une quarantaine d'années vient chercher Claire, le brushing fondant sur les épaules, des soucoupes brunes autour de ses yeux ternes, une bouche horizontale posée sur un menton en étrave de bateau. Quand elle s'adresse à Claire, une odeur de tabac s'échappe entre ses dents espacées et jaunies, mélangée à des relents de pastilles de menthe ou de bains de bouche antiseptiques. Elle doit cloper comme une malade parce que le traitement de choc ne parvient pas à masquer son haleine de cendrier. Ces lèvres ont cette teinte brunâtre caractéristique des fumeurs. L'infirmière pivote sur les talons compensés de ses chaussures bon marché et précède Claire en direction d'une porte battante à deux volets menant au quartier des patients. Philomène est installée dans la chambre 237, assise en train de lire un énorme livre ouvert sur une table à moitié occupée par un plateau-repas. De la purée a séché dans l'assiette, formant un désert miniature couleur de sable dans lequel on a passé une fourchette pour simuler l'effet d'une vague. Il ne manque qu'un bonsaï pour commencer un jardin japonais. Philomène tapote la pointe de son pouce avec la pointe de chaque doigt successivement dans un sens puis dans l'autre. Cela doit faire un bout de temps qu'elle essaie de contrôler son stress : elle accomplit les allers-retours avec une rapidité impressionnante ! Quand elle aperçoit Claire du coin de l'œil, elle s'interrompt, la main suspendue à hauteur de sa joue, le majeur collé contre le pouce.

« Qu'est-ce que tu fais là ?, demande-t-elle. Jean-Baptiste doit venir et tu sais qu'il ne t'aime pas. S'il te voit ici, cela va lui faire de la peine. Tu es cruelle avec lui alors qu'il est si fragile et si influençable ! Si je n'avais pas veillé au grain, toi et ton père, vous l'auriez détruit. Vous vouliez l'empêcher de réussir. Mais vous avez échoué. »

Les doigts de Philomène reprennent leur cavalcade de droite à gauche à une vitesse telle que Claire a à peine le temps de suivre le va-et-vient.

« Vous avez essayé mais je vous en ai empêché. Parce que j'avais un plan pour le protéger. Et je peux même te dire que j'ai toujours un plan. J'ai mis au point un stratagème et vous ne pouvez plus rien y faire. Jean-Baptiste va prendre la place qui lui revient à l'étude, j'ai tout prévu.

— Quelle place ?, interroge Claire.

— Tu verras bien. Je ne t'en dis pas plus parce qu'il y a trop de mauvaises influences en toi. Tu es comme Jacques, tu es cassée. Je le sais depuis le jour où tu es née. Tu avais ce regard oblique, tu m'accusais comme si c'était ma faute. Ça me dégoûtait de te sentir en moi. Ce jour-là, je n'ai pas accouché, je t'ai expulsée. Je me suis libérée. Maintenant que je t'ai dit la vérité, tu peux partir. Ton frère va arriver et je ne veux pas qu'il te voie avec moi. Cela le rendrait jaloux. Il est tellement sensible qu'il se fait de fausses idées. »

Les bancs et les chaises en plastique sont vides quand Claire remonte le couloir en direction de la sortie. Elle se demande si on vit dans un monde de dingues ou si c'est elle qui ne fonctionne pas comme elle devrait. Elle ne parvient pas à choisir entre ces deux options. Elle a envie de croire que sa mère est consciente de ce qu'elle a fait et de ce qu'elle dit.

C'est pour ça qu'elle est dans une chambre fermée à double tour plongée dans un bouquin dont elle ignore le titre, à bouffer de la purée en sachet et à compter les dixièmes de seconde sur ses doigts. Elle attend le retour du fantôme de J.-B.

Dans le jardin de l'hôpital psychiatrique, l'infirmière est occupée à fumer en compagnie d'une patiente. En apercevant Claire, la soignante cache la clope dans la paume de sa main et se retient de cracher la fumée qui lui remplit les poumons. Claire a envie de lui dire qu'elle a tort d'avoir honte. Tout le monde s'en fout. Si on pouvait s'améliorer, juste un petit peu, ça se saurait, depuis le temps ! Elle plonge la main dans son sac et sent la forme carrée du micro de l'enregistreur. La patiente jette son mégot et s'enfuit d'un pas pressé vers le bâtiment principal.

« La visite est déjà finie ? » demande l'infirmière. Les soucoupes brunes autour de ses yeux tournent sur elles-mêmes dans un effet hypnotique. Elle ne se souvient plus la dernière fois qu'elle s'est payé une nuit de sommeil. La fumée de sa clope déborde de sa main et remonte le long de son bras. Un nuage se forme sous son menton et glisse le long de sa joue avant de s'effilocher comme on déchire une boule de coton.

« Vous en fumez beaucoup ?, interroge Claire.

— Une quarantaine par jour, répond l'infirmière. À peu près autant que j'ai de patients. Ça aide à tenir. »

Claire sort l'enregistreur de son sac. La soignante hausse les sourcils, à la fois méfiante et dubitative.

« La vie d'une femme comme moi peut intéresser une femme comme vous ?

— Je ne sais pas, admet Claire. La question, c'est plutôt : qu'est-ce qui peut intéresser une femme comme moi ?

— Pas grand-chose, je dirais. »

L'infirmière tire une énorme latte sur sa clope, avalant ce qui reste de tabac jusqu'au filtre. Elle presse le petit cylindre marron clair pour en détacher l'extrémité incandescente qu'elle écrase sur le sol de la pointe de sa chaussure à talons compensés. Elle recrache un long jet de fumée et termine d'expirer en formant un petit rond qui danse devant elle.

« Mais vu comme ma vie est intéressante, je pense que vous ne risquez rien. Je termine dans une heure. Y a un bar-tabac au bout de la rue. Et j'ai plus de cigarettes. »

L'infirmière range le mégot éteint dans la poche de sa blouse puis remonte les marches en direction de l'accueil. Elle s'éloigne sans se retourner, précédée par son menton et suivie par quelques mèches de son brushing immonde.

JEUDI 20 H 29

Dans la lignée des avatars de la dynastie des Saint-Soens, Pierre-Yves est le dernier de cordée. Il n'a pas son portrait dans le hall de la demeure de Mont-Saint-Aignan où les peintures de ses ancêtres veillent sur la réputation de la famille et figurent la force de caractère qu'exige la fortune. Ne s'étant pas marié, par peur de sa mère autant que par peur des inconvénients d'une union, il incarne avec une prestance admirable l'image d'un lignage en cul-de-sac. Il n'y aura personne pour lui succéder. La branche des Saint-Soens va s'éteindre avec lui. C'est ce qu'avait souhaité Emma. Déçue par le tempérament de son fils, elle l'avait dissuadé de se reproduire. Les choses ne furent pas dites de la sorte mais il lui est vite apparu que le pool génétique d'Henri n'était pas de ceux dont on faisait les généraux d'Empire. On peut dire que très tôt, l'option d'une adoption ultérieure de Monique fut examinée. Lors de discrètes rencontres, Emma en discutait avec cet homme qui avait pris le nom et la place de son amant d'autrefois. De manière détournée et suivant un scénario habile, Jacques avait lancé Gilles sur la piste de Monique à la faveur d'un dossier qu'il avait monté de toutes pièces et dont il conservait la gestion. Pour circonscrire dans un premier temps les soupçons, il avait demandé à Claire de solliciter son frère. Jacques ne voulait pas apparaître d'emblée en première ligne. Cela viendrait plus tard. Il savait que le généalogiste découvrirait sans effort la filiation de la commerçante et qu'il saurait ensuite tenir sa langue. Emma et Jacques avaient besoin de s'assurer que la fille de cette dernière possédait les qualités d'une héritière. L'évaluation de Gilles ne trahissait aucune ambiguïté. Pour une raison obscure mais rassurante, il appréciait cette femme réunissant une forme de vulgarité naturelle, un bon sens petit-bourgeois et une détermination débarrassée de toute crainte. Selon le rapport que le généalogiste remit à Jacques, Monique offrait un courage obstiné qui la plaçait à l'abri des chantages. Il n'est pas certain que l'argent l'intéresse, ce qui la rend à la fois fiable et dangereuse, avait écrit Gilles dans le but de convaincre Jacques. Le notaire ne se doutait pas que son fils connaissait la raison précise de l'enquête et que ce dernier avait agi au mieux des intérêts de Monique. En réalité, cela faisait plusieurs années que Gilles avait retrouvé la trace de cette orpheline sans en parler à personne, attendant le moment où Jacques se déciderait à lui demander de déterrer ce qu'il avait déjà mis au jour. Le fils avait observé avec amusement la satisfaction de son père. Le notaire jubilait intérieurement à chaque nouvelle découverte. Pendant tout ce temps, c'est Gilles qui avait mené la danse sans que le notaire ne soupçonnât que c'était lui qui était manipulé.

Gilles ne lui avait pas non plus avoué qu'il connaissait sa véritable identité, que Jacques Lambert était le nom qu'il avait emprunté dans un fichier d'état civil avec la complicité d'un camarade de classe. Il ne lui avait pas dit avoir découvert la raison de cette usurpation d'identité. Revenir en ville avait été son pari le plus risqué. Il y a certains pouvoirs auxquels on ne s'oppose pas. Celui d'Alexandre Saint-Soens en faisait partie. Il avait été préférable d'attendre la disparition du patriarche avant d'aller trouver Emma et lui exposer sa proposition. Cinq années et trois enfants avaient été nécessaires pour fabriquer Jacques Lambert, lui sculpter une apparence de respectabilité et se présenter sous les traits d'un notaire plein d'avenir et d'ambition. Le choix du métier n'était pas innocent; pourtant Jacques et Emma n'avaient pas poussé le risque jusqu'à faire de ce dernier le notaire de la famille Saint-Soens. Ils n'avaient pas commis l'erreur de forcer leur chance. Par un de ces hasards de l'existence, l'héritière indomptable avait trouvé le nouveau Jacques plus attirant encore que l'ancien.

Plus intelligent aussi et plus captivant. Le candidat idéal pour tomber amoureuse, pour retrouver un peu de la joie dont elle était privée et échafauder une vengeance.

Quand il sonne à la porte de la maison de Mont-Saint-Aignan, Gilles pense avoir fini de retracer l'histoire de son père. À peine pardonnait-il à Jacques de s'être pris pour un personnage de roman, justifiant de la sorte et à bon compte tous ses défauts et toutes ses infamies.

La longue figure de Pierre-Yves posée sur son interminable corps s'allonge encore un peu plus en découvrant qui vient le déranger à une heure aussi tardive. Son menton touche presque sa poitrine convexe quand il demande : « Vous êtes qui ? »

Gilles feint l'étonnement, immobile sur le perron de la maison. L'air du soir est un peu trop doux et son trois-quarts gris l'enveloppe comme une armure rassurante. Il ne sait plus depuis quand il attend ce moment. Si la question lui était posée, il répondrait sans hésiter qu'il est né pour cela, que sa vie a tendu vers cette seconde et vers les suivantes, annonciatrices de bouleversements douloureux et durables.

« Vous êtes qui ?

— Je ne suis que le messager, dit Gilles. Et je crains d'apporter de mauvaises nouvelles.

— Ça ne m'intéresse pas », répond Pierre-Yves, prêt à refermer la porte.

Gilles tire de la poche de son trois-quarts la carte mémoire prélevée dans la caméra d'Alexia.

« Vous devriez regarder cela. Je peux vous la laisser, j'en ai fait des copies.

— C'est quoi ?

— C'est la preuve qu'avant d'embaucher quelqu'un pour accomplir un travail exigeant, il est préférable de vérifier ses aptitudes. Si j'en crois les images contenues dans cette petite carte, vous n'avez pas procédé à cette vérification élémentaire. La prochaine fois que les flics viendront ici, parce qu'il est désormais certain qu'ils vont revenir – et même s'ils traînent à nouveau les pieds comme ils ont l'habitude de le faire dans des circonstances similaires –, donc la prochaine fois qu'ils vont se tenir devant vous comme je le fais à cet instant, il leur sera difficile de faire preuve de complaisance et de légèreté. Ils ne pourront plus esquiver les questions qu'ils n'ont pas eu envie de vous poser la première fois. Vous comprenez ? »

Gilles attrape la main droite de Pierre-Yves et la tenant paume ouverte vers lui, il y dépose la carte mémoire.

« Vous pouvez vous épargner tout le début : il ne se passe pas grand-chose. C'est après que cela devient intéressant. »

Le généalogiste sort de sa poche un stylo marqueur et sans que Pierre-Yves n'offre la moindre résistance, il lui inscrit sur le poignet son numéro de téléphone.

« J'attends votre appel. »

Vendredi 09 h 01

Le visage de Séraphin est gris, de la même couleur que les menottes en train de lui mordre les poignets. Vingt-quatre heures de garde à vue lui ont rendu le teint qu'il cultivait pendant sa dépression. Il savait que le plan de Michel était foireux mais il n'a pas osé contredire le vieux notaire. Leur relation s'est fondue en une soumission filiale. Ils se ressemblent tant. Pour la première fois de sa vie, Séraphin se sent compris et aimé. Il ne pensait pas que la fidélité avait un sens. Être fidèle n'est rien d'autre que le plaisir du sacrifice. Pas une seconde il n'hésiterait à le refaire si cela était nécessaire. La fierté qu'il éprouve vaut allègrement une nuit dans une cellule sentant la pisse et les vêtements humides.

Le lieutenant assis en face de lui porte un imperméable qui a servi de panière à un chien. Le gars doit être immunisé contre le bon goût vestimentaire. La fashion week relève chez lui de la théorie de la relativité, ce qui en soi n'est pas une conception idiote.

« J'aimerais comprendre pourquoi vous vous êtes laissé entraîner dans cette tournée des bars avec Jean-Baptiste Lambert. Si mes renseignements sont exacts, cela n'est pas dans vos habitudes. On se souvenait à peine de vous dans le club où vous avez passé la fin de l'après-midi.

— C'est lui qui a proposé. J'avais besoin d'un notaire et c'était un moyen d'établir une relation plus personnelle. Ça semblait une bonne idée. Je n'imaginais pas que cela pouvait déraper de cette manière.

— À quel moment avez-vous compris que cela *dérapait,* comme vous dites ?

— Sincèrement, je ne sais pas. Je ne m'en souviens plus. »

Après le bar d'étudiants, tout était devenu moins précis dans l'esprit de Séraphin. Il avait conservé la ligne générale du plan tout en se rendant compte qu'il n'était plus en état de gérer les détails. La balade dans les rues du centre pour avoir le temps de dessoûler puis la pause dans le bar à cocktails avaient ramené un peu de lucidité mais pas suffisamment pour que les choses se déroulent comme prévu.

« Et pourquoi avoir choisi maître Lambert ? Ce ne sont pas les notaires qui manquent par ici.

— J'ai travaillé quelque temps pour la famille Saint-Soens. Vous les connaissez ? »

Le lieutenant les connaît plus qu'il ne le voudrait pour sa tranquillité personnelle. La perspective de retourner dans cette immense baraque de Mont-Saint-Aignan lui provoque une poussée d'adrénaline comme le soir quand il tente de s'endormir et que son cerveau se met à mouliner des pensées négatives.

« Les Saint-Soens avaient parlé de lui. Ils ne l'aimaient pas beaucoup.

— Et c'est ce qui a motivé votre choix ? Étrange, non ?

— Ils m'ont fait comprendre qu'ils n'avaient plus besoin de mes services quand la vieille… quand madame Saint-Soens est morte. Maintenant je suis à la BPI. La banque publique d'investissement. J'adore ce job. »

Le flic émet un grognement d'approbation. Devant lui, il a un petit carnet avec des rabats en cuir et un élastique tire-bouchonné. De temps en temps, il y écrit un mot. Jamais plus d'un à la fois.

« Et quand vous êtes arrivé près de cette boutique d'articles érotiques, Lambert a sorti un pistolet de sa poche, c'est ça ?

— J'ai cru qu'il était en colère contre moi. À cause de l'alcool ou d'un truc que j'aurais dit pendant qu'on marchait. Je n'ai pas réfléchi, je ne sais pas ce qui m'a pris. Je lui ai arraché l'arme des mains et il a résisté.

— Et dans la bousculade, un coup est parti.

— Personne n'a été touché.

— Ça ne vous a pas empêché de fuir comme un lapin.

— J'avoue. Ce n'était pas le moment le plus glorieux de ma vie. »

Le policier écrit un mot dans son carnet.

« Donc, la mort de Jean-Baptiste Lambert entre dans la catégorie des accidents de la vie ?

— Je n'avais pas vu les choses comme ça, mais maintenant que vous le dites. »

Peut-être qu'au fond le plan de Michel n'est pas foireux. *On perçoit tout en noir quand on est enfermé dans une cellule*, se persuade Séraphin. Le flic actionne la mine rétractable de son stylo dans un crépitement agacé.

« Et coup de bol, pas de témoins. Personne.

— C'était le début de la soirée. La rue n'est pas très fréquentée. »

L'ancien agent immobilier essaie de se dégourdir les poignets comme si les menottes s'étaient resserrées d'elles-mêmes pour le punir de ce mensonge. Il se demande ce que sont devenus les trois lascars. Ce ne peut pas être eux qui ont prévenu la police. Ces gars-là ne parlent pas aux flics, ça leur évite d'avoir à prouver qu'ils n'ont rien fait. À moins que la commerçante soit sortie de sa boutique en entendant le coup de feu. Elle l'aura vu détaler. Ou J.-B. l'a dénoncé avant de crever, ou la serveuse du bar à cocktails a balancé des trucs. Il y a trop de possibilités. Il n'avait pas anticipé tout ça et le lieutenant refuse de lui dire comment ils ont retrouvé sa trace. Si, en fait, le plan de Michel est foireux.

« Vous connaissiez la boutique, le Dollhouse, devant laquelle s'est produit l'accident ? »

Le policier a prononcé le mot d'une manière étrange, le tenant en l'air un moment avant de le laisser tomber entre eux.

« Non. C'était la première fois que je passais dans cette rue.

— Bien sûr. Ce sera facile à vérifier. Et vous ne connaissez pas la propriétaire de la boutique ? Monique Fradet ? »

Cette fois, les menottes lui entament la peau. Séraphin a envie de pleurer. Il prend soudain la mesure de sa situation. Michel ne l'a pas abandonné. Cela n'était pas nécessaire. Le plan était que son protégé lui serve de coupable, s'il ne fonctionnait pas comme prévu.

Samedi 11 h 43

C'est toujours de la faute de quelqu'un mais jamais de la sienne. Michel possède cette rigidité des objets métalliques qui l'empêche de ployer. Il est de ces hommes qu'on brise, ceux dont on rompt l'ego par application de la force. Le vieux notaire est une expérience de la résistance des corps. Il est un dérivé de la fonte, cet alliage de fer et de carbone qui se coule dans un moule mais qui ne se tord plus une fois refroidi. Sa rectitude est alors sans égale. Le seul moyen de le transformer est de le fondre à nouveau, de lui offrir un moule mieux adapté. C'est à cette fusion que Michel est en train de se livrer, soulevant la boîte d'un sex-toy dont il examine le contenu par la petite ouverture plastifiée. Michel d'Herrouville est un client fidèle de Monique – non qu'il soit animé par des fantasmes exigeant des pratiques sophistiquées. Non, Michel est un homme simple dont les besoins sont en accord avec son tempérament fonctionnel. S'il fréquente le Dollhouse depuis plusieurs mois, c'est d'abord afin de se faire une idée plus précise de la commerçante, de comprendre ce qui se cache sous ces cheveux teints en rouge et ce tatouage qui recouvre l'intégralité de son dos et de ses bras jusqu'aux poignets. Il se méfie des gens tatoués : il leur prête le besoin de se cacher derrière un déguisement affreusement visible, seulement destiné à dissimuler leurs défauts sous une couche de couleurs.

Il soulève une seconde boîte, en examine le contenu, la repose et parle de choses et d'autres sans montrer le moindre intérêt pour l'achat d'un des articles exposés sur les présentoirs. Il pourrait tourner des heures autour du sujet, attendant le bon moment, l'enchaînement de mots assez souple pour donner l'impression que le motif de sa visite est l'aboutissement spontané d'une série d'aléas conduisant Monique à la résignation. À le voir se déplacer d'un pas lent entre les tables du magasin, on comprend que le notaire éprouve un plaisir mais plus encore un besoin à cette phase préparatoire pendant laquelle il s'assure que son entreprise ne peut échouer et que sa démarche s'impose par son caractère inévitable. Si la commerçante se confond avec un sphinx, Michel s'apparente à un monstrueux serpent glissant sur ses anneaux et les enroulant un à un autour de sa proie. C'est un combat que se livrent ces deux-là, dans une parade d'approche dont ils connaissent et respectent les rites, en gardant toute la distance de sécurité nécessaire avant la première morsure. Monique allume et éteint plusieurs fois très rapidement un vibromasseur, comme si elle entendait en vérifier le bon fonctionnement. C'est le coup d'envoi.

« Mon intention n'a jamais été de vous tuer, commence Michel. Cela ne faisait pas partie de mon plan.

— Vraiment ?

— Je vous en donne ma parole. Il me fallait seulement le faire croire aux Saint-Soens. Je devais leur présenter une solution à laquelle ils pouvaient s'accrocher.

— Gagner leur confiance.

— C'est capricieux, la confiance. Elle fluctue comme une monnaie d'échange de moins en moins fiable. Pourtant, par éducation ou par faiblesse, certains continuent à la cultiver avec obstination.

— Mais pas vous, n'est-ce pas ? Vous êtes au-dessus de ça, dit Monique.

— Ou en dessous. Tout dépend de quel point de vue on se place. Il fallait aussi convaincre Philomène : ce fut beaucoup plus simple. Elle n'avait pas renoncé à faire de son fils la personne qu'il ne pouvait pas être. Et puis, il y avait Gilles, votre fidèle allié.

— Vous pensez qu'il vous a cru ? Qu'il est tombé dans le piège ? »

Michel hésite un instant. La question le prend au dépourvu et lui rappelle qu'il a tendance à sous-estimer ses adversaires.

« Pour quelle autre raison aurait-il demandé à ces trois petites racailles droguées de venir assurer de votre protection ? »

Monique réfléchit un moment. La musique dans la boutique est inhabituellement vive, nerveuse et triste. *Le concerto pour violon en mi mineur* de Félix Mendelssohn.

« Votre calcul n'était donc pas de vous servir de cet homme aux allures de marchand de tracteurs pour m'assassiner et ensuite d'accuser ce pauvre Jean-Baptiste qui ne se serait rendu compte de rien tant il était ivre ? C'était pourtant un bon scénario, il me semble. Et pas compliqué à exécuter. Un mobile, un coupable et des bénéficiaires. Bizarre, j'aurais misé là-dessus. »

Michel émet un petit rire de gorge.

« Eh bien, je mentirais si je vous disais ne pas avoir songé à ce schéma. »

Michel fait quelques pas autour d'un présentoir. Il examine une lotion relaxante, puis repose le flacon.

« Mais, et j'imagine que cela va vous surprendre, j'ai moi aussi des sentiments et des affinités qui interviennent dans les choix de mon existence. Je n'apprécie guère les Saint-Soens. Je ne vais pas vous ennuyer avec mes aigreurs de sexagénaire, mais disons que je ne les aime pas.

— En réalité, j'ai eu de la chance, glisse Monique.

— L'option que j'ai retenue était de me débarrasser d'eux. La mort de ce pauvre Jean-Baptiste Lambert est un accident. Voyez-vous, les choses se sont passées ainsi. Ou du moins, c'est ce que les flics retiendront si on leur vend l'histoire correctement. Selon la version qui sera bientôt officielle, mon fidèle Séraphin – ce n'est pas gentil de le prendre pour un marchand de tracteur – s'est interposé au moment où, ivre et incontrôlable après l'absorption de substances psychotropes retrouvées dans son organisme, Jean-Baptiste s'apprêtait à s'en prendre à vous. Le pauvre bougre, déprimé et incohérent, a été le jouet d'une entente entre sa mère et les Saint-Soens destinée à le sortir de sa déchéance. Ce sont eux qui ont tout manigancé. »

Michel s'interrompt une seconde. Plus personne ne dit « *manigancer* » de nos jours mais le mot lui est venu spontanément.

« Un coup de feu est parti. Sans atteindre personne, fort heureusement. Qui aurait pu imaginer que cela provoque chez Jean-Baptiste une crise cardiaque ? Il était encore jeune.

— Une victime collatérale, approuve Monique.

— N'est-ce pas ce qu'il a toujours été ?, s'étonne Michel. Il y a une forme d'ironie dans ce décès qui rappelle celui de Jacques, vous ne trouvez pas ? L'accident idiot. Si j'étais cynique, je dirais que nous lui avons rendu service.

— Et en quoi cette soudaine affection à mon égard et ce double jeu avec les Saint-Soens vous était avantageux ?

— Eh bien ! Séraphin, qui s'est rendu à la police, a expliqué aux enquêteurs qu'il travaillait pour moi en sous-marin. Que c'est moi qui lui avais demandé de surveiller Jean-Baptiste afin d'éviter un drame et de déjouer le projet funeste des Saint-Soens.

— Que je sois tuée.

— Cela aurait été une perte irréparable.

— Une nouvelle enquête va être ouverte, suggère Monique.

— Oh ! Elle l'est déjà. Et il me semble que cette fois, il ne sera plus possible d'éviter la vérité sur les circonstances de la mort d'Emma Saint-Soens.

— Ce qui signifie ?

— Les Saint-Soens seront privés de leurs droits d'hériter, et donc cette succession compliquée va se résoudre d'elle-même.

— Comme par enchantement, ajoute Monique. Si j'accepte. »

Michel retient un petit rire. Faire croire qu'il est mal à l'aise constitue un des subterfuges élémentaires que le notaire emploie pour désarmer la méfiance, comme le tueur qui vous offre un chewing-gum dans le but de paraître inoffensif.

« Quel qu'ait été le scénario, dans un cas comme dans l'autre, vous étiez gagnant, pas vrai ? »

Dire que Michel n'a pas envisagé cette éventualité serait faire injure à son intelligence. Depuis qu'il a poussé la porte du Dollhouse, il pense à cette question. Il était certain que Monique finirait par la poser, même si à un moment un doute l'a assailli concernant sa stratégie. Heureusement, les choses et les tempéraments ont repris leur agencement coutumier.

« Eh bien ! N'est-ce pas ce que nous faisons tout le temps ? Envisager le pire ? Certains s'y préparent mieux que d'autres.

— Ça va me coûter combien ?

— Ne parlons pas d'argent pour l'instant. Rien ne presse. Dans quelques mois, un poste des plus intéressants va se libérer. J'aurai certainement besoin de votre aide à ce moment-là. »

Dans la poche de son veston, son portable se met à sonner. Le nom de Gilles s'affiche sur l'écran. Son instinct lui indique que tout n'est peut-être pas fini. Qu'il n'a pas encore gagné la partie. Que le généalogiste possède une information qu'il ignore. Il soupire et décroche.

Pendant cette fraction de seconde nécessaire à l'établissement de la communication, à cet instant où seul le vide relie ceux qui vont se parler, Michel frémit. Il écoute le généalogiste sans rien dire puis il raccroche et range le téléphone.

Fouillant dans sa poche, il en sort deux photos, des clichés figés dans le style des années soixante-dix, et il les pose devant Monique. Emma et Jacques sont jeunes, heureux et beaux. Ils sont amoureux. Ce sont les mêmes portraits qu'Emma lui avait donnés après leur rencontre, ces portraits qu'elle avait ensuite montrés à Gilles.

Emma est facile à reconnaître, Jacques, un peu moins, maintenant qu'elle y fait attention. Le visage est légèrement différent de celui du notaire défunt. Dans la forme du nez, l'épaisseur des lèvres et l'arrondi des pommettes. Malgré tout, on imagine que c'est lui à cet air arrogant qu'il a gardé. Comment est-il possible que le notaire possède des tirages supplémentaires de ces clichés ?

« Ils ont été réalisés pour immortaliser leur amour, dit Michel. Je n'en ai pas la preuve mais je suis prêt à parier qu'ils entendaient célébrer un événement particulier. Votre conception, peut-être ? »

Le vieux notaire marque un temps d'arrêt.

« Regardez bien, reprend-il. Vous ne percevez pas un air de famille ? »

Monique lève les yeux. Elle ouvre à peine la bouche et le sang de ses joues reflue au fond de son corps.

« Vous ne diriez pas qu'ils se ressemblent comme un frère et une sœur ? »

Cela ne se voit pas mais Michel jubile. Il ressent chacune des interactions chimiques sous sa peau. Invisibles et invariables. Les clés de sa survie.

Chez le même éditeur
(extrait)

Ghada Abdel Aal, *Cherche mari désespérément*
Renata Ada-Ruata, *Battista revenait au printemps*
Elisabeth Alexandrova-Zorina, *Un homme de peu*
Elisabeth Alexandrova-Zorina, *La poupée cassée*
Karim Amellal, *Bleu Blanc Noir*
Karim Amellal, *Dernières heures avant l'aurore*
Omar Benlaala, *L'Effraction*
Maïssa Bey, *Au commencement était la mer*
Maïssa Bey, *Nouvelles d'Algérie*
Maïssa Bey, *Cette fille-là*
Maïssa Bey, *Entendez-vous dans les montagnes…*
Maïssa Bey, *Sous le jasmin la nuit*
Maïssa Bey, *Surtout ne te retourne pas*
Maïssa Bey, *Bleu blanc vert*
Maïssa Bey, *Pierre Sang Papier ou Cendre*
Maïssa Bey, *Puisque mon cœur est mort*
Maïssa Bey, *Hizya*
Maïssa Bey, *Nulle autre voix*

Bui Ngoc Tan, *La mer et le martin-pêcheur*
Bui Ngoc Tan, *Conte pour les siècles à venir*
Philippe Carrese, *Virtuoso ostinato*
Philippe Carrese, *Retour à San Catello*
Philippe Carrese, *La légende Belonore*
Philippe Carrese, *Tango à la romaine*
Philippe Carrese, *Une histoire de l'humanité (tome 1 et fin)*
Philippe Carrese, *La famille Belonore. Une saga italienne*
Bernard Dan, *Le livre de Joseph*
Nicole Dennis-Benn, *Rends-moi fière*
Samira El Ayachi, *Quarante jours après ma mort*
Samira El Ayachi, *Les femmes sont occupées*
Samira El Ayachi, *Le ventre des hommes*
Ilo de Franceschi, *Écrivez-moi Madeleine*
Andréa del Fuego, *Les Malaquias*
Andréa del Fuego, *Les miniatures*
Dong Xi, *Une vie de silence*
Dong Xi, *Sauver une vie*
Suzanne El Kenz, *La maison du Néguev*
Ali Erfan, *Sans ombre*
Helga Flatland, *Une famille moderne*
René Frégni, *Le chat qui tombe et autres histoires noires*
Marion Guénard, *Au printemps on coupe les ailes des oiseaux*
Malu Halasa, *La mère de tous les cochons*
Karen Jennings, *Les oubliés du Cap*
Nìkos Kokàntzis, *Gioconda*
Denis Langlois, *Le déplacé*
Anne Larivière, *L'expérience du vide*
Juliana Leite, *Entre les mains*
Nikolaï Leskov, *Le Paon*

Vadim Levental, *Le destin de Macha Regina*
Jacques Lindecker, *On a aimé des poisons*
David Machado, *Laissez parler les pierres*
David Machado, *Indice de bonheur moyen*
David Machado, *Des abeilles sous la peau*
Grégory Matthys, *Lettres muettes pour fille non-affranchie*
Ali-Reza Mahmoudi Iranmehr, *Nuage rose*
Anna Moï, *Nostalgie de la rizière*
Anna Moï, *Le pays sans nom*
Naïri Nahapétian, *L'amour selon Marina M.*
Enzo Gianmaria Napolillo, *Les tortues reviennent toujours*
Mohamed Nedali, *Le bonheur des moineaux*
Mohamed Nedali, *La maison de Cicine*
Mohamed Nedali, *Triste jeunesse*
Mohamed Nedali, *Le Jardin des pleurs*
Mohamed Nedali, *Évelyne ou le djihad*
Mohamed Nedali, *La bouteille au cafard*
Mohamed Nedali, *Le poète de Safi*
Nguyên Ngoc Tu, *Immense comme la mer*
Diekoye Oyeyinka, *La douleur du géant*
Victor Paskov, *Ballade pour Georg Henig*
Aurore Py, *La nuit, quand elle vient*
Daniel Quirós, *La disparue de Mazunte*
Anna Roman, *Le val d'absinthe*
Igor Saveliev, *Les Russes à la conquête de Mars*
Pierre Sérisier, *L'intraitable chagrin de la bourgeoisie*
Alexandre Seline, *Je ne te mens jamais*
Alexandre Sneguiriev, *Je ris parce que je t'aime*
Alexandre Sneguiriev, *Véra parmi les hommes*
Mathanghi Subramanian, *Les toits du paradis*

Natalia Sylvester, *C'était le jour des morts*
Sun Huifen, *Cousine Perle*
Olivier Szulzynger, *La maison Bataille*
Ahmed Tiab, *Vingt stations*
Victoria Tchikarnieeva, *Bye-bye Vichniovka !*
Gérald Tenenbaum, *Les Harmoniques*
Nguyên Huy Thiêp, *Mon oncle Hoat*
Nguyên Huy Thiêp, *Mademoiselle Sinh*
Nguyên Huy Thiêp, *Conte d'amour un soir de pluie*
Nguyên Huy Thiêp, *Crimes, amour et châtiment*
Samuel Zaoui, *Saint-Denis bout du monde*
Samuel Zaoui, *Humaine machine*
Chabname Zariâb, *Le pianiste afghan*
Spôjmaï Zariâb, *Les demeures sans nom*

Pour limiter l'empreinte environnementale de leurs livres,
les éditions de l'Aube font le choix de papiers
issus de forêts durablement gérées et de sources contrôlées.

Achevé d'imprimer en mai 2022
sur les presses de l'imprimerie Firmin-Didot
pour le compte des éditions de l'Aube
331, rue Amédée-Giniès, F-84240 La Tour d'Aigues

Numéro d'édition : 4944
Dépôt légal : juin 2022
Numéro d'impression : 169926

Imprimé en France